마태수난곡

마태수난곡

심은신 소설집

도화

차 례

마태수난곡

*

삼십 분 뒤면 곧 라이프치히 공항에 도착한다는 기장의 안내
방송이, 이어폰 밖으로 들려온다. 독일항공사의 게르만 식 억양
과 발음이 뒤섞인 영어 안내는, 지금 날고 있는 곳이 독일 땅임
을 새삼 상기시켜준다. 여고시절 제2외국어로 배운 독일어 수
업에서 필요 이상으로 혀를 강하게 움직여 발음했던 기억이 떠
오르자 살짝 웃음이 난다. 미남인 독일어 선생님 눈에 띄려고
하이네 시에 멘델스존이 곡을 붙인 노래의 날개 위에를 유창하게
외워 즐겨 부르던 나는 얼마나 맹목적으로 가슴이 설레었던가.
평안과 사랑을 노래한 시구詩句도 서정적인 멜로디도 인생을 알
지 못하는 열일곱의 소녀에겐 그저 아름답기만 했다. 미션스

쿨인 여고 교정 꼭대기, 하얀 십자가가 서있는 언덕에 마구 쏟아지던 봄 햇살. 현기증이 날만큼 풍성히 쏟아지는 햇빛을 받아 누리며 장차 독문과에 진학해야 할지를 진지하게 고민하면서, 친구들이 알지 못하는 아름다운 비밀을 품은 듯했다. 독일어 선생님도, 하이네도, 멘델스존도, 독일에 대한 환상도 가슴에 다 담을 수 없을 만큼 벅찬 행복이었다. 그 시절, 미래는 막연하고 달콤한 미감으로 다가왔었다. 그로부터 삼십 년, 지금 정확히 마흔일곱이 된 소녀의 미래는 아주 사실적인 현실이 되어있다. 지나치게 사실성이 명징한 현재는 무척이나 건조하다. 언제나 쓸쓸한 현실 뒤에서 미래는 달콤함의 옷을 입고 인생에게 손짓한다. 문득 꿈같이 지나온 삼십 년의 세월이 아득하기만 하다. 어제인 듯 혹은 아주 먼 기억인 듯.

하이네 시는 이제 잘 기억나지 않는다. 텅 빈 멜로디만 희미하게 귓가에 맴돌 뿐. 다만 독일어 교과서 내용 중 오직 한 문장만이 이상하게 기억 속에 또렷이 각인되어 있다. Sie kocht Kaffee und bringt Zucker ―지 코트 카페 운트 브링트 주커(그녀는 커피를 끓이고 설탕을 가져온다) 교과서 본문을 공부하면서 읽었던 내용이 확실하다. 문장 아래에는 칼Karl이란 이름을 가진 남자가 식탁에 앉아있고 로즈마리Rosmarie란 이름을 가진 여자가 커피를 끓이는 삽화도 그려져 있었다. 왜 하필 교과서의 수많은 문장 가운데 아무런 특별한 의미도 형식적 아름다움도 없는 일상적인 문장 하나만 또렷하게 기억하게 된 걸까. 어쩌면 삶이란, 기억하려 애쓰지 않아도 되는 일상의 파편들이 모여 만들어진 거대하고 전혀 새로운 형태, 게슈탈트Gestalt일지도 모르겠다.

창밖으로 펼쳐진 창공이 유리처럼 차갑게 다가오지만 비행기 아래로 떠 있는 부드러운 구름들을 보자, 열 시간이 넘는 비행에도 불구하고 지친 심신이 조금 위로받는 느낌이다. 자연의 순리에 따라 대지로부터 피어올라 대기에 순응하여 움직여가다 바람에 흩어지는 구름이 인생도 바로 그런 거라고 나직이 말해주는 듯하다. 사람도 저렇게 피어올라 잠깐 운명에 따라 움직여가다 흙으로 흩어지거나 흔적도 없이 사라져가는 것일까. 그리고 영혼은 얼음처럼 차가운 이 하늘을 넘어 우주 밖 어딘가 있을, 신이 마련한 안식처로 돌아가는 것일까. 오십 년 가까이 아주 당연하게 여기며 살아왔던 것들을 지금 자꾸 확인하고 싶어진다.

언제나 하늘 위를 날 때면 비행기에서 내려다보이는 인생이 아주 작아 보이곤 했다. 모든 아픔도, 불행도, 그것을 숙명적으로 안고 있는 인생마저도 영원한 우주의 시간 속에서 잠깐 지나가는 찰나의 순간으로 느껴지곤 했다. 인간이 가늠할 수 없는 한계 너머의 우주 시간 속에서 한 인생이 살다가는 시간의 개념이란 어떤 의미가 있는 것인지 쉽게 와 닿지 않았다. 인생을 향해 인간의 천 년이 나에겐 하루 같다고 말했던 신의 관점도 그런 생각의 궁극이었을까. 하이네도 멘델스존도 사라지고, 그들이 찬양해마지 않던 사랑과 평안의 의미도 사라지고, 오직 그녀가 커피를 끓이고 설탕을 가져오는 무미건조한 일상만 남아있는 세계란, 우주의 시간 속에서 어떻게 평가해야 하는 것일까. 천 년이 하루 같고 인생의 모든 족적이 무의미하다는 신의 메시지가 옳음을 확인해야만 안심할 수 있을 것처럼 구름을 유심히 바라보면서도, 곧 흩어져버릴 순간의 구름에도 애써 인생의 의미를 부여하고 있는 나는 얼마나 아이러니 한가. 지금 바라보고 있는 저 구름도 혹시 오래도록 내 기억에 남을 것인가. 기억에 남아서, 어느 날 문득 아버지를 추억하는 날이면 언제라도 무의미한 Sie kocht Kaffee und bringt Zucker처럼 뇌리에 연상으로 떠올라 줄 것인가.

지금도 아버지는 곧 소멸될 구름처럼 하루하루 조금씩 흩어지고 있다. 한 눈 없는 어머니의 슬픈 자궁으로부터 피어올라 지금껏 팔십 년을 버거운 운명에 순응하여 움직여오다 이제 곧 흙으로 흩어지거나 흔적도 없이 사라질 것이다. 암과 투병 중인 아니, 더 정확히 말해 매일매일 암에 먹혀가는 아버지를 생각하면 늘 가슴을 누르는 듯 묵직한 통증이 일었다. 아버지를 특별히 가슴 저리도록 사랑한다고 생각한 적 없었는데, 한번 상실의 감정에 매몰될 때면 예리한 아픔이 한참 심장을 훑고 지나갔다. 그럴 때면, 인간의 천 년이 나에겐 하루 같다 말했던 신의 관점으로 하늘 위에서 아버지의 삶을 바라봐야만 아주 잠깐 위안을 얻을 수 있겠다 싶었다. 모든 아픔도 불행도 아니, 그것을 태생적으로 내포한 전 인생마저도 영원한 우주의 시간 속에서 잠깐 지나가는 찰나의 순간으로 여겨질 때에만, 혈관을 타고 빠르게 퍼지는 진정제처럼 일시적인 평안이 나를 감싸주곤 했다.

*

육중한 기체機體가 독일 땅에 착륙하자 귀에 꽂힌 이어폰으로부터 흘러나오는 바흐의 마태수난곡은 절정을 향해 흐르고 있다. 십자가를 지기까지 기나긴 고난의 여정을 노래한 아리아와 합창을 지나, 느디어 예수 그리스도의 죽음 이후 평안한 안식을 기도하는 마지막 합창이 귀를 가득 채운다. 모든 세상의 잡음을 벗겨버린 순수한 소리들이 하나가 된 합창은 귀를 넘어, 온몸의 세포들을 깨운 뒤, 아주 깊은 곳에 숨어있는 나의 영혼까지 울려온다. 완전한 화음과 순결한 선율로 정제된 노래. 어쩌면 세 시간 전부터 기나긴 오라토리오를 들어온 이유가 이 마지막 합창을 듣기 위함이었는지도 모르겠다. 오라토리오 속의 수많은 아리아와 합창 중 내가 가장 사랑하는 부분이다. 마지막 곡만을 떼어내서 들으면 아름답긴 했지만 감동이 느껴지지 않았다. 고난의 여정이 없는 갑작스런 최후는 있을 수 없기 때문일까. 칠십칠 곡 전곡을 다 듣고 난 후 마지막으로 듣는 칠십팔

곡 대 합창, 그건 고난의 절정에서 인생의 결말을 예감하는 어떤 지점을 느끼게 했다. 그 지점이라면 지나온 고난의 의미도 조금은 알 듯했다. 일부러 비행기 착륙 세 시간 전에 맞춰서 휴대폰에 저장된 오라토리오를 듣기 시작한 건, 바흐의 음악으로 영혼을 가득 채운 채 독일 땅 라이프치히에 내리고 싶었기 때문이었다. 어차피 바흐를 만나기 위해 이 먼 곳 라이프치히까지 온 거니까.

일평생 독일을 떠나보지 않았던 바흐는 생의 후반기 이십칠 년을 이곳 라이프치히에서 살았다. 성聖토마스 교회에서 칸토르kantor로 봉직하며 합창단을 지휘하고, 오르간을 연주하며, 예배에 봉헌할 곡을 작곡하고, 그리고 아이들을 양육하는 아버지로 매일을 살았다. 평일엔 작곡을 하고, 토요일엔 예배에서의 연주를 위해 오르간을 연습하고, 주일엔 전심으로 신 앞에서 예배했던 바흐. 동시대의 작곡가 헨델이 명예와 출세를 위해 영국으로 떠나 그곳에서 황제의 사랑을 받으며 승승장구하고 있을 때, 비발디가 사제의 신분에도 불구하고 오페라의 성공을 위해 오스트리아 빈으로 향하고 있을 때에도 바흐는 이곳 라이프치히 안에서 토마스 교회와 아홉 명의 자녀들이 기다리는 소박한 집을 오가며 삼십 년 가까운 세월을 보냈다. 화려한 날도 놀랄만한 영광도 없이, 음악가들의 낭만으로 치부되는 여자들과의 흔한 로맨스도 한 번 없이, 심혈을 쏟아낸 곡을 보존하여 후대에 남기겠다는 소박한 욕심조차 없이, 자신의 음악적 직분에 성실하게 최선을 다하며 살았던 사람이었다.

바흐의 음악을 들을 때면 그의 성정과 삶의 방식이 선율에 그대로 체현되어 있는 듯했다. 엄격한 화성과 장엄한 질서, 소박하고 맑은 울림, 따뜻한 인간미를 느낄 수 있었다. 그의 작품엔 조금도 흐트러지지 않은 그의 일상도 담겨있었다. 조화로운 패턴의 화음을 듣기만 해도 바흐임을 가슴으로 느꼈던 건, 언제나 변함없이 일관되게 삶을 관통하는 그의 신앙이 음 속에 내포되어 있기 때문이리라. 그의 음악을 사랑하게 되면서부터 언젠가 토마스 교회에서 그의 숨결을 직접 느껴보고 싶었다. 그 경건한 소리의 기도 속으로 스며들고 싶었다.

한 달 전, 아버지의 생명이 석 달 혹은 진행이 빠르면 두 달밖에 남지 않았다는 의사의 말을 들은 후, 절망 속에서 바흐를 향한 이 소망은 이상하게 더욱 간절해졌다. 낭만을 추구한 적도 없고 감정의 과잉소비에 영혼을 맡긴 적도 없이 내면에서 울려오는 음의 아름다움을 따라 묵묵히 걸어갔던 사람, 그 남자를 만나고 싶었다. 고독한듯하나 쓸쓸하지 않고, 무거운듯하나 침잠되지 않고, 엄정한듯하나 차갑지 않은 음악의 실체이자 근원인 바로 그 남자의 자취를 하루 빨리 나의 눈으로 보고 가슴으로 느끼고 싶었다. 아버지가 언제 위독해질지 모르는 상황에서 지독하게 독일로 오고 싶었던 마음에 스스로도 당황스러웠다.

혹여 여행 중에 아버지가 위독해지거나 소천 소식을 듣게 될까봐 두려우면서도 차분히 비행기 표를 예매하고 호텔을 예약하고 짐을 꾸리는 내게 자문을 던지곤 했다.

'아버진 여기 계신데 넌 도대체 거기서 무엇을 찾고 싶은 거니?'

딱 하루, 바흐를 만나고 다시 열 시간 넘는 긴 비행을 하며 돌아와야 할 비상식적인 여행이었다. 대책 없이 약국 문도 닫은 채, 생의 끝자락에 서계신 아버지를 두고 이곳 유럽까지 떠나온 걸 알면 고모들은 아마 조카딸이 미쳤다고 생각할 것이다. 항상 내 입장이 되어 모든 걸 이해해주는 남편조차 조심스레 여행을 만류했으니까. 여행 짐을 꾸리다 서랍 속에 얌전히 넣어둔 아버지의 흰 셔츠를 발견하고 한참 생각에 잠겼다. 오는 주일, 부활절에 아버지에게 입혀 드리려고 사서 다려놓은 새 셔츠였다. 매년 부활절이면 순백의 와이셔츠를 입고 예배하기 위해 손수 다림질하여 준비해두던 아버지셨다. 이번 부활절에는 요양병원에 누워계신 아버지께 내가 준비해 선물로 드리고 싶었다. 교회로 가서 부활절 예배를 드리지는 못하겠지만 흰 셔츠를 입혀드리고 병실에서 함께 기도하고 싶었다. 아버지에겐 세상에서 누릴 수 있는 마지막 부활절…….

아버지는 지난 해 연말 위암 말기 진단을 받았다. 밤에 주무실 때 가끔 찌릿한 감각이 있었을 뿐인데 이미 손쓸 수 없을 만

큰 암은 아버지의 장기들을 점령하고 있었다. 엑스선은 위장 내 출혈을 가감 없이 보여주었다. 작년 봄 내시경 검사에서도 결과가 좋았고 평소 소화도 잘 된데다 사드리는 특별한 음식도 매번 맛있게 드셨기에 위암이라고는 상상조차 못했다. 유약한 성정에도 불구하고 파킨슨병을 앓게 된 후로는 스스로를 지켜나가기 위해 열심히 운동도 하셨다. 새벽기도를 다녀오면, 아침식사 후에 간단히 식탁을 정리하고 매일 정확히 아홉 시에 집을 나섰다. 집 앞에 있는 전철역을 일부러 지나쳐 다음 역에서 지하철을 타고 탑골공원으로 가서는, 오래도록 근처를 산책하다 다시 지하철을 타고 홀로 거처하는 원룸으로 되돌아오시곤 했다. 수요일에는 정오 노인무료급식 시간에 맞춰 영락교회까지 걸어가서 반드시 돈을 지불하고 점심식사를 하시고는, 돌아오는 길에 시장에 들러 필요한 식재료와 과일을 사셨다. 주일엔 4km 떨어진 교회까지 걸어가서 예배를 드리셨다.

"걷고 있으면 잡념이 없어져서 좋은데, 가끔은 눈물이 날 때도 있다."

아련한 눈으로 불특성 어딘가에 시선을 둔 채 스치듯 말한 적이 있다. 그렇게 걷고 또 걸었기에 파킨슨병을 앓던 다리는 건강해졌지만, 그렇게 울고 또 울었기에 속은 피를 흘리며 무너져 간 건 아니었을까. 탑골공원 근처 산책 동선 그 어느 한 지점에서, 사람들로 들끓는 시장의 어느 한켠에서 홀로 울고 있었을 아버지의 삽화를 떠올리면 가슴이 먹먹해졌다. 그 삽화는 심장을 훑고 지나가는 통증과 함께 나의 귀에 바흐의 무반주 첼로모음곡을 들려주곤 했다. 무반주첼로모음곡을 들으면 항상 예외 없이 쓸쓸한 남자의 뒷모습이 떠올랐다. 그 남자는 때론 바흐인 듯도 하고 아버지인 듯도 하고 때론 걸러낸 슬픔인 듯도 하고 내 마음의 자화상인 듯도 했다. 아버지의 삽화를 떠올리며 눈과 심장과 귀가 한꺼번에 슬픔을 지각하면, 나는 한동안 아무것도 할 수 없었다.

*

아버지는 젊어서도 강박적일 만큼 시간에 철저했다. 친구를 만나는 일도 거의 없었다. 사십 년 가까이 구로공단에 있는 작은 회사에서 만년 계장으로 일하면서 잡무를 처리하느라 퇴근이 늦은 편이었지만 언제나 시간이 정확했다. 아버지가 술을 드시고 늦게 귀가한 날은 평생에 딱 하루, 할머니 장례가 끝나고 며칠 후 그날뿐이었다.

"불쌍한 우리 어머니."

그날 아버지는 끝없이 할머니만 부르다 잠들었다. 그리고 단 한 번 술을 마셨던 그 주간의 주일 아침, 어느 때보다 일찍 일어난 아버지는 마치 큰 의식을 치르듯 깨끗한 양복에 흰 셔츠를 꺼내 입으며 밀랍 같은 얼굴로 오전예배에 참석했다.

내 주를 가까이 하게 함은 십자가 짐 같은 고생이나

내 일생 소원은 늘 찬송하면서 주께 더 나가기 원합니다.

성도들이 한 소리로 찬송가를 부르고 있을 때 아버지는 갑자기 울기 시작했다. 조용히 흐르던 눈물은 흐느낌이 되고 급기야 목멘 소리로 신의 이름을 불렀다.

"하나님 아버지, 이 죄인을 용서해주세요. 용서해주세요."

옆에 앉아 예배드리던 나는 부끄러움에 고개를 들 수 없었다. 성도들이 하나 둘 쳐다보는데 아버지는 남의 시선은 아랑곳하지 않고 눈물과 콧물을 흘리며 꺼이꺼이 울어댔다. 할머니를 보낸 슬픔 때문이었는지 평생 입에 대지 않던 술을 마셨다는 죄책감 때문이었는지는 아직도 알 수 없다. 다만 무뚝뚝하고 신중하기만 해서 어린 내게도 어려웠던 아버지가 그렇게 어린 아이처럼 우는 걸 보면서, 어쩌면 아버지도 굉장히 여리고 연약한 사람일지도 모른다고 생각했다.

영화에선 항상 비명 섞인 흐느낌의 한 장면이 인물의 강한 슬픔을 표현하고는 전혀 다른 다음 장면으로 바로 전환되곤 한다. 인물이 겪어내야 할 기나긴 슬픔의 시간은 축약되고 생략되기 일쑤다. 그러면 나는 더 이상 화면에 나타나지 않은 인물의 기나긴 슬픔에서 쉽게 벗어나지 못한 채 습관적으로 붙들려 있곤 했다. 바뀌어버린 다음 장면에서는 시간이 한참 흐른 뒤의 인물이 다른 공간에서 또 다른 인생 스토리를 보여주지만 나는 줄곧 앞 장면에서 그가 겪은 슬픔을 놓아주지 못해 다음 스토리에 집중할 수 없었다. 비명 섞인 흐느낌의 장면과 전혀 다른 다음 장면 사이에 숨겨진 슬픔의 시간들을 그는 어떻게 견뎠을지 그 생각에 줄곧 몰입되어 있곤 했다. 거의 모든 클래식 관련 책에는 으레 이렇게 서술돼 있었다.

궁정 악사 요한 암브로지우스의 막내아들로 태어난 요한 세바스찬 바흐Johann Sebastian Bach는 9세에 어머니를, 10세에 아버지를 잃었다. 바흐는 큰형 요한 크리스토프 바흐와 함께 살게 되면서 가난과 외로움을 견뎌야 했다.

나의 마음은 앞 문장과 뒤 문장 사이에서 한참을 서성였다. 부모를 한꺼번에 잃고 팔 남매의 막내로 자라면서 바흐가 느꼈을 비애는 어떤 것이었을까. 표현하지 못한 그 깊은 상실감을 어디에 숨겨두고 살았을까. 숨겨진 아픔의 긴 세월을 궁구하느라 책의 다음 페이지로 쉽게 넘어가지 못했다. 바흐의 상실감을 이해하는 건 오로지 나의 몫으로 남겨져 있었다. 흔히 사람들은 자신이 서 있는 시공간과 멀어질수록 대상의 슬픔에 크게 공감하지 못한다. 그런데 삼백 년도 넘는 과거의 시간, 지구 반대편 독일에서 일어난 바흐의 슬픔이 왜 그렇게 나를 지극히 백과사전적인 문장 언저리에서 서성이게 했을까.

"수진아, 아부지한테 잘 혀. 느그 아부지 불쌍한 사람이여. 이 할미 때문에 평생 기도 한 번 못 펴고 가슴엔 풀지 못한 불이 꽉 들어있어.”

가끔 아들을 보기 위해 서울로 올라온 할머니는 손녀에게 당부의 말을 할 때마다 한 눈에서 눈물을 흘렸다. 대대로 시골 농사꾼으로 살아온 집안에서 아버지는 한 눈 없는 할머니의 외아들로 태어났다. 입에 풀칠도 못할 만큼 가난한 할아버지가 옆마을 부농에서 논 서마지기와 함께 데려온 한 눈 없는 처녀, 그녀가 바로 아버지의 엄마였다. 어릴 때 남동생과 놀다 쇠꼬챙이에 찔려 외눈박이가 된 그녀는 시집 온 순간부터 철저히 가부장적이고 다혈질인 남편 앞에서 늘 주눅 들어 있었고 열등감과 죄책감으로 가득 차 있었다. 아내 덕분에 절체절명을 모면하고 산다는 걸 쉽사리 잊어버리고 학대하듯 함부로 대하는 남편에게 그녀는 한 마디의 변명이나 저항도 없이 세상의 모든 모멸이 원래 자신의 것인 양 순순히 받아들였다. 그런 그녀의 자궁에 처음으로 품은 생명, 자신이 살아있음을 말해주고 한 여자임을 증명해주는 존재, 그녀가 줄 수 있는 모든 사랑을 쏟았던 첫 아기가 나의 아버지였다.

“느 아부지를 뺐을 석에 내가 첨으로 사람 구실 허나 싶있다. 세상 앞에 그렇게 떳떳할 수가 없드라.”

그녀를 사람으로 세워준 소중한 아기, 그 아기는 지금 팔순의 노구로 누워 그의 어머니가 떠나간 그 길을 뒤이어 가려고 하고 있다. 시골 민초였기에 사람은 원래 그렇게 사는 것이라고 믿으며 한 번도 할아버지를 거역하지 않고 학대받는 할머니를 가슴으로 품으며 살았던 아버지였다. 농업고등학교를 졸업하고 스무 살이 되자 도시로 나와 살면서도 외눈박이 어머니를 한 번도 가슴에서 내려놓지 못했다. 할머니는 돌아가셨지만 할머니가 품었던 한을 함께 떠나보내지 못해 아버지는 그렇게 아파하며 딱 하루 신의 얼굴을 피해 술을 마셨던 것일까. 일평생 딱 한 번 술에 취했던 것은 내가 이렇게 아파도 되는 거냐고, 우리 어머니를 이렇게 허망하게 보내도 되는 거냐고, 신 앞에 풀어놓은 인생의 처음이자 마지막 저항이었을까.

신형 건물인 라이프치히 공항을 빠져나오자마자 심호흡을 해본다. 이 땅의 향기는 어떤 것일까. 세 시간 내내 마태수난곡을 들으며 왔기 때문일까. 흐린 봄 풍경 속에 형언할 수 없는 비장미와 진중함이 이곳 라이프치히의 첫인상으로 다가온다. 인천공항에서 미리 독일시간으로 맞춰놓은 손목시계는 오후 여섯 시를 가리키고 있다. 삼월 하순인데도 곧 밤이 찾아올 듯 어둑어둑하고 서늘한 냉기가 몸을 파고든다. 홀로 처음 찾아온 도시에 곧 내리려는 어둠 앞에서 갑자기 다가오는 진한 외로움. 죽음을 눈앞에 둔 아버지의 마음도 이런 것일까. 평생 신을 믿고 의지해왔지만 죽음은 누구에게나 낯선 여정이고 홀로 걸어가야 하는 길이 아닌가. 사랑하는 가족과 친구가 있어도 결국은 혼자 감당해야하는 인생의 마지막 과정, 죽음. 인생의 모든 과정들은 그 누구도 아닌 자신이 닿아보아야만 온전히 느낄 수 있을 테다. 삼십 년 뒤엔 나도 아버지처럼 죽음 바로 앞에 서 있을 수도 있음을 뼈저리게 느끼지만, 그럼에도 불구하고 여전히 아버지의 고통을 내 것으로 완전히 느낄 순 없다는 사실이 마음을 아프게 했다.

병든 아버지는 내 일상의 모든 순간순간에 예고 없이 불쑥불쑥 찾아오곤 했다. 아파트 화단에 피어난 목련꽃만 보아도, 약국 유리문 밖으로 지나가는 노인만 보아도, 유난히 좋은 봄 햇살만 보아도, 아버지는 연상의 이름으로 떠올려지고, 몰두의 이름으로 생각나고, 집착의 이름으로 나를 붙들리게 했다.

"아버지, 내일 또 올게요. 마음을 편히 가지고 좋은 생각만 하세요. 많이 힘들면 기도하시구요. 편찮으셔도 아름다운 이 봄을 느끼셔야 해요."

'신이 아버지에게 주신 마지막 선물이니까요'라는 말은 차마 덧붙이지 못했다. 병실을 나오며 누워계신 아버지를 돌아볼 때면, 언제나 거기 마지막 고통을 홀로 감당하고 있는 무거운 생애가 놓여있었다. 아무도 대신 할 수 없고 아무도 위로할 수 없고 아무도 덜어줄 수 없는 고통으로 웅크린 팔십 년이 거기에 있었다. 아! 아버지……

차분하고 조용하게 밤을 맞이하는 유럽의 분위기는, 자연의 섭리를 따라 집에 깃들어 웅크린 사람을 떠올리게 한다. 나약한 한 인간이 다음 날 비바람 치는 세상에서 힘차게 전진할 수 있으려면 퇴행의 시간이 꼭 필요하리라. 예약해둔 호텔로 데려다 줄 택시가 다가온다. 내일은 바흐가 아홉 명의 아이들과 함께 저녁이면 웅크려 퇴행의 시간을 보냈던 그의 집터를 꼭 찾아보리라. 나도 슬픈 운명의 아버지가 버거워 스스로 퇴행하여 찾아온 이곳에서 바흐를 만나고 나면, 현실의 아버지에게로 다시 힘 있게 돌아갈 수 있으리라.

*

호텔에서 십여 분 정도 걸려 걸어오는 내내 모든 건물이 옅은 안개로 인해 흐릿하게 투영된다. 중부독일의 봄 안개가 낯선 땅에 와 있다는 이국적인 정취를 느끼게 한다. 분명 바람 없이 비를 살짝 머금은 안개일 뿐인데 서늘한 기운이 얇은 바람막이 점퍼 안으로 스며든다. 아직 활짝 피지 못한 거리의 꽃들조차 숨죽여 웅크리고 있는 듯하다. 길 건너 흐릿하게 보이는 성자聖子, 바흐일 것이 분명한 동상이 이제 토마스 교회에 가까이 왔음을 말해준다. 다가갈수록 점점 선명해지는 이미지. 소박한 성당의 분위기를 풍기며 서 있는 토마스 교회의 옆모습이 정갈하다. 규모가 크진 않지만 화강암 건물이 단단한 무게감으로 서 있고 회색의 지붕도 단정하다. 호텔 조식을 먹은 후 바로 출발해서인지 아직은 사람들의 발길이 뜸하다. 관광객들로 들끓는 곳이지만 다행히 이른 아침은 한산하기만 하다. 교회의 문이 열리는 아홉 시까지는 사람들의 방해를 받지 않고 바흐의 숨결을 느끼기에 정말 좋은 시간이다. 한 발 한 발 동상 앞으로 다가가는데, 바흐가 오직 나를 맞이하기 위해 새벽부터 여기서 기다리고 있었던 것처럼 마음이 설렌다. 아픈 아버지를 두고 이틀이 걸려 이역만리 먼 곳까지 찾아와 준 동양의 딸을 위로하기 위해 그가 차가운 공기 속에 오래도록 서 있었던 것 같은 착각이 든다. 높이 솟은 격자창을 배경으로 흑색 청동으로 서 있는 바흐의 얼굴을 가만히 바라보니, 그가 그대로 내려와 교회로 들어가서는 어제 일인 듯 오늘도 아름답게 오르간을 연주할 것만 같다.

"안녕…… 하세요."

새벽기도처럼 낮은 소리로 입술을 조금 열어 인사한다.

'왜 그토록 간절하게 당신이 보고 싶었을까요.'

바흐의 무뚝뚝하고 진중한 얼굴에 슬픈 아버지의 얼굴이 겹쳐진다. 아버지……. 칸토르 복장으로 오른손에 악보를 말아 쥔 그의 얼굴엔 어떤 감정의 표현도 보이지 않는다. 셈여림이나 알레그로나 아다지오가 없는 그의 악보처럼 그의 인생에도 넘치는 기쁨이나 신산한 아픔이 전혀 없었다는 듯이……

바흐는 열 살 때 고아가 된 것만으로 고난의 잔이 채워지지 않았던 것일까. 서른여섯 살, 네 명의 아이들을 남겨두고 첫 아내 마리아 바르바Maria Barbara Bach가 병으로 세상을 떠났다. 그가 쾨텐 궁정악장으로 연주여행에서 돌아왔을 때는 이미 장례마저 마친 뒤였다고 했다. 십삼 년 간 어려운 시절을 함께 했던 생의 동반자를 임종도 하지 못한 채 떠나보내야 했던 절망감의 깊이는 어느 정도였을까. 그가 할 수 있는 일은 그저 슬픔을 정제하여 묵묵히 음을 만들어내는 것밖엔 없었다. 열 살에 부모를 다 잃고 인간의 힘으로 막을 수 없는 운명의 한계를 이미 몸으로 받아들였을 그는 분명 겸손하게 살았을 것이다. 아주 작은 것에도 감사했을 것이다. 신 앞에 한 치의 죄도 짓지 않기 위해 강박적으로 애쓰며 자신에게 주어진 재능조차 모두 신의 것이라고 고백했을 것이다. 자신의 의나 능력을 의도적으로 백 퍼센트 배제하면서 말이다. 그는 겸손히 작품의 끝에 Soli Deo Gloria(오직 주께 영광)를 적어 넣곤 했다. 슬픔의 무게조차 신 앞에 죄가 될까봐 그 넘치는 슬픔의 감정을 걸러내고 정제해서 객관적으로 수용한 자만이 낼 수 있는 음을 그는 조용히 그리고 꾸준히 풀어내지 않았던가. 그의 음악엔 격한 감정을 토해낸 흔적이 전혀 없었다. 서늘하지만 맑고, 투명하지만 따뜻했다. 가장 큰 슬픔을 만나 자신의 온몸을 적신 후 그것에서 몇 걸음 떨어져 객관성을 확보한 자만이 창조할 수 있는 소리가 바흐의 음악이란 걸 언제부턴가 깨닫고 있었다. 절망에 빠져있던 그가 두 번째 아내 안나 막달레나를 만난 것은 그의 삶을 덮고 있는 신의 은총이었다. 쾨텐 궁정악단의 소프라노 가수였던 그녀가 남겨진 아이들을 위해 음식을 하고 바흐를 위로했던 건 연민 때문이었다. 열여섯 살 연하의 처녀로 자신에게 과분한 그녀를 바흐는 자연스럽게 받아들였고 감사함으로 지켜나갔다. 그녀는 첫 아내의 아이들과 자신이 낳은 아이들을 정성껏 양육하면서 남편이 음악활동에 집중할 수 있도록 조용히 내조했다. 바흐의 유명한 곡들을 필사해서 오늘날까지 전해지게 한 것도 그녀였다. 그녀는 결혼 후 삼십 년 간 따뜻한 시선으로 남편을 지켜주면서 넉넉지 못한 살림을 알뜰하게 꾸렸다. 그녀 곁에서 바흐는 주옥 같은 작품들을 쏟아냈고 이곳 토마스 교회로 초빙되었다. 바흐가 그녀를 위해 작곡한 미뉴에트를 들었을 때, 바흐에게 내재했던 어린아이 같은 평화를 읽을 수 있었다. 토마스 교회와 집을 오가며 쉴 새 없이 작곡하고 연주하고 연습하고 가르치고 예배하면서 많은 자식들을 길러냈던 그는 음악가이기 전에 성실하고 소박한 아버지요, 남편이요, 소명을 가진 봉직자였다.

정면에서 바라본 교회는 생각보다 더 소박하고 정갈하다. 작은 나무문의 출입구와 간소한 회색 난간이, 천재 작곡가들이 연주하고 활약했던 오스트리아 빈의 화려한 고딕식 성당들과는 사뭇 다른 분위기를 풍긴다. 고난주간의 성금요일을 맞이하는 교회는 더욱 차분하고 조용하다. 루터파 프로테스탄트였던 바흐의 검약한 모습을 보는 듯하다. 소박하기에 오히려 범접할 수 없는 경건함이 가슴으로 다가온다. 교회 안으로 들어서니 줄

지어 선 하얀 색의 기둥들이 긴 회랑을 만들고 있다. 기둥 아래로는 예배석이 겸손하게 놓여 있고 건물을 떠받치고 있는 기둥들 속에서 가느다란 여러 가지들이 천정으로 뻗어 올라 이 기둥에서 저 기둥으로 서로 연결되어 아치를 이루고 있다. 흰 기둥과 붉은 색 가지들이 선명한 색조의 대비를 만들며 소박하지만 누추하지 않도록 교회를 밝혀준다. 입구에 서서 천국으로 상징되는 천정을 올려다본다. 이 땅에서 고난의 무게를 인내하면 그 영혼이 부활하여 하늘에 닿을 수 있음을 말해주는 듯하다. 바흐가 연주했던 오르간의 화음이 천정의 붉은 가지들을 타고 천상의 소리가 되어 신 앞으로 올라갔을까. 설교단의 오른쪽으로 오르간이 있고 오르간 뒤쪽으로 거대한 파이프들이 엄숙하게 줄지어 서 있다. 오르간이 나를 내려다보며 생명을 가진 성자처럼 숨 쉬는 듯하다. 눈을 감은 나의 귀로 평균율 클라비어 1번의 깨끗한 오르간 음이 들려온다. 바흐 내면의 아픔을 통과하여 응축된 음들이 신앙고백처럼 맑게 이곳에 울려 퍼졌으리라. 그리스도의 십자가 죽음을 기념하는 고난주간의 성聖금요일인 오늘, 신 앞에 겸손하게 엎드린 사람들 위로 더욱 정결한 천상의 소리들이 흘러가리라.

아버지가 첫 아내를 잃었을 때는 서른 네 살이었다. 아무것도 가진 것 없이 시골에서 서울로 올라와 고생하며 사는 중에 아내가 폐결핵이란 걸 알았을 때는 이미 손을 쓸 수 없는 단계였다. 처음부터 병약했던 아내는 십 년이 다 되도록 자식도 낳지 못했다. 꾸준히 약을 먹고 치료를 받았지만 투병하던 아내는 끝내 숨을 거두었다. 그래서일까. 아버지는 늘 조심스러워했다. 좋은 일이 있어도 넘치게 즐거운 감정을 나타내지 않았고 슬퍼도 애써 그것을 삼키려 했다. 넘치게 즐거워하는 감정은 신 앞에 교만으로 여김 받을까봐, 넘치게 슬퍼하는 모습은 신을 신뢰하지 못하는 모습으로 보여질까봐 그랬을 것이다. 매일 아침이면 일어나 은총으로 그의 가솔들을 덮어주실 것을 제일 먼저 신에게 빌고 또 빌었다. 그렇게 한결같은 아침을 맞으며 사십 육 년을 살아왔다. 처녀로 시집 와 함께 해준 두 번째 아내와, 그녀와의 사이에 태어난 딸 하나를 세상에서 가장 낮은 자세로 건사해왔다. 아내와 딸을 지켜야한다는 것이 그의 생애 가장 큰 소명이었다. 구로공단에서 만년 계장으로 그는 누구보다 열심히 일했다. 사무와 현장 일을 겸하면서 이틀 연속 연근도 마다하지 않고 할 수 있는 일은 모두 다 했다. 박봉에 늘 고단한 환경이었지만 착하고 성실하게 자란 늦둥이 외동딸이 약학대학 졸업 후 약사로 일하면서 야무지게 사는 것이 그의 기쁨이자 자랑이었다. 딸이 약국을 개업하고 이제 그의 소명을 다한 줄 알고 심신이 편안해질 무렵, 그즈음 두 번째 아내마저 너무도 갑작스레 뇌출혈로 세상을 떠났다.

"너희 엄마가 어떻게 나 같은 사람에게 왔는지 지금도 이해가 안 된다."

아버지와 같은 교회를 다녔던 엄마는 믿음이 깊고 따뜻한 여자였다. 그녀는 목사님의 딸로 사랑받으며 자랐지만, 열아홉 살에 어머니를 여의고 목회하는 아버지와 어린 동생들을 돌보느라 혼기를 넘긴 처녀였다. 아버지가 첫 아내를 사별하고 망연자실하여 있던 즈음, 예배의 풍금 반주자로 봉사하던 그녀와 얼마 후에 혼인하게 됐다. 원래 그렇게 예정되어 있던 일처럼 아버지와 그녀가 큰 어려움 없이 결혼하게 된 건 그의 상실감을 보면서 그녀가 자신의 어머니를 여읜 뒤 느꼈던 상실감을 떠올렸기 때문이었다. 그리고 그 두 상실감이 하나라고 느꼈기 때문이었다. 순수한 연민은 엄청난 용기를 내게 했다. 아버지가 그녀와 교회에서 혼인예배를 드리던 날, 유월의 하늘은 구멍이라도 난 듯 퍼붓는 비로 앞을 분간하기 어려웠다. 그해 장마의 시작이었다. 혼인을 축하하기 위해 온 친지와 성도들은 모두, 홀아비에게 시집가는 딸을 향한 돌아가신 신부 어머니의 눈물이라고들 했다. 터무니없는 곳에 시집보내는 아버지 목사님의 눈물이라고도 했다. 그녀는 자신보다 학력도 살아온 배경도 부족한 남편을 따뜻하게 내조했다. 어려운 살림에도 항상 정성어린 밥상을 준비했다. 평생 정시에 퇴근하는 남편을 위해 한 번도 거르지 않고 더운밥과 국을 지어냈다. 새벽이면 조개를 넣어 뽀얀 무국을 끓여내고 저녁이면 시원한 배추를 넣어 맑은 된장국을 갖가지 찬과 함께 상에 올렸다. 마치 상심한 그의 마음을 돌보기 위해 세상에 보냄을 받은 천사처럼 그렇게 그녀는 그에게 왔다. 그리고 늦둥이 외동딸도 낳아주었다. 선물로 주어진 꿈같은 삼십 년의 세월……. 그의 겸손의 분량이 부족했던 것일까. 더 낮게 더 낮게 신 앞에 웅크려 엎드려야 했던 것일까. 그녀를 보내준 신 앞에서 일상의 작은 불평과 무심코 내뱉은 한 마디 불만도 죄가 됐던 것일까. 안일하게도 감정을 정제하지 못하고 지나치게 흘려버린 것일까. 불꽃같은 눈동자로 자신을 지켜보는 신의 존재를 순간순간 놓쳤던 것일까. 주일, 교회에서 나란히 앉아 오전예배를 드리고 집으로 돌아온 후 그녀는 뇌출혈로 정말 거짓말처럼 한순간에 그의 곁을 떠났다. 그녀의 허망한 죽음 앞에 그는 짐승같이 울고 또 울었다. 이 세상에서 흘릴 수 있는 모든 눈물을 다 흘려버리고 다시는 울지 않을 것처럼 울었다. 바로 그녀, 나의 엄마와 살았던 삼십 년의 세월이 꿈엔 듯 아련하여 아버지는 오랜 시간 자주 눈물을 흘리곤 했다. 엄마를 땅에 묻고 한 달여 뒤 묘소를 다시 찾았을 때, 아버지는 눈물이 그렁그렁 맺힌 눈으로 허허로운 공동묘지의 언덕을 내려다보며 말했다.

"내가 죄인이다. 내가 더 잘 살았어야 했다."

*

교회에 들어서서 정면을 바라보자 깊숙한 안쪽으로 설교단
이 아닌 제단이 있다. 예배석보다 훨씬 좁아진 아치 때문에 제
단은 굉장히 신비스러워 보인다. 그곳에는 내가 알지 못하는 내
밀한 세계, 치유와 회복의 영적 비밀이 감추어져 있을 것만 같
다. 혼인예배에 입장하는 신부처럼 한 발 한 발 조심스레 앞으
로 걸음을 옮겨보니 제단에는…… 제단에는…… 바흐의 무덤이
있다.

JOHANN SEBASTIAN BACH.

검은 색의 청동 위로 바흐의 이름이 새겨져 있고 아래로 그
의 유해가 안치되어 있다. 이곳은 하늘로부터 오는 신의 소리를
듣고, 오선지의 두루마리에 새겨, 세상을 향해 선포한 선지자의
신령한 거처였던가. 제단 아래 음악가 바흐의 유해는 신령한 기
운으로 존재할 것만 같다.

교회를 둘러 펼쳐진 아름다운 스테인드글라스. 한가운데 십
자가 위의 예수 그리스도가 있다. 따뜻하거나 평안한 모습이 아
니다. 힘들고 고통스런 표정에 결코 아름답지 않은 얼굴, 못 박
힌 팔과 다리, 허허로운 눈빛, 겨우 아랫도리만 가려진 채 앙상
한 갈비뼈를 드러낸 몸체가 새겨져 있다. 마치 아버지를 보는
것 같다. 지금 요양병원에 누워계신 아버지는 아무것도 먹지 못
하고 영양주사에 의지해 호흡하고 있다. 지난 주말 문안 갔을
땐 주무시고 계셨는데 입원복 바지가 벗겨져 있고 기저귀마저

풀어져 있었다. 여러 겹으로 둘러싼 기저귀가 답답했는지 자면서 자신도 모르게 풀어놓은 듯했다. 침대에 소변이 흐르는 것을 방지하기 위해 둘러싼 맨 안쪽 기저귀만이 아버지의 치부를 가려주고 있었다. 인간으로서 가장 수치스런 모습을 보는 것 같았다. 남편이 다가가 새 것으로 갈아 주었다. 아버지의 앙상한 어깨를 잡아 앉혀드리고, 누워만 있느라 딱딱해진 등을 만져드리니 아기처럼 순하게 가만히 있었다. 남편이 아버지의 손을 잡고 기도해주자 눈도 감고 아멘도 하셨다. 순한 흙에서 왔던 존재가 다시 순한 흙으로 돌아가기 위한 퇴행. 그런데 어느 순간 딸을 바라보는 아버지의 눈이 텅 비어있다는 걸 깨달았다. 아버지의 뇌 속 어느 한 시점에서 기억의 회로가 이어졌나 끊어지기를 반복하는 듯했다. 팔십 년 세월 고난에 맞서다 닳아버린 기억의 회로가 아무렇게나 연결해주는 인생 어느 지점에든 불가항력으로 닿았다가 불현듯 다시 현재로 돌아오는 듯도 했다. 꿈꾸는 시선을 거둔 후에 어느 순간 현실로 돌아온 듯 아버지는 우리 부부를 걱정했다.

"둘 다 바쁘고 피곤할 텐데 어서 가서 쉬어야지. 그래야 내일 또 일하지."

그리곤 이내 아무것도 모르는 무념의 눈빛. 아버지의 눈에 내가 세상 단 하나의 혈육으로 보이는지 그냥 무심한 사람으로 보일 뿐인지 도무지 분간이 되지 않았다. 나는 그동안 왜 예수 그리스도의 십자가상을 수없이 봐오면서 한 번도 처절하고 수치스럽다고 생각하지 못했을까. 마냥 숭고하고 아름답다고만 여기며 낭만성이 가미된 눈으로 바라보았을까. 왜 신의 사랑을 그냥 객체로만 받아들인 걸까. 그가 십자가에 못 박힌 고난주간의 금요일인 오늘, 그리스도의 죽음은 명징한 사실성으로 다가온다. 처절한 그리스도의 모습 위에 자꾸 겹쳐지는 아버지의 모습. 한 겹 기저귀만 두르고 생의 온갖 고통이 할퀴고 지나간 너덜너덜한 아버지의 모습에도 숭고함이나 아름다움은 없었다. 낭만성이 스며들 여지도 없었다. 처절하고 수치스러울 뿐이었다. 아버지를 점점 소멸시켜 가는 건 암세포가 아니라 멈출 줄 모르고 가해지던 생의 고난이 아닐까.

아내를 떠나보내고 난 뒤, 한사코 빈 둥지에서 홀로 사셨던 아버지는 여든이 가까워지면서 우리 내외가 모시려했지만 여전히 홀로 지내길 원하셨다. 바쁜 우리 내외에게 짐이 될 뿐이라 하셨다. 오히려 살고 있던 작은 아파트마저 처분하여 선교헌금으로 드리고 약간의 현금이 든 통장만 들고 원룸에서 사셨다. 작은 침대와 간이 옷장 그리고 소형 TV가 세간의 전부였고 딸려있는 주방과 화장실은 두 사람이 나란히 설 수도 없는 좁은 공간이었지만 아버지는 충분하다고 하셨다. 남편과 내가 돌아가며 매일 들러보긴 했지만 눈앞에 놓인 우리의 일상을 살기에 바빴다. 아버지가 완강히 혼자 살겠다고 하셨지만 끝까지 함께 살자고 맹목적으로 조르지 않은 것은 암묵적이지만 아버지의 뜻에 전적인 동의를 한 셈이었다. 말로만 듣던 힘없는 독거노인이 나의 아버지라는 사실이 너무 생경했다. 일상에서 불쑥불쑥 올라오는 죄책감으로 마음이 불편했다. 나는 아버지의 외로움보다는 독거노인으로 살고 있는 아버지를 그냥 보고 있다는 불편한 양심 때문에 힘들었는지도 모른다. 무뚝뚝하고 진중하기만한 아버지를 모시기는 쉽지 않다고, 요즘은 다들 그렇게 산다고, 자식과 사는 것보다 오히려 편안하실 거라고 자위했지만 진정한 위안은 되지 못했다.

예수 그리스도 옆으로 바흐의 얼굴이 있다. 그의 얼굴이 성경 속 사도들처럼 그려져 있다. 살면서 여러 명의 자녀까지 잃었고, 노년에 시력의 약화로 눈 수술을 받은 후 끝내 실명해버린 바흐는, 어쩌면 사도들이 이 땅에서 마신 고난의 잔보다 더 큰 잔을 하늘로부터 받은 사람이었는지도 모른다. 바흐의 얼굴 건너엔 마르틴 루터와 멘델스존의 얼굴도 있다. 마르틴 루터는 사제가 아닌 한낱 촌부도 십자가를 의지하여 신 앞에 과감히 나아갈 수 있다고 세상에 신포한 사람. 스테인드글라스 속 진지한 얼굴 표정과 굳게 다문 입술이 그의 외침이 진실이었음을 증명하는 것만 같다. 마르틴 루터의 외침이 사실이라고 증명하듯 바흐는 사제가 아니었지만 그의 음악을 들고 직접 신 앞에 나아간 사람이 되었나보다. 멘델스존은 바흐의 마태수난곡을 발굴하고 연주하여 세상에 다시 알린 사람. 매일 십자가 앞에 씻어 맑게 건져 올린 음악으로 신을 만난 바흐를 멘델스존은 깊이 존경하지 않았던가. 세 사람은 각각 다른 시대를 살았지만 이곳에서 신을 찬양했고 자신의 소명대로 최상의 것을 드렸다. 나의 시선은 시대를 뛰어넘어 세 사람을 자유롭게 넘나든다. 한 치의 혼들림도 없이 소명의 세계를 천착했던 세 남자는 소명의 분야가 달랐지만, 묘하게 하나 되는 신비가 그들의 얼굴 속에 보인다. 아주 다르고 아주 닮은 세 사람. 바흐는 마르틴 루터가 독일어로 번역한 성경 속 마태복음 이십육 장과 이십칠 장을 마태수난곡으로 창조했고 1729년 그리스도의 고난을 기념하는 성聖금요일, 내가 서 있는 바로 이곳 토마스 교회 예배당에서 초연되었다. 그리곤 곧 사람들에게서 잊혔지만 1829년 게반트하우스 지휘자였던 멘델스존에 의해 재연되었다. 숨겨졌던 바흐의 삶과 음악을 세상에 표현해준 멘델스존으로 인해 백 년 만에 바흐는 다시 살아났다. 그의 음악은 낭만주의 시대 사람들에게 새로운 감동을 주었고 재평가 되었다. 바흐는 한 번도 스스로 유명해지려는 욕망을 품지 않았지만 멘델스존을 통해 아주 오래도록 우리 곁에 사는 사람, 지금도 여전히 살아있는 사람이 되었다. 고난 앞에서도 소망을 잃지 않고 살았기 때문일까. 겸손하게 엎드려 신을 경외했던 대가일까. 바흐가 생전에 상상하지 못했던 일들을 신은 지금도 그를 위해 이 땅에 이루어가고 있다.

이제 나를 아버지에게로 데려다줄 밤비행기를 기다리고 있다. 서둘러 바흐를 만나고 스물여섯 시간 만에 다시 라이프치히 공항 대합실에 앉아 있는 셈이다. 몸은 말할 수 없이 피곤하지만 이상하게 머리와 마음은 맑다. 높다란 공항의 창밖으론 어둠을 틈타 오후 내내 흩어졌던 구름들이 봄비가 되어 소리 없이 내리고 있다. 맑은 공기의 향이 코끝을 스치는 걸 보면, 봄의 나른하고 건조한 공기를 비가 촉촉하게 적셔주는 듯하다. 지금 내리는 비는 비행기에서 보았던 그 구름들이 흩어져 부활한 것일까. 많은 양은 아니지만 비는 꽤 오래 내릴 것 같다. 이곳 라이프치히로 올 때처럼 아버지에게로 돌아가는 비행기 창밖으로도 무수한 구름이 피었다가 흩어질 것이다. 그러나 흩어진 그 구름들도 언젠가 비가 되어 대지를 적시고 마침내 새로운 봄꽃들을 피워줄 것이다. 구름은 흩어져서 오히려 생명을 낳게 될 것이다. 그래서일까. 별빛처럼 빛나보이던 바흐가 생활고에 힘들어하던 아버지였고, 아내를 잃은 남편이었고, 피곤한 몸을 이끌고 음악을 생산해야했던 직장인이었음을, 나의 눈으로 확인하고 돌아가는 공항의 밤이 조금은 따뜻하다. 바흐가 이 땅에 두 발을 딛고 살았던 일상의 사람이었다는 사실이 위로가 된다. 그럼에도 불구하고 그가 사람들에게 그리고 신에게조차 영원히 기억되고 있다는 사실도 소망을 준다. 그의 성실한 일상이 영원으로 부활하여 여기 내 귀에 흐르고 있지 않은가. Sie kocht Kaffee und bringt Zucker가 뇌리에 영원히 각인된 것처럼.

지금도 이어폰을 통해 여전히 마태수난곡이 흐른다. 창밖의 어둠과 봄비를 배경으로 마태복음 이십육 장의 광경이 희미하게 그려진다. 이별을 앞두고 떡과 포도주를 제자들에게 나눠주며 축사하는 예수 그리스도. 그가 왔던 우주로 돌아가기 전, 죽음이라는 가장 큰 고난에 순응하여 그것을 묵묵히 짊어지기 위해……. 고난은, 인간을 향한 사랑 때문에 기꺼이 인간의 세계로 들어온 그의 숙명이었다.

고난은 세상의 모든 인생들과 조우한다. 고난은 모든 인간의 숙명이지만 고난의 열매는 많은 사람들이 누릴 수 있을 것이다. 그리스도는 고난을 통과해 영원한 생명을 주었고 바흐는 고난을 통과해 천상의 음을 주었으니까. 그리고…… 그리고 아버지는 고난을 지나면서 나에게 다함없는 소망을 주고 있다. 마태수난곡은 바흐가 모든 인생에게 바치는 노래일지도 모른다. 기나긴 오라토리오의 호흡이 다한 후 부르는 마지막 합창은 그리스도를 노래할 뿐 아니라 바흐를 노래하고 아버지를 노래하고 있는지도 모른다. 고난을 숙명처럼 감싸 안은 모든 인생과, 낯선 고난 앞에서 묵묵히 인내한 그들의 걸음과, 그 빛나는 열매들을.

1977년 9월 5일 지구를 출발한 무인우주선 보이저voyager 1호는 현재 목성과 토성, 천왕성과 해왕성을 거쳐 태양계를 벗어난 어느 별과 별 사이에 있다고 한다. 인류가 만든 우주선 가운데 가장 먼 곳에 도달한 보이저 1호는 인류의 가장 아름다운 창조물인 음악이 담긴 황금레코드를 싣고 있는데, 스물일곱 곡 중 세 곡이 바흐의 것이라고 한다. 서정적인 브란덴부르크 협주곡 2번, 무반주 바이올린을 위한 소나타와 파르티타, 평균율 클라비어 곡을 싣고 지금도 보이저 1호는 영원의 공간을 향해 묵묵히 나아가고 있다. 바흐의 삶이자 신앙고백인 음악들이 불멸의 우주에서 신을 찬양하는 광경을 가만히 눈을 감고 그려본다. 순간을 영원으로 나아가게 한 그의 삶, 그의 신앙, 그의 음악.

광대한 우주, 인간의 천 년이 하루 같은 신의 눈이 지배하는 곳, 그곳에서 바라본 그의 육십오 년 인생은 순간일 뿐이다. 그러나 독일이라는 공간을 벗어나지 못하고 육십오 년이라는 짧은 시간 속에서 살았던 바흐의 삶은 자신의 음악을 통해 영원히 열려진 공간과 시간으로 확장되고 또 확장된다. 인간의 하루가 신의 눈에 천 년 같이 여겨지는 세상 속으로 끝없이, 끝없이…….

보이저 1호에 실려 먼 우주로 간 바흐의 음악처럼 아버지의 일생도 우주로 떠날 준비를 하고 있다. 당신의 삶이 불멸의 음악이 되어 시간과 공간을 완전히 벗어나 영원히 존재하는 우주 밖으로 곧 떠날 것이다. 한 눈 없는 그의 어머니처럼, 폐결핵으로 눈을 감은 그의 첫 아내처럼, 그리고 삶도 죽음도 꿈만 같았던 그의 천사아내처럼. 이 땅에서의 이해할 수 없는 고난에도 묵묵히 지켜보기만 했던 신의 사랑이 아버지가 우주로 떠나는 순간, 얼굴과 얼굴을 대하듯 확연하게 드러날 것이다. 젊어서는 집과 공장을 오가며 기계를 닦고, 늙어서는 집과 교회와 공원과 시장을 오가며 외로움을 달래던, 보잘 것 없고 연약한 아버지의 하루하루를 신은 천 년의 시간으로 바라봐줄 것이다. 아버지의 눈에서 눈물을 씻어주며, 가난하고 비루했던 생애를 천 년 역사의 무게로 인정해 줄 것이다. 아버지의 삶을, 영혼을 울리는 아름다운 불멸의 음악으로 들어줄 것이다. 보이저 1호에 음악을 선별하여 담은 천문학자 칼 세이건Carl Sagan은 말했다고 한다. 우주의 바다에 이 병瓶을 띄워 보내는 것은 지구라는 행성에게 주는 마지막 희망이라고.

나는 돌아가서 부활절인 내일, 우주로 떠나기 위해 세상의 소리로부터 희미해져가는 아버지의 귀에 대고 이렇게 말할 것이다. 지구에 남은 딸이 아버지를 기억하는 한, 인간을 향한 신의 사랑이 그치지 않는 한, 아버지의 소박한 삶은 영원한 소망으로 살아 있을 것이라고……

달맞이꽃

*

스물세 살의 인아가 여름날의 능소화처럼 화사하게 웃고 있
다. 인아의 미소는 자신의 얼굴 위에서 눈부시게 반짝이는 여름
햇살과 닮아 있다. 생장Saint Jean Pied de Port에서 찍힌 인아의 영
상은 단숨에 LTE를 타고 내 휴대폰으로 날아와 생생한 웃음을
발사한다. 높은 화소를 통해 선명하게 보이는, 상기된 딸의 발
그레한 뺨에서 가슴 뛰는 설렘이 느껴진다. 인아를 향해 쏟아지
는 남국의 뜨거운 햇살도 손끝에 만져지는 듯하다. 햇살을 손으
로 비비면 손가락 끝에 오렌지색 파스텔이 묻어날 것만 같다.
빨간 민소매 셔츠를 걸친 뽀얀 팔도, 짧은 진 반바지 아래로 드
러난 미끈한 다리도, 하얀 치아를 드러낸 건강한 미소도, 어깨

에 걸쳐진 초록배낭조차도 상큼하고 싱그럽다. 인아는 지금 가슴 떨리는 여행의 출발점에 서 있다.

엄마, 드디어 출발지 생장에 도착했어요.
내일이면 곧 순례길 출발이에요.
이 길을 엄마랑 꼭 함께 걷고 싶었는데 넘넘 아쉬워요 ㅠㅠ
순례길 여정마다 풍경을 담아 보내줄게요. 사랑해요, 엄마
♡♡♡

카톡! 카톡! 카톡!
발랄한 알림음에 맞춰 프랑스 생장의 풍경들이 쏟아진다. 남프랑스의 이국적인 풍경들이 아름답다. 딸은 프랑스 남부 생장에서 출발해 피레네 산맥을 넘어 스페인의 서쪽 끝 산티아고를 향해 가는 장장 800km의 순례길, 한 달간의 여정을 이제 막 출발하려 한다. 혼자 배낭을 메고 그제 서울을 떠났다. 심리학과 사학년인 인아는 대학원에 진학하여 치열하게 공부하기 전, 한 학기 쉬는 시간을 갖고 인간의 삶을 진지하게 묵상하고 싶다고 했다. 평생 인간심리를 연구하고 탐색할 사람으로서 책에만 몰두하기 보다는 한 달 간 순례 길을 걸으며 조용히 인생에 대해 숙고하고 싶다고도 했다. 그때 나는 인아의 뜻이 기특하고 대견하면서도 쓸쓸히 자조하며 답했다.
"스물세 살의 너와 순례 길의 인생 묵상은 아무래도 안 어울

려. 벌써 쉰 살이 돼버린 이 엄마라면 모를까."

묵상과 숙고.

태양 아래서 눈부시게 웃고 있는 인아에겐 역시 어울리지 않는 단어들이다. 깊은 의미가 함축되어 무게감이 느껴지는 두 단어는 이십대의 것이 아니다. 오히려 자신 앞에 놓인 수많은 미지의 길 중 또 하나의 새로운 길을 호기심 어린 눈으로 탐험한다고 말하는 게 옳지 싶다. 인아는 새로운 경험이라는 사실만으로 충분히 설렐 수 있는 나이니까.

산티아고로 가는 순례길. 최종 목적지가 산티아고데콤포스텔라Santiago de Compostela 대성당인 그 순례 길은 로마와 예루살렘처럼 기독교 순례자들이 열망하는 여정이 되어 있다. 예수 그리스도의 열두 제자 중 한 사람인 야고보 사도가 스페인 땅에 복음을 전하기 위해 처음으로 걸어갔다는 고독한 길이다. 성聖 야고보의 스페인 식 이름인 산티아고는, 스페인 서쪽 끝까지 걸어가 복음을 전한 후 예루살렘에서 순교한 야고보 사도가 죽어서도 영원히 묻히길 원했다는 땅. 생전의 소망대로 그의 유해는 지금 산티아고에 있다. 순례 길을 걸어 천신만고 끝에 도착한 그곳에서 겨우 일곱 명의 전도열매를 거두었을 뿐인데, 야고보 사도는 왜 산티아고를 그토록 절절하게 사랑했을까. 실패에 가까운 전도의 길이 지금은 전 세계 사람들이 와서 분주한 일상을 내려놓고 조용히 걸으며 그들이 살아온 시간을 관조하고 묵상하는 곳이 되었다.

"엄마도 같이 갈래요? 산티아고로 가는 길 내내 엄마와는 말 없이 걸어도 좋고 인생 선후배로 대화하며 걸어도 좋을 것 같아요. 요즘 산티아고 순례 길엔 특별히 퇴직 후 찾아오는 오십대가 많다고 들었어요."

딸의 갑작스런 제안에 문득, 특별한 사랑을 주었던 예수 그리스도를 이방 땅에 전하기 위해 처음으로 미지의 길을 걸어갔던 야고보 사도가 떠올랐다. 포도나무가 줄지어 선 아득한 밀밭 사이로 굵은 지팡이 하나 짚고 묵묵히 걸어가는 외로운 구도자의 그림자가 눈앞에 어른거렸다. 가슴 가득 불쑥, 돈과 명예, 일신의 안녕과 안일함을 모두 비운 채 야고보 사도의 마음이 되어 나도 그 사람의 길을 따라 걸어보고 싶었다. 이제 막 오십대에 접어들고부터 여기저기 흩어져 신산해져버린 마음을 묵묵히 피레네산맥을 넘으며 하나로 모으고도 싶었다. 살아온 지난 오십 년의 의미는 바로 이것이었다고 요약하고 요약해서 작은 기념품처럼 가볍게 배낭에 넣어 돌아오고 싶었다. 분명하고 홀가분한 의미를 배낭에 넣어 돌아올 수만 있다면 가파른 피레네의 산길도 땀 흘리며 넘을 수 있을 것 같았다. 더욱이 그 순례가 나의 자궁을 통해 세상에 온 혈육과 함께 걷는 여행이라면 태양이 내리쬐는 남국의 순례 길에서 숨이 턱턱 막히는 순간에도 행복할 것 같았다. 그날 밤 딸이 화두처럼 던진 산티아고에 인생의 답이라도 숨어있는 듯 이런저런 상념으로 잠 못 이루고 뒤척였다. 그리곤 이튿날 아침, 망설임 없이 팔월 말 프랑스행 비행기를 예약했다. 대설주의보가 발효됐던 일월의 그날, 뜨거운 늦여름의 순례를 상상하는 것만으로도 큰 위안이 되었다.

하지만 삼월부터 시작된 원인모를 열 오름 증세는 모든 계획을 흩어버렸다. 몸속 깊은 곳 심장 언저리에서 시작되어 순식간에 가슴과 목과 얼굴을 뜨겁게 데우며 용광로처럼 달아오르는 열에 온몸은 땀범벅이 되곤 했다. 자의의 통제 밖에서 시작된 열은 하루에 수십 번씩 불가항력으로 올랐다가 급속하게 식으며 한기를 느끼게 했다. 열기와 한기가 차례로 엄습할 때마다 몸속에 내재된 어떤 위험이 감지되곤 했다. 피부 겉면의 차가움과 몸속의 뜨거움이 공존하는 순간은 내 안에 두 인격이 사는 것처럼 낯설었다. 사월과 오월을 지나면서 세상은 화창한 봄으로 가득한데, 때와 장소를 가리지 않고 수시로 오르는 열은 의지로 차단되지 않았다. 급히 냉 수건을 심장에 갖다 대면 열은 조금 나아졌지만, 사람을 만나거나 수업을 할 때 열이 오르면 속수무책이었다. 그 자리를 피해 달아날 수도 없었고 냉 수건으로 심장을 식힐 수도 없었다. 벌겋게 달아오른 얼굴로 사람들을 대할 때면 고문을 받는 듯 힘들었다. 밤이면 증세가 더 심해져 잠을 청하기가 어려웠다. 설핏 잠들었다 수시로 깨는 불면의 밤을 보내고 맞는 아침은 고통스러웠다. 잔뜩 벼르고 잠복해 있던 누군가가 수시로 나타나 괴롭히는 느낌에 시달리면서 피해의식이 생겨났다. 이전에 한 번도 겪어보지 못한 일이어서 내면적으론 자주 우울해졌다. 한 학기 병가를 내고 쉬었지만 열 오름 증세는 초여름까지도 계속되었다. 고통을 호소하는 내게 지인들은 너무나 쉽고 간단하게 갱년기 증세라고만 했다. 별일 아니라는 듯 웃음기마저 담아 말하길, 증세가 심할 뿐 누구나 겪는 과정이고 때가 되면 다 지나가는 순간이라 했다. 과장된 엄살로 비칠 듯하여, 누구에게도 마음껏 괴로움을 토로할 수 없었다.

"아주 심한 안면홍조 증상입니다. 갱년기가 되면 난소기능이 서서히 떨어지면서 여성호르몬이 제대로 분비되지 않습니다. 여성호르몬인 에스트로겐이 부족하면 자율신경계에 혼란이 오고 체온조절이 제대로 되지 않기 때문에 일어나는 현상이죠. 마지막 생리는 언제 있었나요?"

의사의 말에, 작년부터 있다 없다 반복되던 생리현상이 이월 이후 완전히 끊어진 상태란 걸 새삼 상기했다. 그러니까 삼 개월 정도 생리가 없었던 셈이었다. 있다 없다 했으니 언젠가 또 있겠거니 대수롭지 않게 여겼다. 내 몸에 대해 온전한 배려가 없었던 스스로에게 그제야 자책이 일었다. 초음파를 통해 자궁과 난소를 면밀히 관찰하던 의사는, 진찰대 위에 누운 내게 무정한 판사가 최종선고를 내리듯 간단명료하게 말했다.

"난소 퇴화가 진행 중입니다. 작년 초음파 사진과 비교해 난소의 크기가 줄어들고 있어요. 여성호르몬이 거의 분비되지 않는다는 의미죠. 호르몬이 갑자기 차단되니 몸이 방향을 잃고 맘대로 움직이는 겁니다."

그 순간 내 안에서 파도처럼 일어난 감정은 슬픔이었는지 분노였는지 자기연민이었는지 아니면 그 모든 것이었는지 정확히 알 수 없다. 그건 마치 갑자기 일어난 사고와도 같았다. 자유롭게 뛰던 다리가 힘을 잃고 자유롭게 노래하던 성대가 소리를 잃는 것과도 같은 육체의 사고였다. 전혀 마음의 준비가 되지 않았는데 여성성을 강제로 도둑맞은 듯 했다. 그토록 사랑해마지 않던 여성성이 아닌가. 수십 번 다시 태어난다 해도 여전히 여성이고 싶었다. 부드러운 머릿결, 곡선의 얼굴과 몸매, 달콤한 향수와 아름다운 화장, 따뜻하고 섬세한 정서, 맑은 미소와 청순한 마음, 풍성한 모성애와 깊은 자비심, 성숙한 태도와 정결한 영성, 나는 여성이 누리는 그 모든 것이 좋았다.

"생리가 끊어진 후 일 년이 가장 괴로운 만큼 호르몬제를 처방해 드릴 수는 있어요. 인공적인 호르몬 투여가 암의 발생률을 높인다고 다들 우려하지만 그냥 견디는 것보단 삶의 질이 훨씬 높겠죠. 교통사고가 무서워 운전을 포기할 수 없는 것과 같은 이치죠. 인공적인 호르몬제가 꺼려진다면 호르몬 역할을 하는 자연약품을 드시는 것도 제한적인 대체요법이 될 수는 있습니다. 예를 들면 달맞이꽃씨 기름이나 칡즙 같은 것들이죠."

집으로 돌아와 화장대에 앉아 거울을 바라보는데 마음이 허망함으로 차올랐다. 갖가지 용도의 화사한 화장품들이 의미를 잃고 우두커니 정물로 놓여 있었다. 여성성으로 충만한 젊고 건강한 여자가 거울 앞에 앉아 화장하는 일은 얼마나 아름다운가. 약간의 나르시시즘으로 거울 속 자신을 바라볼 때 여자는 얼마나 행복한가. 딸을 낳을 때 외에는 입원해본 적도, 많이 아파본 적도 없었는데 어느새 여성성이 말라버린 몸이 되었다니 쉽게 인정하기 어려웠다. 여성이지만 더 이상 육체적으로 여성이 아닌 듯한, 정체성의 혼란으로 신경이 예민해졌다. 물론 딸과 함께 답을 찾아보려했던 화두 산티아고도 포기할 수밖에 없었다. 800km 순례 길을 열 오름 증상으로 채울 순 없었다. 인간 최고의 욕구인 묵상은, 기본의 욕구인 안전이 보장되지 않으면 처음부터 불가능한 일이었다.

나는 남았지만 스물세 살의 딸은 엄마 때문에 결코 자신의 계획을 망설이거나 미루지 않고 인생의 버킷리스트를 실행하기 위해 떠났고 이제 막 그 길을 출발하려 한다.

카톡!

아침에 출발하려면 지금 자야 하는데 잠이 안 오니 어떡하죠?
엄마, 설레서 심장이 터질 것 같아요^ ^

설렘으로 터질 것 같은 스물세 살의 심장은 어떤 것일까. 인아와 같은 나이였을 때 내 속에서 열정으로 뜨거웠던 심장은, 쉰 살이 된 지금 열 오름 증상으로 자주 뜨거워지곤 한다. 열 오른 심장을 식히고 싶어 매일 달맞이꽃씨 기름을 섭취하는 나의 몸에 스물세 살의 심장을 이식한다면, 몸은 다시 회복되어 헛열이 내리고 대신 오직 열정으로만 뜨거워질 수 있을까.

*

"인아니? 톡이 쏟아지네. 지금 프랑스래?"

"응. 이제 내일이면 순례길 출발이라고 사진도 보내고 신났네."

"예쁜 딸과의 순례 대신 나와의 강릉 여행이라니……. 많이 아쉽지?"

서울에서 지금껏 말없이 운전만 하던 혜신이 희미하게 웃으며 내 핸드폰 속의 인아를 곁눈으로 쳐다본다. 차창 밖 늦여름의 햇살 아래서도 혜신의 핼쑥한 옆얼굴이 사진 속 인아의 환한 미소와 비현실적으로 대조된다. 자잘한 주름과 건조한 피부가 그대로 드러나는, 어느새 나이 들어버린 혜신이다.

"아냐, 나의 베프님과 이렇게 여행하는 게 더 좋아."

혜신을 처음 만난 건 사범대 국어교육과 신입생 OT에서였다. 스무 살의 그녀는 얼마나 싱그럽고 예뻤던가. 처음 만난 그 순간, 그녀의 지적인 분위기와 따뜻한 눈빛에 매료되어 평생의 친구가 되리라는 예감에 사로잡혔다. 처음 만났지만 데자뷔처럼 우리는 서로를 단번에 알아보았다. 둘의 성정은 닮아 있어서 같이 있으면 평상복을 입은 것처럼 편안했고 심리적 방어가 필요 없었다. 우린 같이 시詩를 사랑하여 시인이 되길 열망했지만 결코 과잉감정에 함몰되지 않는 모범생이기도 했다. 둘 다 고등학교 국어교사로 이십오 년을 일해 오면서 서로의 존재를 기댈 수 있는 울타리처럼 든든히 여겨왔다. 새삼 빠르게 지나온 세월이 한여름 밤의 꿈만 같다.

"혜신이 너야말로 스무 살 때 정말 예뻤는데, 언제 이렇게 삼십 년이 훌쩍 흘러버렸을까?"

엷은 미소가 혜신의 입가에 번지려다 이내 사라진다. 그녀는 활짝 웃는 모습이 매력적이었다. 아무런 외식 없이 투명하게 웃을 때 그녀의 볼에 패던 보조개는 상대방의 시선을 빼앗기에 충분했다. 이십대는 물론 삼십대에도 구혼하는 남자들이 주변에 많았지만 교통사고로 일찍 다리불구가 되어버린 과부 어머니와, 그 어머니를 무남독녀 외동딸로 둔 외할머니를 모셔야 한다는 책임감에 혜신은 모든 구혼을 뿌리치고 독신으로 지내왔다.

"스무 살? 우리에게도 그런 나이가 있었나? 왜 난 한 번도 네 딸 인아처럼 내 인생을 위해 거침없이 살아보지 못했을까? 바보같이 항상 다른 사람만 먼저 생각하며 살아왔던 것 같아. 이렇게 쉽게 쉰 살이 되기엔 억울한데……. 생각해보면 난 스무 살에도 이미 쉰 살이었던 것 같아."

운전대를 잡은 가녀린 팔목과 왜소한 몸피가 새삼 혜신의 우울을 환기시켜준다. 연약한 몸피로 자신의 인생과 엄마의 인생, 외할머니의 인생까지 지탱해 온 그녀를 생각하니 진한 연민이 일어난다.

내 손톱 밑 가시가 남의 중병보다 고통스럽기 때문일까. 열 오름 증상으로 괴로워하느라 혜신에게서 봄 내내 소식이 없는 걸 알면서도 안부를 묻지 못했다. 증상이 완화되면 자연스레 만나리라 여기며 석 달을 보냈다. 유월이 끝날 무렵 열 오름이 조금 잦아들었을 때 전화하니, 혜신도 학교에 육 개월 간병휴직 청원서를 낸 채 집에 칩거하고 있다고 했다. 그녀는 생의 욕구들이 사라져버린 듯 마음이 우울하다고 했다. 외할머니는 중풍이 심해져 요양병원에 입원해 있고 어머니는 허리디스크 수술 이후 거동이 더 어려워져 사람을 들여 함께 보살피는 중이라 했다.

"명주 넌 딸이 있어서 좋겠다. 딸은 엄마의 진실한 친구니까."

"그래, 엄마에게 딸은 좋은 친구지. 누구보다 혜신이 네가 네 어머니랑 평생 서로를 품어온 진실한 친구잖아."

"그러면 뭘 해. 외할머니와 엄마를 돌봐온 나도 이제 시들어

52

가는 걸. 언제까지나 두 사람을 든든하게 지켜줄 수 있을 줄 여겼는데 이제 나도 심신이 지치니까 자꾸 미래가 두려워져…….”

서른 살 무렵, 혜신은 유일하게 마음을 주며 결혼을 꿈꾸던 선배와 끝내 헤어졌다. 무남독녀로 병든 어른들을 책임져야 하는 처녀를 선배 집안에서 꺼렸고 극심한 반대에 부딪쳐 결국 헤어진 터였다. 그날 밤 혜신은 자정 넘어 내게 전화했었다. 수화기 너머로 들려온 그녀의 목소리는 저음으로 가라앉아 있을 거란 예상과 달리 이상할 만큼 들떠 있었다.

“명주야, 아까 저녁에 TV를 보다가 놀라운 사실을 하나 알게 됐어. 한 엄마의 자궁 속에 태아로 숨 쉬고 있는 여자아기 말이야. 그 아기의 몸속 작은 난소 속에 미래의 생명체가 될 난자들이 희미한 난포형태로 들어있대. 정말 신기하지 않니? 음…… 그러니까, 명주 네가 네 엄마 뱃속에 태아로 있을 때 이미 너의 난소 속에 네 아기 인아의 생명체가 들어있었던 거지. 한 여자 안에 한 여자, 그리고 그 여자 안에 또 한 여자. 신기하지 않니? 난 가끔 왜 내가 외할머니 인생까지 책임져야 하는지 이해가 되지 않았거든? 신이 왜 나에게만 유독 무거운 짐을 주시는지 이해가 안 됐어. 그런데 이젠 조금 알 것 같아. 외할머니는 자궁 속에 우리 엄마뿐만 아니라 비록 반쪽의 존재였지만 나도 품었던 거야. 외할머니 속에 엄마가 있었고 엄마 속에 내가 있었던 거지. 명주야, 무슨 말인지 알겠니? 내 말 이해하니? 외할머니가 내 생명도 품었던 거라고. 외할머니랑 엄마랑 나랑 결국 한 몸이었던 거지. 그러니까 내가 책임지는 게 맞지? 그렇지?"

혜신은 어머니와 외할머니를 책임져야 하는 이유를 찾지 않으면 안 될 것처럼 쫓기듯 말했다. 이십 년 전 졸음 속에 인아를 재우면서 들었던 혜신의 말은 강박증 환자의 모노드라마 대사처럼 느껴졌다. 주인공을 홀로 환하게 비추는 연극 무대 조명 아래서나 고백할만한 심리적 독백으로 들려왔다. 하루 종일 학교에서 근무하다 퇴근해 저녁을 준비하고 인아를 돌보는 일에 지쳐버린 난 혜신의 말을 깊이 새겨볼 틈도 없이 혼곤한 잠에 빠져버렸다. 그러다 아주 잠깐, 새벽에 깨서 칭얼대는 인아를 다독이며 엄마의 자궁 속에 태아로 존재했던 나와, 태아인 나의 난소 속에 미지의 생명체로 존재했던 인아를 떠올렸다. 그리고 오래 전에 나와 인아를 품었으나 이미 오십대 후반에 접어든 엄마의 늙은 자궁도, 그리고 엄마의 엄마, 돌아가신 외할머니와 말로만 들었던 외할머니의 엄마의 자궁도 떠올렸다. 한 세대는 가고 한 세대가 오는 역사의 기저에 숨은, 전설 같은 여자들의 자궁을 생각했다. 생명을 품고 낳고 키우고 그리곤 마침내 늙어서 퇴화해온 그녀들의 따뜻한 자궁을……. 서른 살 나와 혜신의 건강한 자궁에도 결국은 퇴화의 시간이 오고 말 거란 걸 그때는 전혀 실감하지 못했다.

"언젠가는 인아도 나를 지켜줄 수 없을 때가 오겠지. 젊은 인아의 자궁도 시간이 흐르면 반드시 퇴화되고 말테니까. 누구든 예외는 없으니까."

"그래도 네 딸 인아는 지금 자신을 위해 살고 있으니까 쉰 살이 된다 해도 아쉽진 않을 거야. 정말 인아가 부럽다. 이만하면 잘 살아왔다 싶다가도 자꾸 뭔가 목에 걸려서 넘어가지 않는 이 느낌은 뭘까?"

혜신은 자기 삶의 회한으로 마음의 병이 든 건 아닐까 싶다. TV에서 본 의학상식 하나로 자신의 운명에 당위성을 부여하고는 쉬지 않고 달려왔지만, 몸과 맘이 예전 같지 않고 불면증도 찾아오면서 자기연민에 온전히 빠져버린 듯하다. 정면을 향한 채 넋두리처럼 얘기하는 혜신을 바라보니 총명하던 눈동자는 힘을 잃고 손질하지 않은 머릿결은 푸석하다. 그나마 칩거하던 혜신이 세상 밖으로 나오는 여행을 감행한 건, 열 오름 증상으로 힘들었던 시간을 고백하는 내게서 위안을 얻었기 때문이었다. 문안하고 평범한 인생을 살아온 친구도 오십의 문턱에서 예외 없이 힘들어하자, 어떤 여자든 인생의 과정이 다르지 않다는 걸, 자신도 그 길을 걷고 있을 뿐이란 걸 깨달았는지도 모른다. 자신을 자궁으로 품었던 어머니와 외할머니를 돌보느라 시간을 소진해온 혜신이도, 자궁으로 품었던 딸을 돌보느라 시간을 소진해온 나도, 현실을 살아내느라 시인의 꿈을 유예해온 여자들이 아닌가. 다만 혜신은 그 끝이 보이지 않았을 테다. 몸은 여성으로서의 기능을 다하고 이제 자신을 돌보라고 호소하는데 현실은 여전히 누군가를 돌봐야하는 책임감의 무게가 우울을 불렀을 테다.

강릉에 가고 싶다고 먼저 말한 건 혜신이었다. 몇 해 전 함께 허난설헌을 주인공으로 한 소설을 읽고 그녀의 생가를 방문해보자고 약속했지만 서로 바빠 차일피일 미뤄오던 터였다. 열 오름 증상이 잦아든 나도 문학여행을 핑계로 답답했던 칩거에서 벗어나고 싶었다.

"꾸역꾸역 나를 채찍질하며 달려왔는데 끝이 보이지 않아. 명주야, 지금까지 해왔던 것처럼 계속 달려야 할까? 때론 다 놔버리고 싶어."

혜신이 텅 빈 눈으로 속에 든 진심을 내보인다.

"달릴 수도 없고 놔버릴 수도 없을 땐 언제든 쉬어 가면 되지."

운전대를 잡은 혜신의 손을 따뜻하게 덮어주자 나의 격려가 진실임을 증명하듯 눈앞에 고속도로 휴게소의 표지판이 선명하게 다가선다. 휴게소구나. 그래 혜신아, 우리 이제부턴 천천히 쉬어가자.

*

강릉에 들어서자 차창으로 스며드는 늦여름 저녁 햇빛이 한

결 얇아져 있다. 낮게 엎드린 시내가 마음을 편안하게 한다. 여류시인 신사임당과 허난설헌이 실존했던 곳이기 때문일까. 고전적인 묵향이 은은하게 풍겨오는 듯하다. 묶였던 마음이 조금은 여유로워진다.

"그 약은 매일 먹어야만 하는 거야?"

"응, 오전 오후 하루에 두 번."

가방에서 약을 꺼내 생수와 함께 넘기는 내게 혜신은 담담히 묻는다. 달맞이꽃씨 기름을 정제하여 만든 갱년기 증세 완화 약을 먹은 지 석 달째. 열 오름은 팔월이 되어서도 가끔 불쑥 찾아와 여름의 열기로 달아오른 몸을 더 뜨겁게 담금질 할 때가 있다. 몸속으로 스며든 달맞이꽃씨 기름이 몸의 변화에 어찌할 바 몰라 날뛰는 자율신경계를 끊임없이 타이르고 다독이는 중인 듯하다. 괜찮아. 괜찮아. 넌 그대로의 너야. 달라지는 건 없어…….

'늙음은 아니지만 젊음도 될 수 없음'이 선고된 폐경의 몸, 신이 비밀스레 젊음의 묘약을 타놓은 여성호르몬이 말라버린 몸은 달맞이꽃씨 기름에 위로받고 있다.

"달맞이꽃의 씨에서 나오는 기름을 짜서 만든 약이래. 뭐라더라? 그래, 감마리놀렌산이라는 성분이 많아서 갱년기 여성에게 굉장히 좋대."

"달맞이꽃? 달맞이꽃은 한 번도 본 적이 없는데……. 어떤 꽃이니?"

"나도 본 적은 없어. 갱년기 여성에게 좋다고 하니 달맞이꽃
도 우리처럼 나이 든 꽃일지도 몰라."

혜신과 나는 오랜만에 서로 거울을 보듯 마주보며 환하게 웃
는다. 순간, 함께 나이 들어가는 친구가 있다는 사실이 든든한
위로가 된다. 멀리 경포호수가 조금씩 모습을 드러낸다. 물 내
음이 나는 듯하다. 팻말을 보니 소녀처럼 맘이 설렌다.

허난설헌 생가 2km

"명주야, 서른일곱 살에 요절한 난설헌은 여자로서의 아름다
움을 간직한 채 죽을 수 있어서 행복했을까? 젊은 육체도 젊은
정신도 낡지 않고 그대로 빛나는 채로 죽었으니 말이야."

"고통 속에 살다가 스스로 선택한 죽음이었는데 행복했을 리
가 없지. 다만 삶의 후반부에 정체성이 흔들리는 혼란은 없었을
거야. 사실은 나도 자궁이 퇴화하고 여성성이 사라진 내 정체성
이 혼란스러울 때가 있거든."

육체적 아름다움이 사라진 죽음도, 정신이 흐려진 사람도 온
전한 그대로의 의미가 있다고 자신 있게 대답해주지 못하는 내
가 바보 같다. 다만 스스로를 위로하듯 혜신에게 위로를 건넨
다.

58

"생사의 기로에서 투병하는 네 외할머니도, 간병인 없이는 못 움직이는 네 어머니도 혜신이 너에겐 여전히 중요한 의미라고 생각해. 퇴화한 자궁을 뱃속에 담고 있어도, 희미한 정신의 날줄을 붙잡고 있어도, 두 분은 여전히 널 따뜻하게 품고 있으니까. 이십 년 전에 네가 그랬잖아. 품는다는 건 그 속에 생명이 들어있다는 뜻이라고."

"내가 그랬어? 그래, 그때도 살아갈 이유가 필요했겠지."

저녁 햇빛 아래서 허난설헌의 생가는 숨죽인 듯 조용히 엎드려 있다. 고색으로 옷 입은 정갈한 한옥이 늦여름 저녁 내음과 잘 어울린다. 집이 아름다운 건 그 속에 깃든 사람 때문이라는 말은 옳다. 이 집에서 '초희'라는 이름으로 태어나고, 아이로, 소녀로, 그리고 처녀로 살았던 허난설헌. 그녀를 생명처럼 품었던 자궁이기에 이 집은 흠모할 만큼 아름다운 것일 테다. 우리는 천천히 대문을 지나 사랑채와 안채, 그리고 부엌을 돌며 집에 스민 그녀의 체취를 따라가 본다. 초희가 스승 이달에게서 학문을 배운 방이라는 별당 앞, 수국나무가 그녀의 화신인 듯 소박하고 청초한 자태로 서 있다. 경포호수의 맑은 물 내음과 푸른 해송으로 둘러싸인 이 집에서 비단옷으로 단장한 초희가 아름다운 수를 놓고, 스승에게서 글을 배우고, 총명한 눈빛을 들어 진리를 사유하며, 단아한 몸짓으로 시를 짓는 모습이 눈에 어른거리는 듯하다.

나의 집은 강릉 땅 돌 쌓인 강가
문 앞의 강물에 비단옷을 빨았지요.
아침이면 한가롭게 목단 배 매어놓고
짝지어 다니는 원앙새만 부럽게 보았지요.

이 집에서 자라는 동안 청순하고 맑은 시어들의 모태가 됐던 초희. 그때 그녀는 아주 조금이라도 예감했을까, 신산하기만 했던 그녀의 미래를. 시부모의 학대와 남편의 열등감어린 외도, 아이들의 죽음, 뱃속 아이의 유산, 친정의 몰락, 아버지의 객사, 형제들의 비참한 죽음을……. 그녀는 폭풍 같은 고난 앞에서 서른일곱 살 요절이라는 극단적인 선택을 해버렸다. 그리고 바람처럼 이 땅을 떠나버렸다.

"초희가 고난에도 끄떡없이 신이 부를 때까지 끝까지 살아냈다면 어땠을까? 육체와 정신이 흐려져 가는 시간을 기꺼이 감내하며 시를 썼다면 어땠을까? 중년이 되고 늙어 할머니가 될 때까지 시를 썼다면 말이야."

다른 시대에 서 있는 초희의 분신인 양 그녀의 운명을 안타까워하는 혜신은 마치 자신의 모습을 찾아 여기까지 온 사람처럼 묻는다.

"글세……. 초희가 끝까지 살아냈다면 응축된 고난이 깊은 울림의 시를 만들어냈겠지. 그저 맑은 시정詩情이 아니라 인생을 위로하는 넉넉한 시정으로 말이야. 초희는 자신을 강하게 표현하고 싶은 태양의 여자였는지도 모르겠네. 태양이 사라지기 전 젊음인 채로 서둘러 이 땅을 떠나버렸으니……."

고통 앞에서 몸을 떨었던 초희를 상상해본다. 초희가 만약 하늘이 주신 한 줌의 마지막 생명까지도 끝까지 살아내면서 엎드려 시를 썼다면 고난의 자궁으로 낳은 그녀의 시는, 죽은 육체의 자식들을 대신하여 진정한 그녀의 자식이 되어주지 않았을까. 그리고 언젠가 성장하여 세상으로 나가 많은 이들에게 소망을 주지 않았을까.

"고난 속에 난포로 숨어있던 문학적 상상력을 자궁에 품고 키워서 천천히 세상 밖으로 흘려보냈다면, 늙어 퇴화해버린 초희의 자궁도 더 아름다운 의미를 갖게 되지 않았을까?"

"명주야, 세상 누구도 남의 고통을 완전히 이해할 순 없어. 초희의 선택에 대해 우리가 뭐라 평가할 수 있겠니?"

"그렇긴 하지. 그렇지만 혜신아, 사람이든 문학이든 그 속에 품은 생명이 가장 귀하지 않을까? 생명이 바로 의미니까."

"그럴까? 그래 그럴지도…… 내일도 이곳에 한 번 더 와보자."

초희의 자의적 죽음에 공감하지 않는 내게 혜신이 초희가 되어 반문하고 변호한다. 혜신의 눈빛이 이곳에서 어떤 의미를 찾지 않고는 돌아갈 수 없다는 듯 간절해져 있다. 우린 둘 다 새삼 말을 잃은 사람처럼 각자의 상념에 젖는다. 초희의 삶과 시詩의 향기가 묻어나는 생가를 천천히 돌며 오래도록 깊은 생각에 빠져든다.

*

저녁을 먹고 펜션에 들어서니 서쪽하늘 멀리 태백산맥의 등줄기 위로, 진정 뜨거웠던 여름에게 고별의 인사를 건네는 낙조의 붉은 빛이 가득하다. 긴 듯 짧았던 여름을 아쉬워하며 붉게, 점점 더 붉게 저녁하늘이 물들고 있다. 열정의 여름이 성숙의 가을로 거듭나려면 저렇게 하늘도 붉게 달아오른 안면홍조의 시간을 견뎌야 하는 걸까.

뜨거운 햇빛 아래서 고단했던 낮의 여정을 마감하는 대지는 여름 저녁의 향긋한 풀냄새를 뿜어내고, 경포호수가 바라보이는 삼층 방은 아늑하고 시원하다. 샤워를 마치고 나란히 경포호수 산책길에 나서자 회색빛으로 어두워지는 밤하늘과 호수의 시원한 바람, 샤워 후의 상쾌함이 하루의 피곤을 풀어준다. 이미 휴가철이 지나버려 한적한 호숫가엔 드문드문 연인들이 낮은 소리로 속삭이며 걸어가고, 바닷길이 막혀 생긴 거대한 호수 위에 조금씩 어둠이 내린다. 진정 뜨거웠으나 짧기만 했던 여름이 이제 정말 지려나보다. 초희도 서울로 시집가며 저런 하늘을 바라봤을까. 여름이 서서히 지는 걸 보면서 그녀의 젊고 행복했던 시절도 끝나가고 있다는 걸 한끝이라도 예감했을까. 아직 그녀의 자궁 속에 난포로 숨은 시어들을 품고 낯선 미지의 땅으로 걸어가는 그녀를 그려본다. 문득 그녀를 향해, 당신의 숨은 난포를 어떤 고난에도 절대 포기하지 말라고 뜨겁게 그리고 간절하게 소리치고 싶어진다.

시원한 저녁바람 때문일까. 혜신도 나도 말이 없지만 몸은 편안하고 마음은 평안하다. 하루 종일 우울하던 혜신의 얼굴에도 생기가 돈다. 천천히 걸으며 호숫가 습지를 지나자 상큼한 흙 내음이 훅 끼쳐온다.

"어머, 저 꽃 좀 봐!"

혜신이 놀라 소리친다.

"무슨 꽃?"

"저기 노란 꽃! 곧 밤인데 무리지어 활짝 피었네. 저 꽃 이름이 뭐지?"

혜신이 가리키는 곳을 보자 호수를 배경으로 키 큰 꽃들이 노란 얼굴로 가득 피어 있다. 무리지어 피어 있는 모습이 꼭 밤하늘 달무리 같다. 호기심으로 다가가자 저녁바람에 은은한 향기가 코끝에 스민다. 첫눈에도, 꽃은 모습보다 향기가 훨씬 아름답다.

"글쎄, 나도 모르겠어. 처음 보는 꽃이야."

초록 줄기 끝에 달린 네 장의 노란 꽃잎을 손끝으로 만지며 섬세하고 부드러운 결을 느껴본다.

"그 꽃 말씀이오? 그거 달맞이꽃이라오."

산책하던 노부부가 웃으며 답해준다.

"예? 달맞이꽃이요?"

우연일까. 혜신과 나는 초희의 생가에 이르기 전 차 안에서 얘기했던 나이 든 꽃을 떠올리고는 또 마주보며 환하게 웃는다.

"낮에는 오므려져 있다가 달이 뜨는 밤에 활짝 핀다고 해서 달맞이꽃이라고 한다오."

"그래요? 우리는 이 꽃 처음 봐요."

"아니야. 모르긴 몰라도 아마 살면서 여러 번 봤을 거요. 어디든 흔하게 피어있는 들꽃이고 특별히 화려하지 않아서 눈에 띄지 않았을 뿐이지, 사실은 늘 우리 곁에 있는 꽃이라오. 여름엔 들이나 둑길에 지천으로 피지요."

"아, 그런가요? 우린 달맞이꽃을 보고도 몰랐네요."

"달맞이꽃이 있는 곳에 언제나 달도 있소."

어르신이 하늘의 달을 가리킨다. 동쪽 밤하늘 거기, 하얀 달이 떠 있다. 하늘을 올려다본 우리는 아주 당연한 일에 기적이라도 본 듯 감탄한다.

"아! 정말이네요. 진짜 저기 달이 있네요."

"대부분의 꽃들이 해를 따라 피지요. 예쁜 모습을 가장 잘 보여줄 수 있으니까. 그런데 사람들이 보지 않는 밤에 이렇게 피어서 세상을 밝혀주고 달에게도 친구가 되어준다오. 여기 두 사람도 친구시오?"

"예. 하하하"

우린 마주보며 다시 한 번 더 크게 웃는다.

"두 사람도 달과 꽃처럼 서로 좋은 시간 보내시오."

달과 꽃.

미소를 머금고 멀어져가는 어르신의 달맞이꽃 소개는 묘한 감동을 전해준다. 늘 곁에 있었던 꽃을 오십 년 만에 알아보다니, 세상엔 보아도 보지 못하는 존재가 가득함을 또 느낀다. 혜신은 호수를 비추는 달에 시선을 둔 채 여전히 감격해 있다. 건조했던 그녀의 목소리가 저녁 습기에 젖는다.

"그래, 정말 그렇구나. 아침과 낮에 피는 꽃만 꽃이 아니네. 태양빛을 받지 못해도 얼마든지 이렇게 아름다울 수 있구나."

이십 년 전 전화했던 그날처럼 혜신의 목소리는 까닭 모르게 들떠 있다.

"명주야, 쉰 살 이후의 여자를 세상은 더 이상 주목하지 않잖아. 우리도 이젠 태양을 따라 눈부시게 피는 꽃은 될 수 없겠지. 그리고 보면 낮에 피는 꽃들은 아름답긴 한데, 뜨거운 태양을 정면으로 바라보지 못하는 치명적인 약점이 있어. 그렇다면 태양을 따라 피는 꽃은 오직 자신만을 위해 핀다는 뜻이 되겠지? 그런데 달과 꽃은 서로를 응시하면서 이렇게 기쁨으로 비춰줄 수 있구나."

다시 연극 무대 조명이 그녀에게 모아지고 혜신은 모노드라마의 주인공이 된 듯 내면의 대사를 독백한다. 문득 스무 살 신입생 OT에서 처음 만났던 그날의 혜신이 느껴진다. 그녀가 사랑하는 시詩처럼 순수하고 맑은 영혼의 혜신이 독백 속에 보인다. 햇빛 아래서 선명하게 드러나던 자잘한 주름과 건조한 피부, 푸석한 머리도 여린 달빛에 숨겨진다. 마르고 핍절한 몸의 경계도 흐린 달빛에 녹아든다. 달빛이 그녀의 모든 걸 넉넉히 감싸 안는다.

'그래 혜신아. 이제 우리 달맞이꽃으로 살자. 달빛 같이 부드러운 세상에서 존재를 위로하는 달맞이꽃으로…….'

하지만 달맞이꽃에 몰입된 혜신에게 입을 열어 맘을 표현하진 못하겠다. 그녀는 이미 달맞이꽃으로 살고 있다. 자신을 드러내지 않고 어머니와 외할머니를 돌보며 살아온 그녀의 시간이 이미 달맞이꽃의 삶이 아니던가.

"정말이지 그동안 왜 몰랐을까? 이런 어두운 시간에 조용히 피는 꽃이 있다는 설. 아까 어르신 말처럼 너무 흔해서 몰랐던 걸까? 그러고 보면 인생의 반은 밤에 속해 있는데 왜 그 시간을 마이너리티의 시간으로만 여기며 살았을까?"

달빛 아래서 잔잔히 이어지는 혜신의 조용한 고백…….

"태양 아래 피어있는 동안은 그것만이 전부라고 믿었어. 모두가 집을 찾아 떠난 밤에도 여전히 바람은 불고, 나무는 숨을 쉬고, 이렇게 달맞이꽃이 달을 위무하며 핀다는 걸 잊고 살았어. 태양에만 매료되어 있었나봐. 달빛 세상엔 왜 관심조차 없었을까? 태양이 숨어버린 시간에도 고요한 달빛이 이렇게 어둠을 부드럽게 만져주는데…… 명주야, 폐경이 되어버린 우리도 여전히 아름다운 여자인 채로 살아갈 수 있을까? 달빛같이 따뜻하고, 부드럽고, 섬세한 여성성으로 말이야."

자신을 표현하려 태양을 열망하는 대신 자신을 내어주며 달빛에 응하는 꽃에 매료되어, 잠자던 혜신의 시심詩心이 눈을 뜬 것일까. 혜신은 마치 시인이 시를 낭송하듯 내면의 언어들을 달빛 가운데로 흘려보낸다. 혜신을 이곳으로 데려온 건 그녀 자신이 아니라 그녀의 퇴화된 자궁 깊은 곳, 화석처럼 굳어버린 난포 속에 숨어 여전히 숨 쉬고 있는 시심詩心이 아니었을까.

*

천천히 걸어 펜션으로 돌아오니 두고 갔던 휴대폰에 인아로부터 장문의 톡이 와있다.

엄마, 순례 길을 출발하는 첫날 아침인데 문득 이런 생각이 들어요. 800km를 걸으며 아무리 깊은 묵상을 한다 해도 내가 가보지 않은 길은 그곳에 닿기 전까지 진정으로 알 수 없을 거란 생각이요. 산티아고는 개념이 아니라 실체니까요. 산티아고가 어떤 땅인지는 그곳 땅을 밟고, 그곳 공기를 마시고, 그곳 풀과 나무와 사람과 건물을 만져봐야 알 것 같아요. 산티아고에 이르기까지는 그냥 여정을 하나하나 느끼며 갈 수밖에 없겠죠.

그래도 묵상의 순례시간이 헛된 건 아닐 거예요. 산티아고라는 목적지가 있고 하루하루의 길을 더할수록 목적지는 가까워지니까요. 산티아고에 이르기 전까지는 모든 시간이 설레는 소망인 거죠. 그곳에 이르기까지 돌부리 가득한 험한 길도, 고독한 산길도, 평탄한 보리밭 길도 걷게 되겠지만 모든 길과 모든 순간이 소중한 건 산티아고를 보게 되리라는 소망 때문이겠죠. 그 소망이 있는 한 누구도 순례를 그만둘 수는 없을 거예요. 앞으로 심리학자로서 사람을 만날 때마다 그 사람 속에 있는 산티아고를 생각해볼 거예요. 그 사람이 잊고 있는 자신의 산티아고를 떠올릴 수 있도록 도울 수 있다면 좋겠어요. 심리학자 칼 융(Carl Jung)이 그랬어요. 인생의 어느 시점이 되면 육체적 인간은 정신적 인간으로 변모해서 삶의 에너지를 내적으로 바꿔야 한다고요. 그의 이론을 배울 때, 육체가 쇠락해버린 인간이 외길의 막다른 골목에서 어쩔 수 없이 선택해야만 하는 패배의식으로 느껴졌는데, 오늘 문득 생각해보니 정신적 인간으로 변모하지 않으면 그 누구도 결코 산티아고를 만날 수 없겠다는 예감이 들어요. 엄마, 그래서 난 이 순례 길을 완주하고 싶어요. 순례를 마치고 집으로 돌아가면 성큼 가을이 와 있겠죠?

인아 말대로 이제 곧 가을이 올 것이다. 인아는 돌아와서 내면의 산티아고를 찾기 위해 다시 공부에 매진할 것이고, 혜신은 여전히 어머니와 외할머니에게 달맞이꽃이 되어줄 것이다. 나는 거울 앞에 앉아 열 오른 얼굴을 화장으로 덮어가며 나이 들어감을 아름다움으로 받아들이려 애쓸 것이다. 많은 사람들이 허난설헌의 생가를 찾아 짧았던 그녀의 인생을 주목하겠지만, 더 많은 사람들이 산티아고로 가는 순례 길을 걸으며 고난 중에도 끝까지 인내하며 그 길을 완주할 것이다. 그리고 뜨거웠던 지난여름, 태양의 계절이 못내 아쉬워 낙조로 벌겋게 달아오른 서쪽하늘은, 천천히 숨을 고른 후 이제 곧 맑은 가을하늘로 드높아져 갈 것이다.

언젠가 딸이 던진 화두에 답하듯, 지구 반대편 아침 태양 아래 서 있는 인아에게로 달빛의 언어를 보낸다.

그래 인아야. 야고보 사도는 길 없는 곳으로 홀로 걸어갔을 뿐이지만 끝까지 걸어간 그의 첫걸음이 후대의 영원한 묵상의 길이 되었지. 야고보 사도가 걸어갔던 전도의 길이 일곱의 생명밖에 품지 못한 길이었기에 오히려 그 길을 따라 수많은 사람들이 걷고 또 걷는지도 모르겠구나. 외로웠지만 생명을 위해 끝까지 걸어간 그의 길 위에서 누구든 위로받을 수 있으니까. 그러니 인아야, 두려워 말고 너의 길을 끝까지 걸어가렴. 너의 길이 어떤 길이든, 네 속에 생명을 품고 있다면 모두 의미 있는 길이니까…….

내게 부족함이 없으리로다

내 기억 속의 무수한 사진들처럼 사랑도 언젠가는 추억으로 그친다는 걸 난 알고 있습니다.
하지만 당신만은 추억이 되질 않았습니다.
사랑을 간직한 채 떠날 수 있게 해준 당신께 고맙다는 말을 남깁니다.

—영화 「8월의 크리스마스」 중에서

가을날의 짧고 여린 햇빛이 제 피부에 닿자마자, 바다는 속에 감춰둔 마지막 남은 은빛을 모조리 뿜어내 온몸으로 반짝인다. 성급한 조락凋落의 계절이 찾아오기 전, 시월 말의 바다는 서둘러 떠날 길을 준비하는 순박한 여인네 같다. 군산을 향해 막힘 없이 달리는 한낮의 차창 밖, 사위의 풍경은 온통 분사되는 은빛으로 충만하다. 낮게 엎드려 찰랑이는 서해바다와, 수면 위에 조요하는 햇빛과, 나란히 펼쳐진 논들도 모두 은빛으로 반짝인다. 눈이 부시다. 몽환 속을 달리는 것만 같다. 혹 사람의 영혼에도 색이 있다면 이런 은빛일까. 인생의 모자란 언어로는 은빛으로밖에 묘사되지 않는 색. 화려하거나 단조롭거나, 밝거나 어둡거나, 따뜻하거나 차갑거나, 제각각 고유한 이미지의 절정을 다 아우르는 색. 은빛은, 암매한 사람의 영혼 깊은 곳에서도 눈부시게 반짝이고 있을지 모를 일이다. 고속도로 위에 분사되는 눈부신 은빛 속을 빨려들듯 광속으로 달린다면, 혹 다른 시간에 가 닿을 수 있을까. 3차원의 공간이 쌓이고 쌓여 마침내 4차원이 된 시간을, 응축된 무한 에너지를 가해 변형시킬 수 있다던 아인슈타인의 이론, 그의 상상 같은 이론을 실현할 수만 있다면, 그래서 세상이 붉은 장미로 만발했던 그 오월의 어느 날로 다시 돌아갈 수 있다면, 홀로 떠나온 이 외로운 여행도 없었으리라. 늦지 않았다면 이제라도, 간절한 소망을 안고 떠나온 군산행이 응축된 무한 에너지가 되어 그녀와 나를 아름다운 오월의 시간으로 데려갈 수 있기를, 그래서 다시는 후회 없는 사랑을 할 수 있기를…….

서평택 톨게이트에 진입하면서부터 시작된 후회는 서해안과 바짝 붙어 있는 대천I.C.에 이르기까지 내내 따라다녔다. 순이 씨도 없이 혼자 그곳에 가서 뭘 어쩌겠다는 것인가. 한낱 흘러 간 영화의 배경이 됐던 세트장을 둘러보면 순이 씨가 그토록 소 망했던 장미의 시간에 닿을 수 있단 말인가. 세상이 버거워 칩 거한 지난 이 년 동안 나의 현실감은 점점 둔탁해지고 열등감 은 더 예민해져 있는데, 직접 운전해서 세 시간 거리에 있는 군 산까지 다녀오겠다고 마음먹은 게 애당초 무리수였다. 순이 씨 의 한 마디 때문에 비현실적인 선택을 해버리다니, 우매한 나를 책해도 이제 차를 돌려 돌아가기엔 너무 멀리 와버렸다. 군산에 있는 초원사진관에 한 번 갈 수 있다면 좋겠어요. 내 마지막 소 망이에요. 순이 씨의 눈빛이 그렇게 말하는 것 같았다. 어제 중 환자실로 면회 갔을 때, 산소 호흡기를 낀 채 가르릉 가르릉 목 에 걸린 가래를 힘들어하며 겨우 눈을 떠서 내게 보내던 간절한 안읍眼泣. 따뜻하게 손을 잡아주니 말없이 한줄기 눈물만 흘렸 다. 순간, 그녀의 인생 마지막 소망을 알고도 모른 체 하는 냉혈 한이 된 듯 마음이 불편했다. 그래, 순이 씨. 내가 순이 씨 대신 군산에 다녀올게. 가보고 와서 그곳에 대해 다 말해줄게. 그렇 게 대답한 건, 그녀의 안읍眼泣을 절절한 호소로 감지해버린 과 람한 감성 탓이었을까.

순이 씨의 남편은 감성 짙은 사진사였다고 했다. 영등포, 허 름한 동네 사진관의 술 좋아하는 해맑고 착한 아저씨, 선심善心

74

으로 동네사람들에게 여분의 사진까지 인화해 건네주던 그는, 단 몇 장의 스냅사진만을 유산으로 남기고 서른다섯에 간경화로 죽었다고 했다. 스물다섯에 시집 가 서른에 딸 둘을 가진, 남편 없는 여자가 되기까지 고작 다섯 해 행복했던 시간을 순이 씨는 장미의 계절이라 불렀다. 다섯 해는 장미의 계절로 명명된 후 그녀가 다시 가닿고픈 인생시간이 되었다. 그때로 돌아간다면, 그때로 돌아간다면, 단조로운 일상에 단서를 즐겨 붙이던 순이 씨. 그녀는 남편이 죽은 바로 다음 해, 혼자 영화 8월의 크리스마스를 보며 어두운 극장에서 숨죽여 울었었다고, 지난 오월 함께 나들이 갔던 장미 꽃밭에서 고백했다. 이종사촌언니가 그러대요. 영화 8월의 크리스마스를 꼭 한 번 보라고. 사람 좋은 남자 주인공이 꼭 생전의 수빈 아빠 닮았다고. 듣기로는, 군산에 영화의 배경이 된 초원사진관 세트장이 있다는데 사는 게 바빠 아직 못 가봤어요. 올 가을에는 날 좋을 때 꼭 한 번 다녀와야겠어요. 세월이 가면 감정도 낡을 줄 알았는데, 요 장미 색깔처럼 선명하기만 하니 참 사람 마음 모를 일이지요. 마흔도 되기 전에 하늘로 불려간 그 사람의 인생이 아프게 느껴질 때마다 영화 8월의 크리스마스를 생각하곤 해요. 그러면 수빈 아빠 인생도 나름 아름다웠다는 위로를 얻게 되거든요. 이제 오십을 훌쩍 넘기고 보니 사람이 추억으로 산다는 게 맞는 말인가 싶어요.

나도 한때 위로자를 꿈꾼 적이 있었다. 세상에서 보잘 것 없는 사람들이 자신의 인생도 나름 아름다웠다고 위로받을 수 있는 작품을 쓰겠다고. 세상을 맑히는 순수한 시나리오 작가가 되겠다고, 비현실적인 소망을 품었다. 지금 만나러 갑니다, 러브레터, 파이란, 유브 갓 메일, 노팅 힐, 이보다 더 좋을 순 없다, 하늘정원, 클래식……. 순수서정을 지향하고 싶었다. 그건 그냥 꿈에 불과했다. 언제까지 어린애 사랑 놀음이나 소녀감성이 먹힐 거라고 생각해? 정 작가는 아직도 90년대에 살고 있나? 세월이 가도 사람이 안 변하면 어떡해? 시대는 바뀌었는데 왜 가치관은 그대로야? 영화제작사 사수는 대본을 북 던지며 거절의 뜻을 분명히 했다. 97년 데뷔작 「봄비」로 관객 백만을 모은 이후 한때, 충무로에서 잘 키우면 쓸 만한 신예작가로 불렸지만, 이후 시나리오는 번번이 가위질을 당했다. 90년대 중반부터 영화업에 진출한 대기업과 자본을 업은 복합 상영 시스템, 그 와중에 대거 등장한 신인 감독들, 90년대는 다양한 소프트웨어를 만들어내는 게 가능한 시절이었다. 영화가 문화의 코드로 자리 잡으면서 수많은 영화제가 개최되기 시작한 가슴 설레는 시간이었다. 그런데 그 시절, 90년대는 빠르게 지나가버렸다. 21세기가 되면서 아날로그의 시대는 끝났다. 한 작품 반짝 행운을 누렸지만, 나는 결국 부족한 필력이 드러나고만 영화바닥의 그렇고 그런 퇴물이 되고 말았다. 이십 년째 포기하지 못한 꿈 때문에 헛발질이다. 폭력성도 과감히 가미해봐. 사람 이야기에 성性의 표현, 그러니까 섹스 신은 기본이야. 고고한 척 하느라 글에 임팩트가 전혀 없어. 이래서 난 여자 작가가 싫어. 이 바닥에서 시대 반영 없이 무슨 예술을 논해? 현실성 없는 글에 무슨 진정성이 있어? 지금이 얼마나 독한 시대인지 두 눈 똑바로 뜨고 보라고! 영화제작사와 감독의 요구를 따라 번번이 수정하고 다시 쓰기를 반복했다. 시대의 요구를 수용하면 영혼이 아팠고, 영혼을 담으면 시대가 가위질을 했다. 시대에 시나리오를 맞추는 건 내적 전쟁과도 같았다. 현실에 적응하기 위해 영혼의 감각을 무디게 만들려 사투를 벌이며 살아왔는데, 이제와 철모르는 한가한 여자들이 개인 블로그에나 올려놓을 법한 98년 작作 「8월의 크리스마스」라니. 동네 허름한 사진관의 사진사이자 불치병을 앓고 있는 노총각 정원과 주차단속원으로 일하는 순수한 아가씨 다림의 청정사랑, 그리고 사랑의 감정을 안고 조용히 맞이하는 정원의 죽음. 가버린 시대의 유물 같은, 임팩트 없는 일상의 줄거리와 순박한 결말을 이 시대 어느 누가 주목해줄 것인가. 순수의 아이콘 정원과 다림을 연기했던 배우들조차, 한 사람은 어떤 변신이든 가능한 노회한 연기자가 되었고 한 사람은 정치인의 아내가 되었다. 그런데도 내 영혼은 빠르게 흐르는 시간을 따라잡지 못하고 90년대에 그대로 머물러있다. 끈질긴 사투의 이력에도 불구하고 시간의 말을 들으면 여전히, 아직도, 영혼이 아프다.

나약한 자들의 전유물쯤으로 알고 있던 교회를 나가게 된 건 영혼이 아파서였을 것이다. 무엇을 어떻게 써야할지 혼란한 가운데 왜 써야하는지 원론적인 답조차 희미해져 갔다. 쓰고 찢고, 쓰고 잘라내고, 쓰고 삭제하는 일련의 반복 과정에 서서히 지쳐가면서 자기효능감은 손 안의 모래처럼 다 빠져나가 버렸다. 글로 인한 상처는 일상의 무력감으로 빠르게 퍼져나갔다. 내 인생이 가위질을 당한 듯 사람 만나기가 두려웠고, 내면의 말을 토해내지 못하는 영혼이 부끄러워 집 밖을 나서기가 불안했다. 언제부턴가 남편이 출근하고 난 뒤 집에 웅크린 채 가만히 앉아있기만 했다. 바쁜 남편과 대학 기숙사에 있는 딸을 위해 해야 할 일은 아무것도 없었다. 아침인지 점심인지 모호한 식사를 대충 때우고 두 다리를 접어 가슴에 모은 채 한참 텅 빈 눈으로 앉아있다 보면 어느새 서창으로 저녁 해가 비쳐들었다. 얼마 남지 않은 시간 앞에서 마지막 힘을 다해 하늘을 붉게 물들이며 자신을 표현하는 낙조가 처연했다. 남은 빛을 쏘아대는 저녁 해에 물밀 듯 연민이 몰려왔다. 마치 저녁 해가 나의 화신인 듯 지극한 공감으로 몸을 떨었다. 난 이제 무엇을 표현할 수 있을지 존재의 정체성을 수없이 자문했다. 거친 영화바닥에서 그동안 어떻게 버텨온 건지, 아무리 생각해도 다시는 그곳으로 돌아갈 수 없을 것 같은 자괴감에 저절로 눈물이 흘렀다. 해가 지고나면 기다렸다는 듯 우울은 밤의 어둠을 타고 정물화처럼 앉은 내게로 가만히 내려왔다. 어둠이 내 몸에 꼭 맞는 옷처럼 편안했다. 불도 켜지 않은 채 자정 무렵 남편이 퇴근해 올 때까지 그렇게 그곳에 가만히 앉아 있곤 했다.

육 개월 쯤 되었을까, 가만히 앉은 우울의 시간 속으로 육촌 언니가 찾아왔다. 왕래가 거의 없던, 영등포에 산다던, 얼굴조차 가뭇한 언니였다. 돌아가신 내 엄마와 언니의 엄마도 데면데면한 사촌지간이라 두어 번 집안 행사 때 외에는 얼굴 볼 일이 거의 없던 터였다. 교회 얘길 꺼내는 언니에게 영화제작사 사주가 내게 그랬던 것처럼 매몰찬 가위질로 싹둑 말허리를 잘랐다. 이 시대에 신앙이란 자기최면놀음 아닌가? 교회는 철 지난 유물쯤 될까? 언니는 아직도 중세 언저리에 살고 있어? 나이 들어가면서 초라하게 왜 보이지도 않는 대상에게 의지하려고 들어? 언니가 권하는, 성장기 내내 한 번도 발을 들여놓은 적 없는 교회라는 곳에 야박한 일침을 가하면서도, 나는 가위질 당해 너덜너덜해진 내 시나리오들을 떠올렸다. 사실, 언니에게 던진 매몰찬 반박은 내게 가하는 자학과 더 가까웠을 것이다. 어차피 절절한 관계가 아닐 바에야 남인 듯 자연스럽게 자기의 영역 안에서 조용히 살면 그만일 것을, 굳이 찾아와 강권하는 언니가 못마땅했다. 평소 지나친 전도의 열심을 경멸해오던 나로선 언니의 진심 어린 권면에 반발심만 일었다. 교세확장을 위해 가가호호 방문해 전도지를 나눠주며 잠깐 얘기 나누자고 물고 늘어지는 사람들과는 말도 섞고 싶지 않았다. 현주야, 우울증에 갇힌 네 영혼이 안타까웠어. 다른 뜻 없어. 눈에 보이지 않는 하나님을 처음부터 믿으라는 거 아냐. 그냥 교회 와서 사람들을 만나봐. 이런저런 모양으로 살아가는 다양한 사람들을 접해보란 얘기야. 우울증에서 벗어나기 위해 교회를 이용이라도 해보라고 제발! 권사의 직분을 갖고 있다는 언니는 조곤조곤 시작했던 권유를 눈물 섞인 탄식으로 바꿔 호소했다. 한 귀로 들어온 말을 다른 쪽 귀로 흘리고 있던 내게, 순간 〈이런저런 사람들〉이란 일곱 글자가 깊이 들어와 박혔다. 시나리오도 결국 이런저런 사람들의 이야기일 텐데, 이런저런 사람들의 진짜 인생을 구체적으로 들여다본 적이 없었다는 생각이 불현듯 스쳤다. 내 시나리오가 신문과 인터넷 이슈 속에 갇혀있던 건 아닐까 하는 자각이 뇌수에서 번개처럼 번득였다. 임팩트! 임팩트! 영화세작사 사주가 원하는 단어를 위해 먹이를 찾는 매의 것처럼 사회적 이슈 주변만을 맴돌던 나의 강박적인 눈. 현실에서 사람들은 실제로 어떻게 살고 있을까, 문득 궁금해졌다. 작품을 향한 내 이기심은 교회를 향한 경멸과 반발 속에서도 순결하지 못한 저의를 드러냈다. 그 순간 나를 감싼 적요한 어둠 위로 한 줄기 빛이 비쳐드는 듯 했다.

빛을 찾아 교회 안에 모여든 사람들은, 우려했던 대로 지나치게 감정이 고조된 조증 환자 같았다. 어서 오세요. 주님의 사랑으로 환영합니다. 정장 투피스를 차려입은 젊은 여인네들이 과장된 웃음을 선사하며 교회로 들어서는 첫길을 환영했다. 마치 기획부동산의 실장들 같다는 느낌을 지울 수 없었다. 그들의 부담스런 친절도, 새신자석이라는 팻말이 붙은 좌석도, 소개한다며 일으켜 세우고 두 손을 앞으로 내밀어 불러주는 축복송도 모두 계획된 듯 작위적이고 어색했다. 육촌언니의 열심그물에 걸리고 말았다는 때늦은 후회가 밀려왔다. 예배당이 쩡쩡 울리도록 카리스마 가득한 설교를 내뿜는 목사도, 그에 추임새를 넣듯 말끝마다 아멘을 연발하는 신도들도, 차가운 지성과 건전한 이성으로부터 너무 멀리 있는 것 같았다. 지나치게 과한 관심일 뿐, 편안하고 따뜻한 감성은 느껴지지 않았다. 상상했던, 다감하고 차분한 신의 언어가 아닌 데 당황해서는 거의 울 것처럼 힘들어진 내 눈치를 살피며, 육촌언니는 특별한 사람들을 만나보라며 농인부로 내 등을 떠밀었다. 수화를 배우며 농인聾人들을 섬겨보라 했다. 농인부에서 수화를 배우는 이들 중에 순이 씨가 있었다. 농인부에 잘 오셨어요. 나는 김순이라고 해요. 뭐

하는 분이세요? 맑은 눈으로 물어오는 순이 씨에게 뭐라 답할 수 없었다. 실제 나는 시나리오에서 손을 놓은 지 한참이었다. 시나리오 작가가 시나리오를 쓰지 않고 있다면 이미 아무것도 아니었다. 하는 일은…… 따로 없어요. 그냥 평범한 전업주부예요. 그래요? 그렇게 안 보이는데…… 말끝을 흐리며 고개를 끄덕이는 순이 씨를 가만히 바라보니 자그마한 키에 동글동글한 얼굴, 희미하고 순박한 이목구비, 순진한 분위기, 한 번 웃으면 만개하는 잇몸과, 고개를 약간 뒤로 젖힌 채 한 치의 긴장도 없이 편하게 웃을 때 작렬하는 눈웃음, 충청도 억양이 섞여든 말투, 그 모든 것이 혼재돼 그녀만의 독특한 분위기를 자아냈다.

이상한 건 그녀가 늘 웃고 있다는 점이었다. 분명 신의 사랑을 표현해보려고 억지나 과장을 부리지 않는데도 투명한 미소가 저절로 배어나오는 모습이 지독하게 부러웠다. 무엇 하나 자랑할 것 없는 순이 씨건만 환한 그녀의 눈웃음을 질투어린 시선으로 바라봤다. 순이 씨는 수화 배우는 일이 행복한가 봐요? 늘 웃고 있네요. 아, 그렇게 보였어요? 하하. 농인 동료들이 많은 공장에서 미싱 돌리는 일을 하거든요. 아무래도 인건비가 싸니까 사장이 농인들을 다수 고용했어요. 수화를 좀 알아야 농인들과 대화가 될 듯해서 배우고 있어요. 가만 보면 박봉에, 야근에, 차별에, 이래저래 힘들 텐데도 정말 유쾌한 사람들이 바로

농인들이거든요. 난 가난한 과부지만 그래도 말하고 듣는 청인
聽人이잖아요. 농인들 앞에서 우울해한다면 인간도 아니죠. 그
때, 별실에 있던 여자 농인 한 사람이 소변이 마려운 시늉을 하
며 호들갑스럽게 밖으로 나가자 까르르, 순이 씨는 만개한 잇몸
을 내보이며 전심으로 웃어젖혔다. 농인들을 향한 사랑을 품은
탓인지 순이 씨의 몸짓도 농인들과 많이 닮아 있었다. 방금 나
간 미경 씨, 얼마 전에 청인들에게 사기를 당했거든요. 죽으려
고 시도할 만큼 한동안 힘들어했어요. 행복팀이라는 사기집단
에 속아 거금 오천만 원이나 은행에서 대출받아 투자했는데, 한
순간에 잃어버렸으니 얼마나 힘들었겠어요? 야근해가며 한 달
뼈 빠지게 일해 봐야 이백도 안 되는 벌이에 애 둘 키워야 하는
데요. 사기 친 청인들에게 배신감이 얼마나 크겠어요? 장애인들
이 모여 사는 고급 집단주택을 지어준다는 달콤한 말에 속은 거
죠. 전체 농인들이 입은 피해규모가 백억이 넘는다니 기함할밖
에요. 교회가 사기꾼들 농간을 눈치채고 농인들을 도울까봐 행
복팀에서 교회도 못 나가게 했대요. 미경 씨에게 첨에 교회 나
가자 하니, 예민해져서는 의심의 눈으로 바라보더라고요. 그래
도 공장에서 몇 년째 서로 쌓은 정이 있어서 그런지 교회 따라
나와서 마음 추슬러가니 감사하죠. 평생 먼지투성이의 열악한
공장에서 미싱을 돌리며 힘겹게 살고 있는 가난한 과부가 누군
가를 따뜻한 연민으로 지키며 챙긴다는 사실이, 예배에서 도리

어 냉담해졌던 마음을 따스하게 데워주었다.

서군산 톨게이트에 들어서자 어서 와요, 순이 씨가 먼저 와 기다리고 있다가 인사하며 반겨주는 느낌이 든다. 낯선 이름의 도시에다 초행길인데 이상하게 따뜻하다. 잔잔한 금강의 물 내음과 서해바다의 향기, 낮은 키와 넉넉한 품으로 외로운 여행자를 안아주는 느낌이 든다. 그러고 보면 군산은 순이 씨를 꼭 닮은 도시 같다. 혼자 여행하는 걸 지독히도 두려워하는 나로선 새로운 경험이다. 젊은이들이 혼밥, 혼술, 혼거를 즐기면서 유행처럼 홀로 문화가 번져가지만 우울증에 갇힌 지금, 혼자 무언가를 처음 시도한다는 게 쉽지 않다. 순이 씨의 간절한 소망이 아니었다면 엄두도 못 낼 길이었다. 사전지식도 없고 지인한 사람도 없는 군산이 따뜻한 건, 세 시간 거리의 도시가 뭐라고 그렇게도 오고 싶어 한, 순이 씨의 소박하기 짝이 없는 소망의 다른 이름이기 때문일 테다. 또, 8월의 크리스마스 속 정원과 다림의 순수한 사랑이 스민 곳이기 때문일 테다. 내비게이션이 안내하는 군산은 적어도 처음 간 교회보다는 낯설지 않다. 카리스마 넘치는 목소리로 목사가 들려주는 신의 언어보다, 촌스럽고 표현력 부족한 정원과 다림의 인간적인 대사가 더 따뜻하게 느껴지는 건 왜일까? 순이 씨는 분명 신의 언어를 듣기 위해 교회에 다녔겠지만, 나는 순이 씨의 따뜻한 웃음이 좋아 계속 교회에 나갔다. 육촌언니는 내게 믿음이 스며든다고 생각했는지 은혜라는 단어를 남발하며 마냥 기뻐했지만, 난 순이 씨의 웃음 비결을 알고 싶었을 뿐이다. 능력 있는 대기업 이사에다 가정적인 남편, 명문대에 재학 중인 똑똑한 딸, 서초동의 오십칠 평 아파트, 풍족한 노후를 보장하는 넉넉한 여윳돈……. 다 가지고도 오직 한 가지, 써지지 않는 시나리오 때문에 난 우울증의 늪에서 허우적대는데, 열악한 공장을 다니며 몸이 부서져라 미싱을 돌리는 가난한 과부인 순이 씨는 왜 행복한지 알고 싶었다. 가진 것이라곤 동네 사진사였던 남편과의 몇 년 추억과 어렵게 공부하고 있는 두 딸 뿐인데 당신은 무엇이 그리 행복해 고개를 뒤로 젖힌 채 한 치의 긴장도 없이 편하게 웃을 수 있는지 묻고 싶었다. 그래서 농인부 부원임을 핑계로 예배를 마치고 농인들과 함께 일요일 저녁마다 강변에 꽃을 보러 가거나, 바다를 보러 가거나, 무조건 순이 씨를 따라다녔다. 바닷가에서 삼겹살을 맛있게 구워서는 농인들에게 건네주며, 어서 먹어 맛있어, 주먹을 쥐고 아래턱을 따라 둥근 선을 긋는 수화 동작을 하던 그녀의 얼굴. 순이 씨가 있는 곳에 나도 있었고 순이 씨가 가는 곳에 나도 함께 갔다. 불 꺼진 석양의 집에서 태양빛이 쏟아지는 바깥세상으로 나를 이끌어 낸 건 신이 아니라 순전히 그녀, 순이 씨였다.

바닷가에서 삼겹살을 굽고 돌아오던 날, 휴대폰에 순이 씨의 폰 번호를 입력하자 곧 떠오른 톡 사진엔 온통 꽃 천지였다. 프로필 사진엔 딸들에게서 받은 것인지 빨간 장미꽃다발을, 배경 사진엔 붉은 나팔꽃을 올려놓고 있었다. 상태메시지는 '여호와는 나의 목자시니 내게 부족함이 없으리로다'였다. 촌스런 꽃으로도 모자라 온통 붉은 색의 사진에다 가감 없는 성경구절이라니, 원초적인 순박함에 웃음이 났다. 눈에 보이지 않는 여호와가 도대체 그녀에게 무엇을 주었기에 부족함이 없다고 고백하는 것인지, 그녀에게 말할 수 있는 입과 들을 수 있는 귀만을 주셔서 부족함이 없다는 것인지, 불만은커녕 농인들을 보며 오히려 신으로부터 과분하게 받았다고 미안해하는 그녀의 순박함이 난 오히려 속상했다. 바보 같은 사람. 야유회 추억인 듯 강변의 장미 꽃밭 안에서 농인들과 함께 찍은, 하나같이 손가락으로 브이 자를 만든 촌스런 사진들이 이전 프로필과 배경을 꽉 채우고 있었다. 이전 상태 메시지 역시 항상 기뻐하라, 쉬지 말고 기도하라, 범사에 감사하라(데살로니가전서5:16~18), 주의 말씀대로 나를 붙들어 살게 하시고 내 소망이 부끄럽지 않게 하소서(시편119:116), 주절주절 성경구절이 새겨져 있었다. 이삼십 년 전으로 시계를 거꾸로 돌린 듯 아날로그 느낌이 물씬 배어나왔다. 순이 씨에게 첫 인사말이라도 톡으로 남기려다 그만두었다. 순박한 빨간 장미에 어울리는 말을 찾을 수 없어서였다. 임팩트로 가득 찬 내 머릿속에는 그녀의 꽃과 어울리는 순한 낱말이 들어있지 않았다. 언젠가 생각나서 한 마디를 건네 보았다. 순이 씨는 빨간 색 꽃을 좋아하나 봐요? 그럼요, 엄청 좋아해요. 남편도 홀어머니뿐인 외로운 사람이었고 나도 가진 게 없는 처녀였던 터라, 남편이 조수로 일하던 사진관에서 낡은 웨딩드레스 빌려 입고 사진 한 장 찍는 것으로 결혼식을 대신 했어요. 그리고는 수안보 온천으로 일박이일 신혼여행을 갔는데, 여관 뒤꼍에 장미 꽃밭이 그렇게 예쁠 수가 없더라고요. 남편이 사진사니까 사진은 원 없이 찍었어요. 그때 세상을 다 가진 것처럼 행복했거든요. 내 앞에 펼쳐질 인생이 꼭 장미 같을 거라 생각했어요. 남편만 살아있어도 얼마나 좋을까요. 가장 좋은 건 오래 가질 수 없나 봐요. 하긴 오래 가질 수 있다면 세상에서 가장 좋은 게 될 수도 없겠지만요. 그렇게 행복할 수 있었던 추억만으로도 감사해요. 빨간 장미꽃만 보면 행복한 추억이 생각나서 그저 좋은가 봐요.

남편과의 추억을 음미하려고 군산에 꼭 한 번 와보고 싶어 했던 순이 씨. 내비게이션은 서군산 톨게이트에서 신창동에 있는 초원사진관까지 22분 거리, 16.1km 남았다고 알려준다. 겨우 세 시간 거리를 왜 진작 그녀와 같이 와보지 못했을까. 바깥세상으로는 나왔지만 여전히 세상에서 가장 불행한 사람처럼 우울한 마음을 펴지 못하고 시나리오 생각에만 골몰해 있었다. 영화제작사가 인정하는 대중성과 내가 원하는 예술성을 다 갖춘 시나리오를 쓰지 못하면 죽을 것처럼 가슴을 쳤다. 마치 양 날개를 다 가진 천사의 작품을 써서 세상을 감화시킬 소명이라도 받은 것처럼 심각한 얼굴로 내내 힘들어했다. 순수한 꿈과 재능을 시대에 희생당한 예술가로 자처하며 알아보지 못하는 세상을 원망했다. 현주 씨, 요즘 얼굴 안색이 안 좋아요. 무슨 일 있어요? 염려하며 묻는 순이 씨에게 나는 이렇게 대답했던가. 그냥 일이 좀 있어요. 순이 씨는 이해 못할 거예요. 그런데도 그녀는 내게 즉답을 주었던 것 같다. 현주 씨, 숨 쉴 수 있고 말할 수 있는 것만으로도 이미 가장 큰 행복을 누리는 거니까, 무슨 일인지 모르지만 힘내요. 그녀의 위로를 뻔한 위로라 여기며 한 귀로 흘렸다. 상황과 처지를 모르면 진정한 위로가 되지 않는 법이라 단정했다. 대중성과 예술성을 겸비한 시나리오의 소망은 세상을 구원이라도 할 것처럼 크고 귀한 일로 여기면서도, 세 시간 거리의 사진관에 가서 죽은 남편과의 추억을 한 번이라도 되새기고 싶은 그녀의 소망은 왜 하찮게 여긴 것일까. 바로 옆에 있는 아름다운 사람에게 마음 한 조각 나눠주지 못하면서, 나는 도대체 어떤 아름다운 세상의 이야기를 쓰려고 했던 걸까. 순이 씨의 환한 웃음이 부러웠을 뿐, 사람들이 환호하고 박수갈채를 보내는 레드카펫의 이야기는 될 수 없으리란 정확한 예단

에 그녀의 소망 따위는 안중에 들어오지 못했던 걸까. 그녀가
그렇게 웃으며 언제까지나 내 옆에 있을 줄 알았던 걸까.

　사실은, 나 글 쓰는 사람이에요. 정확하게 말하면 글 쓰던 사
람이었죠. 영화의 대본이 되는 시나리오를 썼어요. 부끄러워 오
월의 장미 꽃밭에 숨어서 나는 순이 씨에게 그렇게 고백했던가.
항상 내 옆에 있을 줄 알았기에 언젠가는 내가 그녀를 위로할
순간도 있으리라 여겼다. 나는 내 욕심에서 눈을 떼지 못하고
세상에서 가장 불행한 사람처럼 어렵게 속을 털어놓았다. 아!
그래요? 어쩐지 그냥 집에 있는 분 같진 않았어요. 그럼 8월의
크리스마스 같은 영화의 대사를 직접 쓰는 거예요? 그런…… 셈
이죠. 하지만 지금은 글을 쓸 수가 없어요. 내 글은…… 이 시대
랑 안 맞아요. 영화제작사에서 거부하는 글만 써져요. 나는 순
이 씨의 얼굴을 똑바로 보지 못한 채 고개를 숙여 빨간 장미만
보고 답했을 것이다. 필력도, 상황도, 열등감도 모두 너무나 부
끄러웠으므로. 현주 씨, 내가 장미를 좋아하는 건 사람들이 좋
아하는 화려한 꽃이라서가 아녜요. 추억이 깃들어있기 때문이
죠. 영화제작사가 현주 씨의 글을 싫어하는 건 글이 모자라서가
아닐 거예요. 영화제작사가 얻고 싶은 돈과 어울리지 않기 때문
이겠죠. 현주 씨나 나나 돈 벌려고 사는 거 아닌데 뭐 어때요?
시대랑 안 맞는 글이라도 계속 쓰세요. 현주 씨 글 때문에 한 사

람만 위로받아도 성공한 인생 아닌가요? 알고 보면 8월의 크리스마스 시나리오 써준 분이 얼마나 나한텐 고마운 분인지 몰라요. 그분은 모를 거예요. 그분의 글 때문에 내가 얼마나 위로받고 사는지…… 지금 죽음과 싸우고 있는 순이 씨는 모를 것이다. 그녀가 격려해준 한 마디 때문에 내가 얼마나 큰 위로를 받았는지…… 열심히 미싱 일을 하며 보내주는 한 번의 웃음 때문에 농인들이 얼마나 따뜻한 위로를 얻었는지……

신창동 이면도로로 들어서자 영화 속 과거를 그대로 옮겨놓은 것 같다. 조용히 입을 다문 건물들이 겸손하게 도란도란 서 있다. 일제 강점기의 오래된 적산가옥들도 세월 속에서 낡은 채로 빛난다. 여러 번 기름칠 된 나무대문들과 깨끗하게 페인트칠 된 양철대문들, 조용한 단층 양옥들이 정겹다. 오래되어서 오히려 아름다운 것들이 다 여기에 있다. 동네 전체가 과거 영화의 배경이 된 세트장 같다. 영화 8월의 크리스마스 속에서 유정원 역으로 분했던 젊은 한석규가 금방이라도 자전거를 타고 골목을 돌아 나타날 것만 같다. 아까 서해바다를 은빛으로 물들이던 가을 햇살이 이 거리에서도 하얗게 쏟아진다. 너무 하예서 투명한 은빛이다. 유년에 누렸던 한산하고 조용한 주택가의 대낮이 아직도 남아 있었다니, 타임머신이라도 타고 온 듯 시時 개념이 자꾸 흐려진다. 언젠가 와 본 것처럼 이상하게 이 거리가 낮익다. 유년의 아날로그 세상이 자꾸 데자뷔로 겹쳐진다. 영화 속 정원의 독백처럼, 세월은 많은 것을 바꿔놓고 사랑도 언젠가는 추억으로 그치지만, 이 도시는 세월을 아우르고 담아내며 변하지 않는 사랑을 부드럽게 지켜보며 서 있는 듯하다. 백여 미터 거리 앞에 몇몇 사람들이 모여 있다. 내비게이션도 목적지 도착을 알려준다. 드디어, 순이 씨의 소망, 8월의 크리스마스 속 초원사진관이다. 초록색 글자 「초원」과 빨간색 글자 「사진관」이 형광간판 위에 정겹게 붙어있다. 순이 씨가 좋아하는 색이다. 드르륵 정겨운 소리를 타고 유리문을 열면 그 안에 정원이 사진기를 손질하며 앉아 있을 것만 같다. 그리곤 특유의 사람 좋은 미소를 보낼 것만 같다. 순이 씨의 남편도 그렇게 소박하고 따뜻한 미소를 가진 사람이라고 했다. 순이 씨, 사진 찍어줄게요. 사진을 찍어보면 그 사람의 마음을 알아볼 수 있거든요. 얼마나 선한 사람인지, 얼마나 진실한 사람인지 알 수 있어요. 하하하. 직장에 제출할 증명사진을 찍으러 동네 사진관에 갔다가 보조사진사의 그 말에 매료되어 사랑에 빠졌다던 순이 씨. 사진사를 향해 시작된 풋사랑을 그가 눈치챌까봐 부끄러웠다던 순이 씨. 그녀는 그렇게 말한 적이 있다. 영화 8월의 크리스마스 남자주인공도 일찍 죽잖아요. 착하고 아름다운 사람들은 왜 하나님이 다들 빨리 데려가시는지 모르겠어요. 아마 여자주인공은 그와 오래도록 함께 할 수 없었겠지만 추억만으로 행복하게 살았을 것 같아요, 먼저 간 연인의 몫 만큼요.

순이 씨는 세상에 남아서 먼저 간 남편의 몫을 누리지도 못할 만큼 지나치게 선한 사람이었을까, 그녀는 한 달 전 중환자실로 들어가서는 결국 일어나지 못하고 사경을 헤매고 있다. 열악한 환경에서 먼지를 마시며 수십 년 일해 온 결과였는지, 오 년간 부은 곗돈으로 생애 처음 해외여행이라고 중국을 다녀온 후 가벼운 폐렴을 앓더니 입원치료를 받는 중에도 병세는 악화됐다. 농인들과 함께 병문안 갔을 때 그녀는 쓸쓸히 웃으며 내 손을 잡았다. 어떡하죠? 기도해주는 고마운 교우들께 보답하려면 어서 일어나야 하는데…… 현주 씨, 나 중국 대신에 군산에 다녀올 걸 그랬어요. 초원사진관에서 남편과의 추억을 만나고 싶었는데……. 나는 그녀의 손을 잡은 채 덜컥 약속하고 말았다. 순이 씨, 어서 쾌차해요. 날 좋을 때 내 차로 순이 씨 꼭 군산에 데려갈게요. 눈에 눈물을 가득 담고 그녀는 순한 눈으로 고개를 끄덕였다. 그녀가 중환자실로 옮기고 나서야 인간의 약속이 얼마나 나약하고 허망한 것인지 깨달았다. 그에 비하면, 죽이서 인간의 죄를 대신해 주겠다던 신의 약속은 얼마나 단단한 것인지. 신은, 적어도 인간세계로 와 십자가를 졌으니까 말이다. 패혈증으로 혼수상태에 이르기 전, 다시 문안 간 내게 그녀는 속 깊은 말을 털어놨다. 현주 씨, 나는 괜찮은데 딸들이 무슨 추억으로 살 수 있을지 마음이 아파요. 먹고 사는 게 바빠 딸들과 변변한 추억도 만들지 못했어요. 남편은 나한테 좋은 추억을 선물하고 갔는데……. 증명사진 찍으며 어설픈 사랑 고백을 듣고, 사진관의 낡아빠진 드레스 입고 사진 찍는 것으로 결혼식을 대신하고, 수안보 싸구려 여관 뒤뜰 장미 꽃밭에서 사진 찍은 일을 좋은 추억이라 감사하며 살아온, 어떤 대중성도 어떤 예술성도 확보하지 못한 그녀의 인생은 외롭게 중환자실에서 지금 생과 사의 고비에서 싸우고 있다. 의사는 담임목사에게 최종 진단을 내렸다고 했다. 우리가 할 수 있는 의료적인 처치는 다했고, 남은 건 환자 스스로 움직여 폐 활력을 키우는 방법밖에 없습니다. 이제 신의 몫만 남았습니다. 산소 호흡기를 달고 있는 그녀에게 딸들은 울면서 애원했다. 엄마, 제발 움직여 봐요. 팔을 들어봐요. 그래야 살아. 엄마, 제발 살아줘. 마지막 남은 혼신의 힘까지 다해 움직여보려 했지만, 움찔할 뿐 평생 혹사해온 몸이 말을 듣지 않아 그녀는 눈물만 흘렸다. 내가 내 이름을 위해 시나리오와 혼자 싸우는 동안 그녀는 남은 딸들과 죽은 남편의 몫과, 사랑하는 농인 친구들을 위해 죽음과 싸우고 있었던 거다.

순이 씨의 싸움은 혼자가 아니었다. 중환자실로 들어간 그녀를 위해 교우들은 특별기도회를 갖기 시작했다. 설교 강단에 마련된 기도처에서 순번으로 돌아가며 끊임없이 릴레이 기도를 이어갔다. 교회를 오가는 수개월 동안 육촌언니의 권면에도 불구하고 기도회에는 발도 들여놓지 않던 내가 순이 씨를 위한 기도회라는 문자를 받고 처음 참석한 날, 그녀를 사랑하는 사람들의 진정성과 깊이에 가슴이 먹먹해졌다. 보이지 않는 신을 향해 소리쳐 눈물로 살려 달라 뜨겁게 호소하는 모습을 보고는 정말 신의 사랑이라는 게 존재할 수도 있겠다는 회의 섞인 혼란을 느껴야 했다. 순이 씨의 무엇이 사람들을 울게 하는 걸까. 그녀는 사람들에게 해맑은 웃음을 보냈을 뿐인데……. 카리스마 넘치는 목사도 꺼이꺼이 울면서 기도회를 인도했다. 예배실 한쪽에 모여 앉은 농인들은 어버버버 어버버, 그들에게 따뜻한 사랑을 전했던 순이 씨를 생각하며 가슴을 졌다. 미성 씨는 목 놓아 울었다. 상심한 마음에 따뜻한 사랑을 전해준 언니, 청인에게 속아 빚더미에 올라앉은 후 죽으려 했을 때 용기를 주면서 함께한 언니, 바닷가에 데려가 삼겹살을 구워 맛있게 먹으라고 건네주던 언니, 미경 씨는 분명 따뜻한 언니마저 잃을까봐 두려운 듯 했다. 그들을 속이고 모든 것을 빼앗아 간 청인들에 대한 원망과 설움이 큰 민큼 순이 씨를 향한 사랑도 절절해 보였다. 거대한 눈물의 기도였다. 순이 씨는 외롭지 않구나, 그녀의 푸근한 미소 하나에 많은 사람들이 위로받고 있었구나, 생사의 고비에서조차 그녀는 아름답구나, 그녀는 끝까지 내게 질투심을 안겨주는 여자였다. 아무것도 아닌 듯하나 그녀는 이미 세상을 움직이고 있었던 거다. 오늘 아침에도 농인부 담당 권사는 예배실에 모여 기도회를 갖자고 문자를 보내왔다. 내게 기도할 자격이 있는지 문득 의문이 일었다. 순이 씨가 맑은 웃음을 보내줄 때, 나는 그녀의 웃음에 의문을 품고 질투했을 뿐 진정한 사랑의 편린조차 나눠주지 못했으므로. 생사의 고비에 서 있는 그녀에게 이제와 눈물의 기도라니, 그렇다면 그 기도는 나의 죄책감을 덜기 위한 수단에 불과하단 생각에 아팠다. 농인부 담당 권사에게 이렇다 할 답도 보내지 않은 채 서둘러 군산을 향해 출발했다. 더 늦기 전에 가봐야 했다. 군산은 그녀를 살게 한 또 하나의 소망이었으므로.

낡은 유리문을 열고 사진관에 들어서니 정원이 증명사진을 찍던 의자가 가만히 놓여있다. 바로 뒤 벽면에는 다림의 청순한 얼굴사진이 수줍은 미소를 그대로 간직한 채 오랜 세월 걸려있다. 바로 아래에는 정원과 다림이 아이스크림을 먹으며 선풍기 바람을 쐬던, 호감으로 서로를 바라보며 앉았던 낡은 소파가 묵묵히 자리하고 있다. 분리수거장에서조차 찾을 수 없을 만큼 색이 바래지고 헤어진 촌스런 소파다. 아저씨, 아저씨는 왜 나만 보면 웃어요? 다림의 통통 튀는 목소리가 들리는 것 같다. 들고 나는 사람들이 소파에 앉아 기념사진을 찍는다. 다들 소파에 앉아서는 다림의 영혼으로 미소를 머금는다. 꾸미지 않은, 세상에서 가장 순수한 얼굴이 된다. 사람들의 얼굴과 눈에 은빛이 반짝인다. 도대체 사람들은 무엇이 그리워 이 오래된 아날로그의 동네를 찾아와 낡은 소파에 앉아 사진을 찍는 걸까. 사진사 정원과 주차단속반 다림이 시나리오 속 별 볼 일 없는 인생인 줄 알면서 사진으로 남겨 오래도록 추억하려 드는 걸까. 순이 씨를 소파에 앉혀놓고 하나 둘 셋 찰칵, 내가 사진을 찍어줄 수 있다면 좋겠다. 순이 씨, 사진을 찍어보면 그 사람의 마음을 알아볼 수 있거든요? 얼마나 선한 사람인지, 얼마나 진실한 사람인지 알 수 있어요, 라고 농담을 건넬 수 있다면 좋겠다. 아마 그녀는 고개를 한껏 뒤로 젖히고 조금의 긴장도 없는 편안한 웃음을 한바탕 웃어줄 테나. 그 웃음에 나노 넝날아 행복해질 테다. 나도 낡은 소파에 가만히 앉아 다림의 영혼으로 미소 지어 본다. 순이 씨가 언젠가 그랬다. 남편은 내 사진을 참 많이 찍어줬는데 정작 난 남편 사진을 한 번도 찍어주지 않았어요. 사진사니까 당연히 찍는 사람이려니 했지요. 남편이 죽고 장례를 치르려는데 영정사진으로 쓸 게 없더라구요. 참 내가 무심도 했죠. 말로만 한 사랑이라 싶었어요. 남편한텐 미안한 것밖에 없어요. 신에게도 가족에게도 주변사람들에게도 미안한 것밖에 없다던 그녀, 자꾸 눈물이 맺히려 해 아픈 목을 삼켜본다. 순이 씨, 꼭 회복해서 여기 같이 와요. 정말 내가 사진 예쁘게 찍어줄게. 우리 오늘처럼 이렇게 맑은 날, 아무런 고민 없이 같이 군산여행도 하고, 빨간 장미도 보러 가고, 농인들이랑 함께 바닷가에 가서 삼겹살도 구워먹어요. 숨 쉴 수 있고 말할 수 있는 것만으로도 우리 너무 행복하지 않아요? 인생의 시간은 짧아요. 그러니까 순이 씨 제발, 제발 빨리 일어나요.

'시간이 얼마 남지 않았는데, 나는 긴 시간이 필요한 사랑을 하고 있습니다.' 영화 속에서 죽음마저도 아름다웠던, 사랑하는 다림을 두고 떠나야 했던 정원의 아픈 독백을 떠올려본다. 왜 사람들은 이별에 가까이 이르러서야 인생이 길지 않다는 걸 깨닫게 되는 걸까. 젊은 한석규의 풋풋한 사진을 바라보는데, 휴대폰에 문자가 도착했음을 안내하는 알림음이 연이어 세 번 울린다. 지난 달, 외주 영화제작사에 응모한 시나리오가 탈락했음을 알려온 문자일 거란 예감이 든다. 매사 암매한 나도 발표일이 오늘이었다는 걸 퍼뜩 깨닫는다. 반복은 습관을 만들고, 습관은 심장을 무감각하게 길들인다. 그래, 면역이 되었으니 괜찮아, 정말 괜찮아. 심호흡을 하는데 젊은 한석규가 사진 속에서 쓸쓸히 웃는다. 잠깐 눈을 감았다가 천천히 휴대폰을 확인한다. 첫 번째 문자는 교회에서 온 것이다. 故김순이 집사 10월31일 오후3시 소천召天. 성도들의 많은 위로 부탁드립니다. 두 번째 문자 역시 교회다. 영등포병원 장례식장 3호실. 위로예배 오늘 저녁7시. 교회출발 6시30분. 가을의 환幻 가운데 서 있는 것 같다. 으스스 춥다. 자꾸 시時 개념이 사라진다. 이곳이 현실 안인지, 시나리오 속인지, 영화의 한 장면인지, 꿈을 꾸는 것인지 잘 분간이 안 된다. 유년에 뛰어다녔을 법한 오래된 동네도, 초록과 빨강의 형광 간판도, 정원과 다림의 사진도 모두 꿈만 같다. 관광객들의 낮은 목소리와 웃음들이 사진관에 둥둥 떠다닌다. 꿈을 꾸듯 젊은 한석규를 아니, 정원을 바라본다. 그의 얼굴이 은빛으로 빛난다. 사랑에는 정말 긴 시간이 필요한 걸까요? 그렇다면 순이 씨와 나의 시간, 우리의 시간은 왜 이렇게 짧은 걸까요? 정원의 심장을 느낀다. 아프다. 정말 아프다. 어제 분명 손을 잡고 안음眼音을 나눴던 그녀와 내가 다시는 서로를 볼 수도 없고 느낄 수도 없다니, 어둠 속에서 태양빛 아래로 나를 데리고 나간 그녀가 세상에 없다니, 말이 되지 않는다. 이건 꿈일 것이다, 분명. 그녀가 사랑했던 신은 지독하게 이기적이다. 내가 신보다 그녀를 더 신뢰한 걸 간파하고는, 지극히 선한 그녀를 자기의 땅으로 데리고 가버렸다.

초원사진관을 나와 무작정 골목을 따라 서쪽으로 걸었다. 서해 바다가 멀지 않은 걸 오면서 내비게이션에서 봤었다. 한 발 한 발 가을의 환을 걷는다. 귀는 멍하고 눈은 은빛으로 부시다. 바다는 잔잔하다 못해 죽음처럼 고요하다. 긴 호흡으로 흘러온 금강이 잔잔한 바다에 이르러 이제 그만 쉬고 싶다고 말하는 것 같다. 이제 보니 군산은 은빛의 도시다. 낮은 키와 넓은 품으로 지친 사람들을 감싸 안아 위로하는 곳임에 분명하다. 이 도시가 더없이 순이 씨를 닮았다는 생각이 든다. 빛나기 위해 사력을 다한 수면은 여린 은빛으로 남았다. 마지막 온 힘을 다해 반짝이다 곧 사위어버릴 것만 같다. 인생의 온갖 기쁨과 슬픔을 담아 순결하게 정제한 영혼의 색이 은빛임을 비로소 깨닫는다. 그녀, 순이 씨는 평생 은빛으로 살았던 거다. 자꾸 목이 막히려고 해 마른침을 삼켜본다. 가만히 눈을 감고 심장을 다독여본다. 그리고…… 일상의 한 순간처럼, 아까 열어보지 못한 세 번째 문자를 확인한다. 예감은 빗나가지 않았다. 안녕하세요. 21세기 필름입니다. 귀하의 소중한 원고를 저희 제작사에 응모해주심을 감사드리며 아쉽게도 당선되지 못했지만 다음 기회를 기대해봅니다. 무심히 다시 눈을 들어 바다의 은빛을 가만히 바라본다. 응모한 시나리오는 순이 씨, 그녀의 이야기였다. 처음 나를 찾아와 육촌 언니가 말했던, 이런저런 모양으로 살아가는 다양한 사람들의 이야기, 대중성도 예술성도 확보하지 못한 이야기여서 당선되지 못한 건 당연한 결과다. 그래도 쓰고 싶었다, 나를 태양빛 아래로 데려간 그녀, 순이 씨의 이야기를. 순박한 그녀와 함께 오월의 장미 꽃밭으로 돌아가는 과거로의 회귀, 시간여행이라는 초라한 줄거리에 심사위원 그 누구도 흥미를 느끼지 못했을 것이다. 임팩트는 그 어디에도 없었으니까. 동네 사진관의 사진사

정원과 주차단속반 다림의 가난한 사랑 이야기처럼. 오래 잊고 있다 생각난 듯, 문득 순이 씨의 톡 창을 다시 열어보고 싶어졌다. 제 주인을 잃은 줄도 모르고 톡 창은 여전히 빨간 꽃들도 만발하다. 그 꽃에 어울리는 순한 말을 찾지 못해 한 번도 순이 씨에게 톡을 보내지 않았는데, 여전히 그녀는 사진 속 장미 꽃밭에서 환하게 웃고 있다. 맑은 웃음소리가 가을 햇빛 속에 투명하게 울려 퍼진다. 이제 정말, 그녀에게 처음이자 마지막 톡을 보내야겠다.

순이 씨, 어리석게도 이제와 사랑한다는 고백을 해도 될까요? 이렇게 허진한 걸 보면, 우리에겐 시산이 얼미 남지 않았었는데, 나는 긴 시간이 필요한 사랑을 하고 있었나 봐요. 지금 순이 씨가 그렇게 소망했던 군산에 와 있어요. 수빈 아빠를 닮은 사람 좋은 정원과, 순이 씨를 닮은 순수한 다림이 낡은 초원사진관에 여전히 살아 숨 쉬고 있네요. 두 사람의 사랑이 이곳에 오롯이 담겨있는 것 같아요. 내 부족한 시나리오 속에서도 순이 씨는 영원히 살아서 여전히 오월의 장미향을 맡고 있답니다. 장미 꽃밭에서 손가락으로 브이 지를 만들며 웃던 순이 씨를, 바닷가에서 삼겹살을 구우며 즐거워하던 순이 씨를, 농인들을 향해 해사한 웃음을 보내던 순이 씨를, 진심으로 사랑합니다. 내 기억 속의 무수한 사진들처럼 사랑도 언젠가는 추억으로 그친다고 알고 있었지만, 그래요, 순이 씨만은 추억이 되지 않을 것 같아요. 사랑을 간직한 채 여기에 남아 진실한 글을 쓸 수 있게 해준 순이 씨에게 고맙단 말을 전합니다. 날 좋

은 가을에 떠나는군요. 평안의 땅 천국으로요. 오늘 이곳
에 가득한 은빛이 너무 아름다워요. 은빛은 순이 씨의 맑
은 영혼 같아요. 순이 씨의 간절한 소망이 결국 무한 에너
지가 돼서 4차원의 시간을 변형시키고 말았네요. 나와 함
께 했던 지난 오월이 아닌, 남편과 함께 했던 진정한 장미
의 계절로 돌아갔으니까요. 안녕히, 잘 가요. 이제 하늘에
서 남편과 사진 찍으며 순이 씨는 세상 누구보다 행복하겠
죠? 그리고…… 순이 씨가 그토록 사랑했던 신 앞에서 이
렇게 고백하겠죠? 여호와는 나의 목자시니 내게 부족함이
없으리로다.

심폐소생술

교사 연수가 있으니 빨리 도서관으로 모여 달라는 교내방송
이 무려 세 번이나 이어졌다. 종례 후 교실에서 수지와 상담 중
이던 찬우는 거듭되는 독촉 방송에 오늘따라 짜증이 났다. 외부
강사를 초빙해놓고 기다리는 담당자의 마음은 이해하지만, 학
생상담 시간조차 제대로 주어지지 않는 빡빡한 일정이 답답하
게 느껴졌다. 개인연수 120시간 외에도 일과 가운데 연일 이어
지는 필수 연수에 지칠 지경이었다. 아침자습시간에는 아이들
에게 자기주도 학습을 시켜야 하고, 점심시간에는 학생부 교사
로서 학교폭력예방을 위해 교내를 순시해야 하는데, 종례 후마
저 연수시간으로 할애하라면 학교장이 평소 강조하는 학생상담
은 도대체 언제 가능한 것인지 따져 묻고 싶었다. 교직원 회의

때, 금요일 7교시만은 학생상담 시간으로 정하면 좋겠다던 자신의 건의는 아무래도 묵살된 것 같아 더 속상했다. 요 며칠째 어두운 표정으로 앉아있는 수지의 모습이 내내 맘에 걸렸었다. 무슨 일이 있냐고 넌지시 물었을 뿐인데 바로 눈물을 쏟아내는 수지에게 티슈를 건네고는, 어떻게 반응해야할지 몰라 고민하던 중이었다. 수지의 입술에서 곧 의미심장한 고백이 나오려는데 방송 스피커의 시끄러운 독촉 소리가 자꾸 분위기를 흐려놓았다. 수지는 달싹이던 입술을 다시 다물어버렸다.

"안찬우 선생님. 어디에 계십니까? 도서관으로 빨리 와주세요. 지금 막 연수가 시작됐습니다."

급기야 방송으로 이름까지 불리자 아침에 만났던 학교장의 얼굴이 떠오르면서 찬우는 마음이 급해졌다. 정말 미안하지만 내일 다시 얘기 나누자며 서둘러 수지를 돌려보내고 도서관으로 달려갔다. 뒷자리에 조심스레 앉으려는데 맞은 편, 왜 이리 늦었냐고 무언으로 질책하는 학교장의 눈길이 따가웠다. 부담스런 눈길을 피해 강단으로 시선을 돌리니 사람의 상체를 본뜬 모형들이 있고 자동심장제세동기도 보였다. 교직원회의 때 예고됐던 심폐소생술 강의인 듯했다. 강사는 먼저, 심장의 박동과 호흡이 멎은 상태를 정상으로 회복시키는 처치 방법이 심폐소생술이라 정의했다. 오랜 경험을 가진 전문 강사의 얼굴에는 자신감이 넘치고 강의는 달변으로 물 흐르듯이 이어졌다. 사람을

살릴 수 있는 생명기술자, 찬우는 이유 없이 심폐소생술 강사가
지독하게 부러웠다.

심장 정지의 경우, 뇌는 혈액공급이 4분만 중단돼도 영구
적으로 손상될 수 있습니다. 그래서 무엇보다 골든타임에
조치가 필요합니다. 최초 목격자의 심폐소생술 실시여부
에 따라 생존율이 약 세 배 정도 차이 납니다. 그러나 우리
나라의 심폐소생술 실시율은 다른 나라에 비해 크게 낮은
실정입니다. 교육부는 2013년 12월 학교보건법을 개정해
서 모든 교사가 심폐소생술 교육을 받도록 의무화했습니
다. 국민의 봉사자로서 솔선하여 심폐소생술 교육을 받아
야 한다고 판단한 겁니다. 생명의 위기에 놓인 사람을 외
면하지 말고 반드시 심폐소생술을 사용하여 회생시켜야
한다고 법제화 한 나라들도 있는데 이것을 흔히 「선한 사
마리아인 법」이라고 부릅니다. 우리나라에서는 한때 「선
한 사마리아인 법」이 국회에 상정됐지만, 이 법을 어길 경
우 국민의 대다수가 범법자가 될 수 있다는 판단 하에 결국
부결되었고 면책특권 조항으로 남아있을 뿐입니다. 독일
이나 프랑스의 경우, 쓰러진 사람을 보고도 아무 조치 없이
그냥 지나치면 법적 제재를 받게 되고 벌금을 물게 돼 있습
니다. 솔직히 말해 법적 조치가 부여된다면 더 많은 사람
이 구조될 수 있을 겁니다.

며칠 전 진주의 이별통보를 받고 찬우는 심장이 정지되는 고
통에 잠겨버렸다. 신체 화化 증상인지 명치끝에 수시로 통증이
전해져왔다. 태연한 얼굴로 분주한 일상을 보내고 있지만 심장

은 현실에 철저히 예속된 노예처럼 나약해져 있었다. 이내 마음의 뇌사상태에 이를 것 같은 두려움이 엄습했다. 어제는 잠자리에 들면서 아침에 눈을 뜨지 않아도 괜찮겠다는 비굴한 절망이 온몸에 곰팡이처럼 피어났다. 찬우는 지금 자신에게도 어떤 응급조치가 필요한 건지 열변을 토하는 강사에게 묻고 싶어졌다. 자신을 죽어가는 자에 비유한다면 이별을 통보해온 진주는 선한 사마리아인 법을 어긴 범법자가 될 터였다. 감정이 극단으로 예민해졌는지 진주를 범법자로 판결해버리고 싶은 못난 욕구가 올라왔다. 성경 누가복음에 등장하는 선한 사마리아인의 비유……. 여행 도중 강도의 급습을 당해 한 유대인이 죽어 가는데, 그를 보고도 당시 상류계급인 제사장과 레위인은 모르는 체 그냥 지나쳤으나, 평소 천하다고 경멸했던 사마리아인이 구해준다. 유대인을 안전한 곳으로 옮겨 치료하고 비용을 지불해 간호할 사람까지 붙여준다. 사마리아인은 타민족의 피가 섞였다는 이유만으로 순수 유대인들로부터 조롱과 멸시를 받던 존재지만 결국 강도 만난 유대인은 천한 사마리아인의 손에 살아난 셈이었다. 찬우는 도덕적 의무와 실천의 상징으로 알려진 이 비유가 오늘 자신에게도 적용된다는 인지 오류에 빠져버리고 싶었다. 상처받아 마음의 피를 흘릴 걸 알면서도 매몰차게 떠나버린 진주를 가증스런 제사장이나 레위인으로 정죄하고 싶은 비약도 생겼다. 상고해보면 유대인을 외면한 제사장과 레위인을 탓할 수만은 없는 일이었다. 여행목적지에서 그들이 해야 할 일이 미래를 좌우할 중차대한 것이었다면, 도덕적 의무 같은 건 후순위가 될 수도 있을 터였다. 만약 진주가 선한 사마리아인을 자처했더라면 찬우는 분명 해결할 수 없는 골칫덩이 연인으로 남았을 터였다. 정규교사로 발령받은 진주는 지금 맞선 시장에서 제사를 주관하는 제사장이자 선택받은 레위인이 되었다. 같은 교사는 물론 공사 사원, 대기업 사원, 고급공무원, 변호사 혹은 교수나 의사까지 다양한 직업군의 남편감이 맞선 시장에서 그녀 앞에 대기하고 있고 진주는 그저 최선의 선택만 하면 될 터였다. 한 번은 데이트 중에 진주에게 전화가 걸려왔다. 옆에 앉은 찬우를 의식한 듯 한참 곤란한 표정으로 통화하던 진주는 전화를 끊으며 가늘게 한숨을 쉬었다. 같은 학교 선생님이 지인의 아들을 소개해주고 싶다고 여러 번 강권해서 계속 거절해왔는데, 둘이 너무 잘 어울릴 것 같아 일단 약속을 잡았으니 맞선 자리에 나가주기를 부탁한다는 전화라고 했다. 진주에게 캐물어 맞선 상대는 얼마 전 개업한 한의사라는 답을 얻어낸 건, 아무리 생각해도 치졸한 실투의 발로였다. 찬우는 데이트 내내 안색이 창백한 진주를 보면서 그녀가 걸어갈 인생길에 걸림돌이 되는 것 같아 마음이 무거웠다. 가난한 집안 장남에다 안정된 직장도 없는 떠돌이 기간제 교사와 결혼해 원룸에서 시작하겠다고 하면, 가족들의 강한 반대에 부딪칠 건 불 보듯 뻔했다.

윤택한 집안의 딸로 부족함 없이 자란 진주는 지금 누리고 있는 유대인의 신분과 제사장의 직분을 상실하게 될 터였다. 사마리아인과 결혼하면 유대인도 결국 사마리아인에 불과하단 건 동서고금의 진리였다. 함께 교원임용고시를 준비할 때도 이미 유대인이었던 진주는 합격 후 바로 정규교사로 발령받았고, 맞선시장에서 제사장으로 승격되었다. 진주에게 선한 사마리아인의 법을 강요하는 건 무례한 억측이 분명했다. 누구도 진주를 비난할 수 없었다. 영혼의 상실과 심정의 매몰에는 법적 회생조치가 전혀 없는 현시대에서 찬우는 자신이 그저 고사枯死하는 허다한 젊은이 중 하나일 뿐이라고 생각했다. 절망하는 이유에 특별할 것도 억울할 것도 없었다. 절망은 여기저기 흔하게 널려있는 거리의 돌멩이 같았다. 찬우는 이등병으로 군복무 중에 아버지의 부고를 들었다. 교통사고로 돌아가신 아버지의 주검을 땅에 묻고 일주일 만에 군대로 복귀하면서 상실감과 책임감으로 심장이 눌리는 것 같았다. 자신이 가장이 되었고 어머니와 남동생을 지켜야한다는 압박감에 아버지를 향한 그리움은 더 절절했다. 심야경계근무를 서면서 밤하늘의 별을 바라보노라면 늘 아버지 생각에 목이 메었다. 스물두 살의 무거운 시간이 느리게, 아주 느리게 흘러갔다. 어느 날 대학 산악회 동아리 후배 진주로부터 위문편지를 받았다. 참 예쁘다고 생각했지만 자신이 없어 멀리서 바라보기만 했던 후배였다. 산악회 선배들과 함께 문상을 다녀간 후 찬우의 모습이 내내 눈에 스미더라고, 위로를 담아 보내온 따뜻한 편지였다. 드문드문, 그러다 가끔, 그러다 자주, 그러다 매주 보내오는 진주의 편지는 매번 봄 향기를 싣고 왔다. 군부대가 위치한 강원도 산골 오지, 밤하늘에 가득 박힌 별들이 슬픔의 결정체에서 기쁨의 순정체로 변하는 마술 같은 시간을 경험했다. 그렇게 첫사랑으로 다가온 진주. 언젠가 히말라야 안나푸르나로 떠나서 우주에서 쏟아지는 별을 함께 바라보자고 했던 진주의 말은 찬우의 심장으로 흘러와 약동하는 에너지가 되었다. 그즈음 찬우는 힘차게 뛰는 자신의 심장 소리가 참 좋았다.

심장 정지로 쓰러진 사람을 돕겠다고 함부로 달려들이 상체를 잡고 흔드는 일은 매우 위험합니다. 심장 정지 상태인 사람이 여자이고 흔드는 사람이 남자인 경우, 어두운 곳에서 얼핏 보면 성추행으로 잘못 보일 수도 있기 때문입니다. 실제 그런 사례가 여러 번 있었습니다. 그래서 심폐소생술 매뉴얼도 다시 갱신됐습니다. 오해를 없애기 위해서, 누운 사람의 쇄골부분을 한 손으로만 터치하면서 "괜찮으세요?" 라고 물어봅니다. 다음으로, 숨을 쉬는지 가슴께에 고개를 기울여 호흡을 눈으로 보고, 소리로 듣고, 피부로 느껴봅니다. 세 가지 방법을 동시에 사용하는 겁니다. 주변에 사람이 있을 경우, 구체적으로 한 사람을 지목해서 119 신고를 부탁하고 자동심장제세동기도 가져다 줄 것을 부탁합니다. 만약 주변에 아무도 없다면 도와달라고 크게

소리치고, 그래도 도와줄 사람이 없다면 직접 119로 신고
합니다.

진주의 이별통보로 힘든 요 며칠, 아이들과도 동료들과도 관리자와도 어긋나는 인간관계의 연속이었다. 따뜻한 손길로 도우려던 찬우의 시도는 모두 오해로 남아버렸다. 찬우는 아이들이 당당하게 자신의 의견을 세상에 피력하되, 타인의 입장도 충분히 배려하는 멋진 개인으로 성장하길 바랐다. 학급을 경영하면서 그 가치관을 실천하려고 노력했지만 진심이 통하지 않을 때가 많았다. 기간제 교사는 1학기 육 개월 계약기간이 끝나면 여름방학에 재계약을 해야 2학기에도 아이들을 가르칠 수 있었다. 학교 홈페이지에서 2학기 도덕과 모집 공고를 본 아이들이 찬우가 정규교사가 아니란 의심을 가지고 기간제 교사가 맞는지 직설적으로 물어왔다. 한 학교에 도덕교사는 한 두 명뿐이라 쉽게 눈치챈 것 같았다. 그렇다고 담담하게 대답했다. 노력하고 있지만 여러 번 임용시험에 떨어졌다는 사실과, 맏아들로서 가정 내 경제적 책임을 다하지 못하고 있다는 사실까지도 솔직하게 답했다. 그 대답 이후, 평소 학교생활에 불만이 있던 몇몇 아이들은 찬우의 신분을 핑계로 엎드리거나 다른 짓을 하면서 우회적으로 수업을 거부했다. 게다가 스스로 페미니스트라 일컫는 아이들이 찬우를 가정 내 책임을 남자의 몫으로만 생각하는 반反페미니스트로 오해했다. 순수한 고백이 오해의 소지가 될

수도 있다는 사실에 난감했다. 원로여교사인 송 선생님이 찬우가 담임한 아이들 복장이 너무 불량하다며 강하게 단속하라고 조언했을 때도 결과는 오해로 남았다. 학생의 도의에서 크게 벗어나지 않는다면, 아침에 교복치마 길이 문제로 실랑이 하면서 등교하는 아이들의 기분을 망쳐놓고 싶지 않았다. 쪽가위를 들고 짧은 치마의 단을 뜯으려는 송 선생님의 방법에 동의하고 싶지도 않았다. 윗사람의 권위에 무조건 말 잘 듣는 사람으로 키우고 싶지 않다고 송 선생님에게 분명히 의견을 피력했다. 낯빛이 변하는 송 선생님이 마음에 걸렸지만 무조건 동의할 수는 없었다. 어제 퇴근 무렵, 평소 친하게 지내는 박 선생이 휴게실로 찬우를 데려가 송 선생님과 무슨 일이 있었는지를 물었다. 지도력이 부족한 찬우가 학급아이들을 망쳐놓고 있다는 송 선생님의 말을 전해주었다. 진심을 표현했을 뿐인데 자꾸 어긋나는 일들에 속이 상했다. 오늘 아침, 몇몇 아이들이 휴대폰을 제출하기 싫어 핑계를 대며 웅성웅성 하는 중에 마침 교내를 순시하던 학교장이 창문 앞에 서서 꽤 오래 교실 풍경을 지켜보았다. 절대정숙이 안 되는 자습시간이 못 마땅한 것 같았다. 예상대로 1교시에 찬우를 교장실로 호출해 학급 경영을 제대로 하고 있는지 직설적으로 물었다. 기간제 교사에게 담임을 맡기지 않는 게 평소 신념인데 정규 교사의 휴직이 많은 학교 상황 상 담임을 맡기게 됐으니 책임감을 가지고 임해 달라는 긴 당부를 들어야 했다. 담임도 맡았고 올해부터 기간제 교사에게도 지급되는 교원복지비까지 수령했다면 정규교사와 같은 대우를 받고 있는 셈인데, 책임도 그만큼 커져야 한다고 목소리를 높였다. 찬우는 좁힐 수 없는 학교장과의 아득한 거리를 느꼈다. 세상 어디에서 든 살아남으려면 최신 매뉴얼에 기민하게 반응하고 민첩하게 대응해야 하는데, 낡고 오래된 매뉴얼을 그대로 붙잡은 채 굼뜬 소신과 행동으로 결국 인심을 잃고 말았다. 찬우는 그저 학업 부담에 매몰되어 경각에 놓인 아이들을 두 손으로 흔들어 깨우 고 싶었다. 교복치마 길이가 아니라 꿈의 길이가 중요하기에 정 해진 틀에서 벗어나 유연한 사고를 갖는 아이들이 되길 바랐다. 그것뿐이었다. 그런데 아무리 둘러봐도 주변에 믿어주는 이가 없었다. 기간제 교사가 무엇을 할 수 있겠나 의심의 눈으로만 바라보았다. 생각해보면 도와주려다 죄인으로 낙인 받기 십상 인 세상이었다. 타인이 원치 않는 열정은 오히려 실례가 될 확 률이 높다는 걸 새삼 깨달았다. 그들을 주제넘게 두 손으로 흔 들어 깨워보겠노라 자만하다가 인생 매뉴얼에서 자꾸 탈선하는 자신의 행동이 한심했다. 찬우는 청소년들이 좋아 사범대를 택 했다. 조금은 지루하고 조금은 틀에 매인 전형적인 선생님이 아 니라, 그들의 심장 약동에 반응할 수 있는 선생님이 되고 싶었 다. 경영대를 나와 대기업이나 공기업에 취업하길 바라는 부모 님의 반대를 무릅쓰고 고집스레 사범대에 진학했다. 후회해 본 적도 없고 나름 열심히 공부도 했다. 아버지가 돌아가신 후로는 등록금 부담이 적은 사범대라 오히려 감사했다. 하지만 임용시험을 통과하지 못한 자는 선생의 자격을 온전히 갖지 못한 자와 다름없었다. 한 학기 혹은 일 년 단위로 여러 학교를 옮겨 다니면서 낯섦과 익숙함의 반복을 겪어내야 하는 보따리장수에 불과했다. 엄연한 현실이었다. 학교는 기간제 교사에게 담임을 맡기는 일에도 인색했고 잡일을 떠안기거나 3D 업무로 내몰곤 했다. 싫은 내색은 절대 할 수 없었다. 몸을 사린다는 소문이 돌면 다음 기간제 자리를 보장받을 수 없기 때문이다. 공적인 모집공고를 통해 선발한다지만 기실 관리자들의 아름아름 소개로 자리를 얻을 수 있고 보면, 군말 없이 수어진 업무에 몸을 던져야만 한다. 기간제 교사에겐 교육 가치관을 펼치는 행위도 주제넘은 것이란 생각이 요 며칠 찬우의 맘을 짓눌렀다. 아이들을 살리려다 추행범으로 오인 받지 않으려면 소신 따위의 손은 내리고, 주제넘게 과도한 행동도 하지 말고, 주도면밀하게 그들의 기호를 살피기만 하면 될 터였다. 관리자들이 요구하는 틀에 아이들을 징확하게 끼워 맞추고, 조직이 원하는 착한 사람으로 키워내면 될 일이었다. 정해진 기간제 교사의 매뉴얼과 상관없이 주제넘게 좋은 교사가 되려 한 것은 과욕이었다. 때늦은 후회가 찬우의 가슴을 차갑게 식혔다.

인간의 핏줄은 실핏줄까지 포함하면 지구 한 바퀴를 돌고도 남는 길이라고 합니다. 그 무한한 길이를 상상이나 할수 있겠습니까? 인간의 복잡다단한 몸속 구조가 우주의 구조와 비슷합니다. 그런데 신기한 것은 피가 산소와 영양분을 싣고 몸 한 바퀴를 다 도는 데 50초밖에 걸리지 않는다는 점입니다. 핏줄의 길이를 생각해보면, 결국 피는 200km의 미친 속도로 달린다는 뜻이 됩니다. 고속도로에서 200km로 달린다고 생각해보세요. 대단하지 않습니까? 그런데 피가 200km로 달릴 수 있도록 펌프질을 하는 동력은 바로 심장입니다. 심장이 얼마나 고된 노동을 하고 있는지 아시겠죠? 심장은 한 번도 쉬지 못합니다. 쉬면 생명은 끝나니까요. 다만 잠이 들면 속도는 어느 정도 늦춰집니다. 혈관 벽에 노폐물이 쌓이면 피가 통과하기 어려운데다 심장까지 강하게 움직이지 않아서 밤에 자다가 심장 정지로 죽는 사람이 생깁니다. 갑작스런 죽음을 막을 수는 없을까요? 다행인 건, 심장은 정지되기 전에 생활 속에서약 천 번 정도의 신호와 경고를 보낸다는 사실입니다. 다만 사람들이 그것을 무시할 뿐이죠. 심장에 통증이 느껴진다든지 일어서는데 갑자기 어지럽다든지 하는 다양한 신호가 옵니다. 심장의 경고에 겸허히 반응해야 생명을 지킬수 있습니다.

좋은 교사가 되기 위한 헛꿈의 시간은 길었다. 찬우는 제대후 복학해서 스물다섯 살부터 교원임용고시를 준비했다. 처음엔 진주가 옆에 함께 있어 힘든 줄도 몰랐다. 새벽부터 중앙도서관에 나란히 자리를 잡고 앉아 강의시간 외엔 자정까지 공부를 이어갔다. 나란히 임용시험에 합격해 좋은 부부교사가 되어 행복한 인생을 걸어갈 것을 의심치 않았다. 하지만 꿈은 찬우에게 항상 일정거리를 유지했다. 닿을 듯 닿을 듯 닿지 않았다. 매해 경쟁률도 높았지만 선발인원도 적었다. 바늘구멍 같은 자리에도 합격하는 사람은 있다고 자신을 독려했다. 한 해, 한 해, 또 한 해, 매해 노하우가 쌓였으니 다음 해는 반드시 합격하리란 소망으로 일곱 번의 해를 넘겼다. 현재 나이 서른 넷, 팔 년차 고시생인 셈이다. 졸업을 바로 앞둔 스물여섯 겨울부터 임용고시에 응시했으니 작년 겨울까지 일곱 번 낙방한 전과를 갖고 있었다. 졸업 후 초기 이 년 간은 서울 노량진에 쪽방을 얻어 놓고 임용 전문 학원을 오가며 전적으로 공부에 매달렸다. 첫해는 1차에서 떨어졌고, 두 번째 해는 1차 필기시험에 가까스로 합격했으나 결국 2차 심층면접과 수업시연에서 떨어지고 말았다. 2차에서 떨어졌을 때 가족들이 받은 상처는 더 혹독했다. 차라리 1차에서 떨어졌다면 희망고문의 시간은 짧았을 테고 그에 비례해 감정소비도 적었을 테지만, 꿈은 조롱하듯 정확하게 일정거리를 유지했다. 전공과 교육학을 완선히 소화했다고 여길 만큼 독하게 공부한 시간도 불합격의 결과 앞에서는 시작하지 않은 것과 별반 다를 바 없었다. 수입이 거의 없는 어머니에게 대학 졸업 후에도 계속 손을 내밀 수는 없었다. 학원비도 만만치 않았고 노량진 쪽방 월세만 오십 만원에 육박했다. 어머니의 만류에도 짐을 싸 고향집으로 내려왔다. 이후 기간제 교사로 일하면서 임용고시를 틈틈이 준비해오고 있지만 전적으로 매달려 몇 년씩 준비하는 사람들과는 아무래도 경쟁이 안 됐다. 하루 종일 학교업무를 손에서 뗄 수 없는 처지에 심야보충 공부만으로는 턱없이 부족했다. 주경야독의 가상함으로 세상을 감동시킬 수 있는 시대는 이미 지나가버렸음을 찬우는 확신했다. 도태되지 않으려고 모두가 목숨을 걸었기에 누구도 만만한 사람은 없었다. 지난 팔 년 간 앞만 보고 미친 속도로 달려왔지만 뒤를 돌아보면 이룬 게 없었다. 계속 앞으로 달린다 해도 벽에 막혀 도무지 출구가 보이지 않았다. 찬우는 온 몸을 칭칭 감고 있는 혈관 속 뜨거운 피처럼 미친 듯이 과속으로 달려온 청춘의 시간이 가슴 아팠다. 엎친 데 덮친 격으로 며칠 전, 교육부의 암담한 발표까지 있었다. 앞으로 교원 수를 이천 명 이상 감축한다는 보도였다. 임용준비생들과 교사후보생들이 서울 광화문에 집결해 교원수급정책 반대 시위를 벌이고 있다는 뉴스를 들었다. 찬우도 시위에 동참해 목 놓아 외치고 싶었지만 그마저도 여의치 않아 속만 까맣게 태웠다. 200km의 미친 속도로 피를 퍼 나르던 심장처럼 심신이 지쳐버렸다. 찬우가 느끼는 자화상은 에너지를 다 써버리고 크로키 상태가 된 권투선수 같았다. 기진맥진했다. 지난 팔 년 간 하루도 마음 놓고 쉬지 못한 채 뛰어왔다. 뛰지 않으면 청춘은 고사해버릴 것 같았다. 아프니까

청춘이라지만, 청춘에 아프면 평생 아플 수밖에 없는 인생도미노 현상은 엄연한 현실이었다. 어머니는 사범대가 아닌 경영대에 진학했어야 한다고 한탄하지만 찬우는 그나마 사범대 출신이라 생계의 명맥을 유지하고 있다고 여기곤 했다. 때론 그것이 위로가 되고 때론 그 위로에 안도의 숨을 쉬는 자신이 너무나 초라해 보였다. 경영학과 출신인 친구 명수도 힘든 상황은 마찬가지였다. 비교적 탄탄했던 중기업에서 작년에 갑자기 감원된 후 집안 분위기가 살얼음판인데, 부모님 눈치 보느라 저녁밥이 목에 걸려 넘어가지 않는다고 했다. 대학까지 마친 건강한 아들 놈이 백수로 밥만 축내는 것 같아 차마 고개를 들 수 없다고 했다. 하루 종일 마을 도서관에서 아파트 관리사 자격시험을 공부하다가 웬만하면 근처 허름한 밥집에서 저녁을 때우고 귀가한다고 했다. 안정된 직장만이 소원일 뿐, 결혼이나 여가 등 인생의 다른 소망은 사치라며 쓴 웃음을 지었다. 대학 산악회에서 만난 명수는 백두대간 등정에서 항상 선두로 걸으며 후발자들을 격려하고 리드하던 친구였다. 호방하고 대범한 성정이 얼굴에 흘러넘쳤다. 주눅 들고 위축된 명수는 상상조차 할 수 없었다. 사람의 성정조차 바꿔놓은 미친 속도, 쉼 없는 발버둥. 명수의 말처럼 안정된 직장이 신이고 구원임을 찬우도 실감하고 있는 중이었다. 미련하게 천 번의 신호에도 꿈적하지 않았던 자신을 꾸짖고 싶었다. 서너 해 임용시험에 낙방했을 때부터 정신 차리고 인생 매뉴얼을 수정했더라면 죽을 것 같은 이 고통은 겪지 않았으리란 후회가 밀려왔다. 사랑은 시들지 않을 거라고, 소망은 사라지지 않을 거라고, 안나푸르나의 꿈은 잠들지 않을 거라고 확신한 건 철없는 오기였다.

인공호흡은 작년을 기해 심폐소생술에서 제외되었습니다. 매년 천 명의 의사들이 한 곳에 모여 심폐소생술의 매뉴얼을 검토하고 더 효율적으로 갱신합니다. 지난 일 년 간 회생률을 통해 매뉴얼을 점검하는 겁니다. 인공호흡이 심폐소생술에서 제외된 건, 심장이 정지된 상태에서는 삽입된 공기도 무용지물일 경우가 많고, 인공호흡으로 소생된 비율 또한 매우 낮기 때문입니다. 게다가 독극물 등을 음용한 채 심장 정지가 온 사람에게 인공호흡을 실시할 경우, 호흡해주는 사람에게 오히려 독극물이 전이되기도 합니다. 메르스 사태 때도 간호사 한 명의 인공호흡을 통해 바이러스가 기하급수적으로 병원 내에 전파된 사례가 있습니다. 필요 없는 매뉴얼은 인정사정없이 언제든 삭제됩니다.

현실성 없는 청년실업대책에 찬우는 더 우울해졌다. 선발인원이 줄어든 교원수급대책 발표 후 불안감은 더해졌고 악몽도 잦아졌다. 길을 걷다가 흔들리는 기분에 고개를 숙여보면 입을 벌린 땅 사이로 깊이를 알 수 없는 낭떠러지가 시커먼 속을 보이곤 했다. 공포로 잠에서 깨면 등에 식은땀이 흥건했다. 요즘 들어 부쩍 머리카락이 많이 빠진다 싶었는데 오른쪽 옆머리에

원형탈모 증세까지 생겨버렸다. 어머니 몰래 일주일에 한 번씩 피부과 치료를 받고 있는 중이었다. 의사는 두피가 드러난 원형에 스테로이드 주사를 놓아주면서 마음을 편히 가지고 무엇에든 스트레스를 받지 않도록 주의하라고 조언했다. 의사의 메마른 충고를 들으면서 찬우는 진료행위가 참 쉽다는 억측마저 들었다. 스트레스를 받지 않는 구체적인 방법은 무엇인지 내놓으라고 대들고 싶었다. 그따위 영혼 없는 처방이 도대체 무슨 도움이 되겠냐고 따져 묻고 싶었다. 청춘답게 살아갈 수 있는 대책을 내 놓으라 반항하고 싶었다. 복학 후 진주와 함께 도서관에서 공부할 때, 데이트 비용을 아껴보려고 자판기 커피를 뽑아서 도서관 앞 벤치에서 마셨고, 밥은 매끼니 가장 저렴한 학생회관에서 해결했다. 그래도 더없이 행복했다. 찬우의 사정을 다 이해하는 진주의 존재는 세상에 대한 신뢰를 심어줬다. 가끔 산악회 선후배들과 백두대간을 타면서 회원들 사이에 섞인 진주를 바라보는 것만으로 찬우의 심장은 설렜다. 땀이 영근 진주의 이마에서 신이 허락한 지상의 지고지순한 선善을 떠올렸다. 장차 둘 다 정규교사가 되면 첫 여름방학을 기약하자고 했다. 안나푸르나 트레킹 등반 약속이 인생비밀이나 되는 것처럼 귀하게 간직했다. 안나푸르나 산군은 대학 산악회 회원들의 로망이고 꿈의 종착지였다. 히말라야에서 가장 인기 있는 트래킹 코스로, 네팔 중부 도시 포카라를 기점으로 짧게는 푼힐 전망대까지의 트래킹 코스와, 길게는 안나푸르나 산군의 주변을 일주하는 라운드 트래킹 코스가 있었다. 찬우는 진주와 함께 떠날 수만 있다면 어느 코스든 좋았다. 안나푸르나에 진주와 함께 나란히 서 있는 그림은 찬우의 삶을 격려했다. 겨우 자판기 커피 한 잔을 들고도 진주는 들떠서 말하곤 했다.

"포카라로 가는 경비행기를 타고 상공에서 바라보면 히말라야 설산이 마치 구름 위에 둥둥 떠 있는 것 같대. 빨리 가보고 싶지 않니? 찬우야, 우리도 합격하면 첫 여름방학에 바로 떠나자. 안나푸르나로!"

하이파이브를 하면서 찬우와 진주의 마음은 기대로 부풀어 올랐다. 진주는 삼 년 전 임용시험에 합격한 후, 이 년 간 남자친구의 합격을 기원하며 두 번의 여름방학과 겨울방학을 그냥 보냈다. 기꺼이 안나푸르나 등정의 꿈을 유예했다. 기다림에도 불구하고 찬우는 여지없이 고배를 마셨고 진주는 처음으로 눈물을 보였다. 작년 여름방학, 혼자서 안나푸르나에 갈 수 없었던 진주는 한 달 간 이탈리아 밀라노로 떠났다. 인천공항에서 진주를 배웅하는데, 이민이라도 보내는 것처럼 허전했다. 진주는 며칠 뒤 그곳에서 정통 오페라를 감상하고 패션의 최첨단을 보고 있다는 짧은 두 줄의 엽서를 보내왔다. 엽서 앞면에는 두오모 성당의 야경이 인쇄돼 있었다. 찬우는 한참 멍한 얼굴로 낯선 두오모 성당 야경을 들여다보면서 물리적인 거리만큼 멀어져버린 상황의 거리를 절감했다. 여행이 끝나갈 무렵, 진주는 밀라노에서 특별한 경험을 했다며 이제 굳이 힘들여 안나푸르나에 오르고 싶지 않다는 두 번째 엽서를 보내왔다. 찬우는 엽서에서 행간에 숨겨진 이별의 수순을 단번에 읽어냈다. 정확히 그때부터 악몽을 꾸기 시작했다. 꿈속에서 정체모를 존재에게 쫓기고, 낭떠러지가 입을 벌리고, 숨이 가쁘고, 급기야는 심장 정지를 느끼며 임박한 죽음을 예감했다. 가위에 눌린 듯 입에선 소리가 되어 나오지 않았다. 바로 곁에 있는 진주도 안나푸르나의 꿈처럼 닿을 수 없는 비현실적인 대상으로 느껴졌다. 데이트 중에 전에 없던 어색한 침묵이 둘 사이에 불쑥 불쑥 끼어들곤 했다. 그렇게 거의 일 년…… 찬우는 며칠 전 문자로 이별통보를 받았다.

경제적 인간이 내 인생지표의 우선순위가 될까봐 두려운 적이 있었어. 그런데 지금은 경제적 인간마저 될 수 없을까봐 두려워. 그래, 찬우야. 좀 더 솔직하게 말할게. 끝을 알 수 없는 working poor 속에 갇혀 살고 싶지 않아. 모든 게 불확실해. 숨이 막혀.

짧은 여섯 문장에 함축된 진주의 마음과 행간에 숨어있는 지난 세월을 헤아려보는데 가슴이 먹먹했다. 내면에 깃들어 찬우를 괴롭히던 모든 미련과 염려와 혼란과 두려움이 썰물처럼 빠져나간 자리에 허무만이 가득한 절대의 고요가 차올랐다. 결국, 진주는 똑똑한 여자였다. 경제적 인간은 절대 저차원의 명제가 아니라 인생 매뉴얼의 핵심 키워드라는 걸 깨달은 거였다. 인생의 호흡이라 일컫는 고차원의 명제인 사랑 따위는 더 이상 효능이 없다는 것도, working poor라는 치명적인 바이러스는 죽어가는 사람을 살리려는 타인마저 함께 죽일 수 있는 전염성 맹독이라는 것도 절감한 거였다. 쓸데없는 잉여의 가치에 시간과 감정을 낭비하면 자신도 죽고 진주도 죽는다는 건 자명한 진실이었다. 이제 사랑 따위는 그 효능을 다시 검증받아야 하고 모든 사람의 수긍과 공감 가운데 인생 매뉴얼에서 과감하게 삭제되어야 했다. 유대인이 생명의 위험에 놓인 유일한 이유는 모른 체하고 지나간 제사장이나 레위인 때문이 아니라 칼 든 강도의 급습을 만났기 때문이었다. 이별을 통보한 진주는 아무런 죄가 없으며 도의적 책임마저도 없다. 고통과 상처가 생긴 건, 경제적 인간마저 될 수 없다는 현실, 그 매정하고 비정한 현실의 급습을 받았기 때문이란 사실을 찬우는 체득하고 말았다.

유두와 유두 사이 정중앙 부분 바로 위를 눌러야 합니다. 심장이 정중앙의 위치에 있기 때문입니다. 많은 사람들이 약간 왼쪽에 있을 거라 착각하지만 정중앙입니다. 명심해야 합니다. 지점을 잘못 찾아 누르면 멀쩡한 갈비뼈를 건드려 부러지게 만들고, 부러진 갈비뼈가 허파를 찔러 패혈증을 일으킬 수 있습니다. 그렇게 되면 사인(死因)이 심장 정지가 아니라 패혈증이 됩니다. 오히려 사람을 죽이는 행위가 되는 거죠. 너무 강하게 누르면 뼈가 부러지고 너무

약하게 누르면 아예 심장에 닿지 않습니다. 편하게 사용하는 쪽 손바닥 뒷부분을 정중앙에 놓고 그 위에 반대쪽 손을 얹어 깍지 낍니다. 그리고 손 앞부분은 들어줍니다. 깍지 낀 채 손 앞부분을 드는 이유는 가슴뼈가 부러질 것을 예방하기 위한 것입니다. 아무리 다급해도 매뉴얼을 지켜야 심장이 다시 살아납니다. 매뉴얼을 지키지 않으면 오히려 독이 됩니다. 1초에 두 번씩 한 번에 총 30회를 힘 있게 누릅니다. 호흡을 확인하고 다시 30회를 누릅니다. 심장이 뛸 때까지, 119가 도착할 때까지 계속 실시해야 합니다. 죽음 앞에 누워있는 사람의 심장만 다시 뛸 수 있다면 온 몸의 에너지를 다 쏟은들 무엇이 아까울까요?

기간제 교사인 동갑내기 동료 박 선생이 10월에 청첩장을 돌릴 거라는 소문이 들려왔다. 어제 전체 직원 회식 때 선생님들의 대화 속에서 자연스레 알게 됐다. 결혼 소식보다 더 이슈가된 건, 박 선생의 능력 있는 아버지가 퇴직하면서 시내에 박 선생의 명의로 오피스텔 겸 상가 건물을 매입했다는 소식이었다. 박 선생이 건물주로 등극한 오피스텔의 현재시세와 향후 십 년후 되팔았을 때 생성될 차익까지 회자되면서 다들 흥분상태가됐다. 든든한 배경에 대한 부러움이 회식 장소인 돼지갈비 집을 뜨겁게 달궜다. 박 선생 정도라면 기간제 교사라 해도 장가드는데 부족함이 없을 거라는 말도 거침없이 흘러나왔다. 기간제 교사가 힘들다 싶으면 재산이 있으니 언제든 대형 입시학원을 운영해도 될 테고, 전공과목도 영어라 수입 면에선 그 길이 더 나을 수도 있다는 긍정적인 평가가 쏟아졌다. 전 교사들이 모여 수긍하고 인정하는 가운데 박 선생의 인생 매뉴얼은 더 완벽하게 갱신되었다. 박 선생은 종래 관리자들이 선호하는 기간제 교사였다. 잘 생긴 마스크와 세련된 매너로 관리자들을 깍듯하게 잘 모셨고, 수학여행이나 수련회 사전답사 때는 피곤한 운전을 자처했다. 친목회 총무로 싹싹하게 일을 해냈고 선배 교사들의 요구도 군말 없이 그대로 따랐다. "예, 알겠습니다. 제가 아이들 복장 단정하게 지도하겠습니다. 송 선생님께서 늘 자상하게 신경 써주셔서 고맙습니다." 그의 대답을 들으면서 활짝 피어나던 송 선생님의 미소를 분명히 보았다. 칭찬을 한 몸에 받는 박 선생은 학교 내에서 매력적인 사람으로 통했다. 현 근무지에서 기간제 교사로 오 년째 일하고 있다는 건 그만큼 관리자들의 신임을 받고 있다는 증거였다. 일찌감치 임용시험은 포기하고, 기간제 교사로 단절 없이 경력을 쌓는다는 현실적인 목표를 세우고 그대로 실천하는 중이었다. 관리자들의 소개로 대학 졸업 후 한 해도 쉬지 않고 학교에서 일해 왔다고 했다. 꾸준히 돈을 모아 제법 목돈도 마련했고 아버지가 신혼아파트도 마련해놓은 터라 결혼을 서두른다는 얘기도 들렸다. 찬우가 지켜본 결과, 박 선생은 인생매뉴얼을 그대로 지키는 현명한 사람이었다. 찬우는 회식 중에 박 선생에 대한 부러움으로 맥주를 두세 잔 연거푸 들이마셨다. 금수저, 은수저, 흙수저 등 그런 값싼 회자 용어에 끌리는 자체를 부모님에 대한 모독이라고 여겨왔는데, 결국 못 난 자식임을 스스로 증명한 셈이었다. 찬우의 뇌리에 자유연상 처럼 진주의 얼굴이 떠올랐다. 박 선생 만큼의 집안 배경만 가졌다면 진주가 떠나지 않았으리란 못난 생각이 스쳤다. 부모님께 죄송해서 또 한 잔을 마셨다. 혼자되어 어려운 살림에 대학 공부 시켜준 것도 모자라 팔 년 간 임용시험 준비한답시고 허송 세월 보낸 아들 뒷바라지로 고생해온 어머니였다. 순간, 지독한 부끄러움에 먹혀버릴 것 같았다. 잘못된 생각 지점 때문에 부러 진 자책감이 예리하게 허파를 찔렀다. 찬우는 회식 자리를 박차 고 일어나 식당 뒤뜰로 나갔다. 숯불을 피우는 주인아저씨가 부 럽다는 생각을 하며 무의식석으로 담배 한 개비를 부탁했다. 진 주가 피지 말라고 당부해 자제해오던 담배였다. 임용시험 스트 레스로 곧잘 피워대던 담배를 끊자 금단현상이 찾아왔지만 안 나푸르나를 상상하며 참아냈다. 깨끗하고 건강한 폐로 안나푸 르나의 봉우리를 오르고 싶어서였다. 오랜 다짐을 순간에 던져 버리고, 주인아저씨가 건네준 담배를 입에 물었다. 융통성이 모 자라 기간제 교시 지리도 쉽지 않았고 입시학원과 학교를 허둥 대며 오갔다. 좋은 교사가 되고 싶었지만 돈도 벌어야 했다. 닥 치는 대로 오가는 중에 팔 년의 시간이 흘렀다. 생각해보면 현 실적인 사람이 되는 방법은 결국 인생매뉴얼대로 사는 것이었 다. 관리자들의 눈에 쏙 드는 기간제 교사가 되어야 하고 선배

교사들의 요구를 스스럼없이 수용해야 하고 그들의 교직관에 절대 반기를 들면 안 되었다. 적은 월급이지만 계획적으로 돈을 모아야 했다. 이제 임용시험을 포기할지는…… 여전히 고민이지만 조만간 결단해야 할 터였다. 그리고 사랑하는 진주…… 평안히 자신의 길을 갈 수 있도록 충분히 이해한다는 답을 보내야 할 터였다. 언젠가 또다시 사랑할 기회가 주어질 거라는, 정말 언젠가 안나푸르나를 사랑하는 또 다른 여자가 나타날 거라는, 그 막연한 기대, 어쩌면 평생 이루어지지 않을 비현실적인 꿈, 그 허황된 꿈은 과감히 접고 두 눈 똑바로 뜨고 세상을 봐야 할 터였다. 매뉴얼을 지키면서 무리하지 말아야 다시 심장이 뛸 수 있을 터였다.

자, 이제 다섯 분씩 앞으로 나와서 인체모형을 가지고 심폐소생술을 직접 실습해 보겠습니다. 지금까지 배운 이론을 아무리 달달 외우고 있다 해도 한 번의 실습만 하겠습니까? 직접 해 봐야 몸에 익습니다. 꼭 기억하십시오. 해보지 않으면 그냥 이론일 뿐입니다. 실습을 실제라고 생각하십시오. 중요한 것은 실습해보는 것이고 작은 실습이 사람을 살리는 유일한 길입니다. 생명의 길은 거창한 데 있지 않습니다. 작은 연습이 곧 생명입니다.

강사는 실습의 중요성을 힘주어 강조하면서 맨 앞쪽 테이블에 앉은 다섯 명의 교사들을 앞으로 불러냈다. 생명 실습자가 된 교사들의 눈에도 긴장감이 감돌았다. 지금 한 번의 실습으로 장차 누군가의 생명이 소생될 수도 있다는 가정은 모두의 가슴에 엄중하게 다가오는 듯했다. 실습해보면 정말 죽을 것 같은 상황에서도 소생하는 위력을 발휘할 수 있을지 찬우는 문득 궁금해졌다. 생명 실습…… 실습하면 정말 소생할 수 있을까? 답 없는 물음이 혀끝에 맴돌았다. 그때, 상념을 깨우듯 강한 비트의 알림음을 터트리며 찬우의 휴대폰에 문자가 도착했다. 도서관으로 급히 오느라 미처 매너모드로 바꾸지 않은 게 생각났다. 학교장의 매운 눈이 다시 찬우에게로 향했다. 이마에 따가움을 느끼며 휴대폰으로 시선을 돌려보니 여행사에서 무작위로 뿌린 홍보용 스팸 문자였다. 언젠가 진주와 함께 여행사 앞을 지나다가 잠깐 들어가 안나푸르나 여행을 문의한 적이 있었는데, 그때 받아둔 번호로 문자를 보낸 모양이었다. 평소의 습관처럼 스팸 문자를 바로 삭제해버리려는데, 안나푸르나, 다섯 글자가 강렬하게 눈앞으로 튀어 올랐다.

혼자서 이루는 나의 첫 번째 인생 버킷리스트!

이제 곧 시작되는 여름휴가!

안나푸르나에서 당신 자신을 만나보세요.

6박7일 안나푸르나 라운드 트레킹 여행!

인당 백만 원 최저가에 지금 바로 떠날 수 있습니다.

당신의 젊은 심장이 힘차게 뛰고 있다는 걸 다시 확인하고 싶다면,

안나푸르나로 떠납시다.

지금 바로 전화주세요.

순간 이상하게 찬우의 가슴이 울렁거렸다. 안나푸르나로 곧장 떠나고 싶은 열망이 마음을 채웠다. 갑작스런 충동은 너무 강해서 제어할 수 없을 만큼 찬우를 사로잡았다. 언젠가의 시점이 아니라 바로 지금 혼자서 떠나고 싶은 욕구는 너무도 뜻밖이어서 찬우 자신도 이해하기 어려웠다. 절망 때문에 심각한 감정기복까지 생긴 것인지, 아니면 기어이 신경증에 걸려버린 것인지 알 수 없었다. 백만 원이면 젊음의 순수한 꿈을 이룰 수 있다고? 차가운 얼굴로 정확하게 일정 거리를 유지하던 꿈이 이렇게 가까이 있었다고? 지금 안정된 직장이 없어도, 곁에 사랑하는 진주가 없어도, 꿈을 찾아 떠날 수 있다고? 물론 큰돈이지만, 월급에서 백만 원을 추려내면 인생 첫 번째 버킷리스트를 실현할 수 있다고? 그 누구도 배려하지 말고, 그 무엇도 생각하지 말고, 오직 죽지 않기 위해, 심장이 완전히 멈추기 전에, 지금 바로 떠나야 한다고? 다 알아도 실습이 없으면 죽는다고? 그렇다면 일단 떠나야 한다는 맹목이 강박이 되어 찬우를 흔들었다. 건강한 폐로 숨 쉴 수 있는 땅, 다시 쿵쿵 심장이 뛸 수 있는 땅, 지구 한 바퀴보다 더 먼 핏줄의 길이 붉은 피로 충만할 수 있는 땅, 밤이면 우주에서 쏟아지는 별을 볼 수 있는 땅, 아직 여전히 백색의 순정체로 남아있는 땅, 눈 덮인 봉우리들이 구름 위에 둥둥 떠

있는 땅, 안나푸르나로, 혼자서, 곧, 떠나자는 다짐이 열병처럼 찬우의 몸을 전율케 했다.

세 번 부른 노래

*

휴대폰은 아랫배를 어루만지는 딱 그 순간에 울렸다. 건조한 벨소리는, 기적이 일어난 몸의 깊은 곳, 따스한 자궁의 음파와 그 안에 움튼 생명의 소리에만 집중한 세령의 귀를 강하게 흔들어 깨웠다. 전자음을 뚫고 액정에 뜬 건 익숙한 전화번호, 엄마가 입원해 있는 요양원이었다.

─안세령 씨인가요? 남순옥 씨 따님이시죠? 여기 수유리요양원 원무과예요. 중요한 일이 있어서 전화했는데 어떻게 전해야 할지…… 어머니 남순옥 씨가 결혼 전에 낳은 아들…… 그러니까 미국으로 입양 보낸 혼외자가 있다고 하는데…… 저도 구체적인 상황은 모르겠는데…… 아무튼 혼외자, 그 분이 어제 사망

했다고 합니다. 해외입양인연대 관계자를 한 번 만나보세요. 그곳에서 장례는 치러준다고 하는데, 그래도 가족이 한 번 가보셔야 할 것 같아서요. 그쪽에서 요양원으로 연락이 왔는데 안세령 씨가 남순옥 씨 가족 대표로 돼 있어서 전화한 겁니다.

말소리가 내포한 다가의 의미를 해독하느라 세령은 미간을 찌푸렸다. 대뇌에 저장된 언어정보를 환기해 얼른 의미를 재구성해야 했다. 엄마의 아들, 혼외자, 입양, 사망. 딸만 셋 낳아 기르며 가정이 인생의 전부인 양 평범한 주부로 살아온 엄마, 남순옥 씨. 그 이름 뒤에 아무렇게나 나열된 낯선 낱말들이 자궁에 착상되지 못하고 허물어진 수정란처럼 눈앞에서 뿌옇게 흘러내렸다. 문장 성립이 불가능한 낱말들의 이물감도 싫지만, 지난 사 년 간 목마르게 기다려온 임신 소식을 듣고 병원을 나선 직후, 그 완전한 환희를 남편에게조차 전하기 아까워 홀로 음미하고 있던 찰나에, 불가해한 전화를 받게 돼 우선 짜증이 났다. 우주의 온 힘을 뱃속에 깃들인 자궁에만 모으며 상상하고 꿈꾸고 소망하고 기대하고 기도하며 기다려온 순간이 아니던가. 완전한 성취의 순간에 제멋대로 침입한 낯선 존재라니…….

─듣고 계세요? 해외입양인연대 김수영 목사라는 분의 전화번호랑 장례식장 이름 문자로 보내드릴게요. 남순옥 씨는 지금 약 먹고 주무시고 계세요. 뭐, 일어나 계셔도 전혀 기억을 못 하시니 여쭤 봐도 소용없겠지만요.

동명이인이거나 행정착오임이 분명할 테지만, 전화가 끊어진 후 세령의 마음엔 화가 치밀어 올랐다. 지금껏 당신을 돌봐온 막내딸의 시간을 야금야금 잡아먹은 것으로 부족해 가장 찬란한 인생시간마저 훼방해버린 엄마가 원망스러웠다. 역설적이게도 어쩌면 지금야말로 세령이 엄마로부터 해방될 수 있는 가장 적절한 타이밍인지도 몰랐다. 은행원이었던 큰언니 일령은 엄마가 아이들 둘을 도맡아 돌봐주는 동안 처녀처럼 자유롭게 일했다. 사 년 전에 기업체의 주재원이 된 남편을 따라 체코로 떠났고, 그곳에 장기근무를 계획하면서부터 친정식구와는 상황적으로 남이 돼버렸다. 가장 합리적이고 명분 있는 단절이었다. 천안에 살고 있는 둘째 언니 이령은 서울로 오르내리기도 불편할뿐더러 올망졸망하게 딸린 어린아이 셋과 직장 일에 매여 잠잘 시간도 부족했다. 엄마를 돌아볼 여력이 없었다. 서울에 산다는 이유로, 이미 오래 전에 결혼했지만 아이가 없다는 이유로 세령은 치매증세가 시작된 엄마를 삼 년째 홀로 돌보다 증세가 심해지자 작년에 요양원으로 옮겨 돌봐왔다. 넌 아이가 없잖아. 아이가 없으니 시간이 많잖아. 아이들 때문에라도 우린 꼼짝 못해. 아이, 아이, 아이. 언니들로부터 이기적인 변명을 들을 때마다 엄마의 머릿속 희미해진 기억회로가 자신의 자궁에도 심겨져 있다는 착각에 시달렸다. 자신이 수정란의 착상지라는 사실을 잊어버린 자궁, 길을 잃은 수정란, 생명이 폐쇄된 아이의 집.

그런데 기적처럼 제 길을 스스로 찾아 착상해, 죽어가는 어미의 자궁에 생기를 불어넣은 똑똑한 뱃속 생명은 자신의 심장소리로 세령의 영혼에 가장 맑은 노래를 들려주었다. 콩.콩.콩.콩. 콩.콩.콩. 엄.마.엄.마. 사.랑.해. 자신 속에 처음 깃든 생명이 세령을 다정하게 불러댔다. 세상의 언술로 표현할 길 없는 달달한 사랑이 샘솟았다. 그.래.그래. 내.아.기. 세령도 심장으로 화답하며 초음파 영상을 향해 무의식적으로 손을 뻗었다.

─세령 씨, 축하해요. 임신 4개월이에요. 간절하게 기다린 보람이 있어서 정말 다행이에요. 누구에게나 자신에게 찾아온 첫 아이는 인생의 가장 귀한 신비예요. 낳고 키우면서 더 큰 신비를 느끼게 될 거예요. 그야말로 새로운 세상이 열리는 거죠.

두 아이를 낳고 키운 오십대의 여의사는 제 일처럼 진심으로 기뻐했다. 강력한 상상임신을 거듭하면서 희망과 절망을 수차례 오가던 세령의 모습을 누구보다 잘 아는 그녀였다. 생리가 몇 달째 없었지만 이번에도 또 습관성 상상임신이려니 했다. 반복이 가르쳐준 무망이었다. 그런데 하늘의 선물처럼 찾아와준 뱃속 생명은 언니들의 이기적인 변명도, 눈에는 보이지 않았으나 늘 가시처럼 심장에 와서 박히던 시댁식구의 눈초리도 단번에 녹여버릴 터였다. 그리고 세령에게만 지워진 무거운 짐, 애증의 대상인 엄마도 이제 곧 내려놓게 해 줄 터였다.

휘리리 리릭 ♪. 문자가 발랄한 노래로 자신이 도착했음을 알렸다. 내용은 여전히 생경했다. 세령은 눈을 크게 떴다.

남순옥 씨 혼외자 남영훈 씨. 9월2일 사망.
마포병원장례식장 2호. 발인예배 9월4일 오전 7시.
해외입양인연대 김수영 목사 010-9191-××××

귀로만 들었던 내용이 문자로 변신해 좀 더 확연히 눈앞에 이르자, 현실에서 원치 않는 모종의 일이 벌어지고 있다는 두려움으로 살짝 한기가 느껴졌다. 절대 아니라고 부정하려는데, 엄마의 성씨가 흔하지는 않다는 판단에 이르자 다시 미간이 찌푸려졌다. 김순옥이나 이순옥이 아니라 남순옥이라면, 만에 하나라도 엄마가 문자의 주인공이 맞다면, 정말 엄마에게 혼외아들이 있다면, 그런데 그가 오늘 죽었다면, 그렇다면, 이제 어떻게 할 것인가. 세령은 머릿속이 하얗게 지워지는 듯했다. 이미 십 년 전에 돌아가신 아버지가 살아서 아내의 혼외자 소식을 듣는다면 배신감에 온몸이 마비돼버렸을 것이다. 들을 귀와 감지할 심장이 땅으로 스며들어 기억으로만 존재하는 게 다행인지도 몰랐다. 큰언니가 있는 체코는 너무 멀고, 둘째언니가 낼 수 있는 시간도 체코만큼이나 멀었다. 그렇다면, 이미 기억을 거두어 꽁꽁 숨겨버린 엄마와 죽은 혼외 아들을 위해 무언가를 해야 한다면, 남은 건 자신뿐이라는 예정된 결론 앞에서 세령은 아득해졌다. 집으로 돌아가 따뜻한 물에 샤워하고 푹신한 소파에 기대 모차르트의 세레나데라도 들으며 남편의 귀가를 기다리려 했었다. 부드러운 목소리로 놀라운 축복의 소식을 전하고 남편의 따뜻한 손이 아랫배를 만지는 지극한 평화의 시간을 즐긴 후에는, 선선해진 저녁, 남편과 산책하듯 걸어가 품격 있는 성찬을 음미하고 싶었다. 그리고 넉넉한 웃음기를 머금은 남편의 목소리가 시댁 어른들에게 생명 소식을 전해주길 바랐다. 기묘하고 충격적인 사고事故, 사고라고 할 수밖에 없는 사건의 진상을 알아보기 위해 이토록 귀한 저녁시간을 허비하는 건 첫 생명에 대한 예의가 아니었다. 어떻게 보면 전후사정을 알아보는 일이 이미 치매와 죽음으로 자신의 인생을 완전하게 덮어버린 사람들에 대한 예의가 아닐 수도 있었다. 생각이 거기에 이르자 오히려 마음이 가벼워졌다. 결단은 빠를수록 후회가 없을 터였다. 세령은 손톱을 잘근잘근 씹으며 천천히 병원 주차장으로 향했다. 이제 새 생명과 함께 아늑한 집으로 돌아가면 되는 일이었다. 그것으로 충분했다.

*

엄마에게 비밀을 간직한 사람의 특이한 행동이 있었다는 걸세령은 홍제I.C.를 지나고서야 기억해냈다. 매년 9월 초만 되면 엄마는 우울증을 앓는 환자처럼 기운을 잃곤 했다. 무기력한 슬품이 얼굴에 감돌았다. 아버지는 아내가 이른 가을을 타는 소녀 같다며 사랑스런 미소를 보내곤 했다. 직접적인 표현은 잘 할 줄 몰랐지만 아버지는 평생 아내를 아끼고 연모하며 살았다.

ㅡ여름이 가는 게 싫어서 그래요. 내가 여름을 너무 좋아하니까요.

엄마는 늘 그렇게 답하곤 했지만 세령은 텅 빈 눈동자 안에 서린 스러질 듯 아스라한 절망의 기운을 감지했다. 분명 그 중 어떤 날은 통곡하며 목 놓아 운 일도 있었다. 그날, 초등학교 오 학년이었던 세령이 학교행사로 일찍 수업을 마치고 집으로 돌아왔을 때, 안방에서 짐승 같은 절규가 터져 나오는 걸 들었다. 조신하고 얌전한 엄마의 평소 모습에서는 결코 나올 수 없는 처절한 울음소리였다. 내장을 끊어내는 것 같은 외마디 비명이 너무 절절해서, 그즈음 동화책에서 읽었던 지옥의 불, 그 불에 타고 있는 어떤 이의 고통 섞인 소리로 여겨졌다. 엄마의 목소리가 아니라고 믿고 싶었다. 얼어붙은 듯 그 자리에 한참을 서 있다 겨우 신발을 벗고 살금살금 다가가 안방 문을 열었다. 엄마는 허리를 꺾고 상체를 방바닥에 붙인 채 꺼이꺼이 울다가, 온몸을 함부로 부려놓고 구르다가, 방바닥을 치던 주먹으로 자신의 가슴을 깨질 듯 내리쳤다. 얼굴은 눈물과 콧물 범벅이고 머리카락이 그 위에 아무렇게나 엉켜 붙어 있었다. 걱정되고 무서웠지만 엄마에게 다가갈 수는 없었다. 누구의 접근이나 위로도 불허하는 격정적 슬픔이 보였기 때문이다. 그 슬픔은 너무 강해서 불이 되어 엄마 자신을 사를 것만 같았다. 세령은 소리 없이 울면서 다시 현관문 밖으로 나와 놀이터 구석에 쪼그려 앉았다. 어둑어둑한 저녁이 돼서야 집으로 들어갔다. 엄마는 언제 그랬냐는 듯 단정하고 말간 얼굴로 식탁에 저녁상을 차리고 있었다. 엉켰던 머리카락은 깔끔하게 빗질돼 아버지가 선물해준 크리스털 핀에 예쁘게 고정돼 있었다. 정갈한 앞치마를 두른 채, 붉은 꽃잎이 프린팅 된 도자기그릇에 밥을 푸고, 하얀 접시에 노릇노릇한 참 굴비를 구워냈다. 굴비 등엔 파랗고 빨간 실고추가 얹어져 식감을 더했다. 당근과 양파와 새우 살을 다져넣은, 세령이 제일 좋아하는 계란말이도 예쁘게 담겨 식탁에 놓여있었다. 고소하고 따뜻한 밥 냄새가 집 안에 가득했다. 지극한 평화가 충만했다. 엄마는 언제나 살 냄새가 아니라 밥 냄새로 세령에게 다가왔다. 형광등 불빛 아래 드러난 그 모든 풍경과 냄새 때문에 낮에 잠깐 봤던 엄마의 처절한 모습이 지난 밤 꾸었던 꿈이 아닐까 싶었다. 어떻게 보면 밥을 차리는 엄마의 한 동작 한 동작이 거룩한 제의처럼 여겨졌다. 환상 같은 현실, 현실 같은 환상. 맛있게 음식을 흡입하는 아버지나 언니들과 달리 세령은 계란말이가 자꾸 목에 걸렸다. 다진 당근과 양파와 새우 살이 왠지 엄마의 짓찧어진 심장 같아 도저히 씹을 수가 없었다.

세령은 성장기 내내, 더위가 조금씩 가시고 아침저녁으로 시원한 공기가 느껴지는 8월 말이면 매년 두려워지곤 했다. 무엇보다 엄마의 마음에 유독 민감한 자신이 싫었다. 엄마는 막내딸인 세령을 그다지 좋아하지 않는다고 느꼈고 어쩌면 굉장히 싫어할지도 모른다는 피해의식을 갖고 자랐다. 외숙모 할머니로부터 엄마가 평생 아들 낳기를 갈구했다고 들은 후로 피해의식은 더 짙어졌다.

―네 엄마가 아들을 기다리고 기다리다 셋째인 너마저 딸로 태어나자 탯줄 끊은 널 보지도 않고 돌아누워 버렸어. 한사코 젖 물리기도 싫어했지. 네가 아들로 태어났으면 얼매나 좋았을꼬. 네 엄마 평생 한을 푸는 건데…….

엄마의 외숙모가 했던 말이 아직도 의식 깊숙이 박혀있었다. 아들이 아닌 딸이라는 이유로 외면을 당했다는 시대착오적인 아픔에 더해 엄마에게서 한 번도 자식을 가진 어미 특유의 동물적 사랑을 느껴보지 못한 세령으로선 엄마의 존재는 애증의 대상이었다. 온전히 사랑할 수도 온전히 미워할 수도 없는 대상 앞에서 미워해야 할 때 그리웠고 사랑해야 할 때 미워지곤 했다.

치매증상이 시작되고 인생에서 가장 초라한 시간을 보내는 엄마를 향해 기다렸다는 듯 미움의 감정이 뿜어져 나왔다. 당신이 한 점 사랑도 주지 않은 막내딸이었는데 왜 당신을 책임져야 하는지 억울하고 화가 났다. 그런가 하면 눈과 맘이 다른 세상에 닿아있는 엄마를 하루라도 보지 않으면 죄책감에 견딜 수가 없었다. 딸이 느끼는 이중감정의 고통과 상관없이, 엄마는 철저한 계획 아래 프로젝트를 수행하는 것처럼 가장 가까운 기억부터 차근차근 지워나갔다.

─누구세요?

─설마 나를 못 알아보는 거예요? 세령이잖아요. 엄마 막내 딸 세령이!

─세령이? 막내 아기 세령이? 우리 세령이는 아주 예쁜 아기에요. 언니들보다 훨씬 예쁜 막내 아기요.

옆에서 삼 년을 돌봐드렸으나 가장 먼저 기억의 회로에서 쫓겨난 막내딸이라는 자괴감에 시달리고 있는 중이었다. 언니들보다 예쁘다고 말한 건 진심이었을까 의구심이 밀려왔다. 그렇다면, 엄마의 기억에 깃든 언니들의 존재감은 세령보다 더 초라한 거였다. 세 자매는 엄마에게 어떤 존재였을까를 궁구하다가 정말 갑자기, 낙뢰에 맞은 듯, 세령은 엄마의 기억을 점령하고 있는 거대한 실체를 알고 싶어졌다. 겨우겨우 부려둔 육신을 다시금 소리 없이 급습한다던 산통産痛처럼, 꼭꼭 숨겨뒀던 성마른 호기심이 불현 듯 세령의 마음을 덮쳤다. 성산대교를 지나 눈앞에 집이 있는 목동이었지만 급히 차선을 바꾸고 유턴하기 위해 왼쪽 깜빡이를 켰다. 왔던 길을 돌아가 마포병원 장례식장으로 가보면 그 실체를 만날 수 있을지도 몰랐다.

*

빈소에는 조문객 하나 없었다. 제철을 기다려 환하게 피자마자 바로 꺾였는지 영정을 둘러싼 화환 속에서 흰 국화만 처연했다. 꽃의 미소가 쓸쓸했다. 세령이 빈소 입구에서 머뭇거리자 상주 완장을 찬, 키 큰 남자가 다가와 필립에게 조문 온 것인지를 물었다.

－필립이라구요? 전 그저…… 요양원 전화를 받고 와봤는데…… 남순옥 씨 막내딸이에요. 안세령이라고 합니다.

얼굴을 활짝 편 남자는 필요 이상으로 반가워하며 자신을 해외입양인연대 대표 김수영 목사라고 소개했다. 고인에게 조문부터 하라며 세령을 영정 앞으로 조용히 인도했다.

故 남영훈(필립 레일리) 1975－2017

짧은 생애를 보낸 영정 속 남자의 얼굴은 웃고 있었지만 눈은 그 이름만큼이나 수많은 사연을 머금은 듯 깊어보였다. 한국인인 듯 아닌 듯 정체를 알 수 없는 묘한 분위기가 감돌았다.

－남순옥 씨의 첫 아들입니다. 그러니까 세령 씨에겐 오빠가되겠네요.

아득한 마음에 세령은 두 눈을 감았다. 어설픈 행정착오라 믿고 싶었던 한 줄기 기대마저 끊어져버렸다. 불순한 상상이 엄연한 현실이라니, 새끼로서 어미의 동물적 사랑을 받지는 못했지만 그 어미의 순결성을 의심하지는 않았는데, 아랫배에서부터 배신감이 스물스물 올라왔다. 여전히 착상되지 못한 정보가 세령의 기억회로 언저리를 무디게 겉돌았다. 자신의 몸 안을 돌고 있는 피가 영정 속 낯선 남자와 공유액체라는 건 정신적 폭력에 가까웠다. 상상하기도 어려운 일에 쏟아지는 팩트 폭력이라니. 한참 만에 눈을 뜨자 김수영 목사는 긴 한숨을 쉬며 아무도 없는 조문객 식탁으로 먼저 가서 앉았다. 세령은 목에 가시처럼 걸린 말을 뱉을 수도 삼킬 수도 없어서 가만히 침묵하고 있었다.

─필립은 다섯 살 때 미국가정에 입양됐어요. 미네소타 주에 사는 백인가정이었는데 부모가 시민권 취득 절차를 밟지 않은 채로 필립을 양육했나봅니다. 그러니까 무국적자 신분으로 성장한 거죠. 어느 날 가벼운 신호위반으로 경찰에서 조사를 받던 중에 불법체류자 신분이 드러나 오 년 전에 한국으로 강제 추방됐습니다. 무국적자는 경범죄에도 신분이 드러나면 추방당하는 시스템이거든요. 한국으로 추방당한 후에 필립은 친부모를 찾으려 애썼지만 불가능했나 봅니다. 국적은 찾았지만 모국어도 전혀 못하고 아는 사람 하나 없는 한국이 타국이나 마찬가지였을 테니까요. 고시촌 쪽방에서 살면서 외국인 노동자들과 함께 일했는데 그마저도 허리를 다쳐 생계유지가 어려웠다고 합니

다. 오 년 간 지옥 같은 삶을 산거죠. 같이 일했던 필리핀 출신 동료 저스틴에게 가끔 그런 말을 했대요. 조국은 내게 착취와 슬픔밖에 주지 않았다고. 그러다가 어제 아파트 옥상 위에 올라가서는…… 투신하고 말았습니다. 너무 외롭고 힘들었나 봅니다.

세령은 낯선 남자가 오빠라는 사실만으로도 모자라 스스로 목숨을 끊었다는 충격적인 말을 함께 들어야 하는 뱃속 생명부터 먼저 떠올렸다. 의지와 상관없이 충격적인 말에 무방비로 노출된 여린 생명이 염려스러웠다. 내가 여기 왔다고 생명이 처음 말을 걸어온 날, 나는 고통 속에 살다 떠났다고 죽음이 남긴 말을 들어야 하다니. 오빠라는 사람의 회한보다 뱃속 생명이 세상에 나오기도 전에 벌써 어둠을 느끼게 될까봐 싫었다. 그만 듣고 싶어졌다.

―그런 것들 보단…… 그분이 내 오빠 아니, 엄마의 아들이란 건 어떻게 아신 거죠? 사실임을 증명할 수 있나요?

―경찰서로부터 필립의 사망 소식을 듣자마자 어제 우리 단체에서 미국의 양아버지에게 연락을 시도했어요. 필립의 죽음을 알렸지만 워낙 연로한 터라 한국으로 올 수는 없는 형편이었어요. 다만, 입양될 때 필립이 다섯 살이었는데 엄마 성을 받았다는 것과 갈음이에 살았었다는 사실을 말해주더군요. 레일리 씨가 '가르미'라고 발음해서 첨엔 못 알아들었는데 자세히 추적

해보니 '갈음이'라는 충남 태안군의 한 해변이었어요. 필립이 입양된 후 한참 가르미를 부르며 울었답니다. 빅 데이터 덕에 갈음이 출신이면서 남씨 성을 가진 여자 분을 금방 찾을 수 있었죠. 그분이 남순옥 씨였어요. 필립이 성장하면서 갈음이를 잊어버린 게 안타깝습니다. 우리 단체와 조금만 일찍 연결됐어도 죽음만은 막을 수 있었을 텐데요.

─미국에서 추방된 후에 양부모와는 전혀 소식을 나누지 않았나요?

─특별한 정도 못 느끼며 자란데다 성인이 된 후에는 따로 살았으니까요. 양어머니는 오래 전에 암으로 죽었고 양아버지는 양로원에 의탁해 생활하고 있었습니다.

─그렇군요.

세령은 여전히 가상의 세계에서 꿈을 꾸고 있는 중이라 믿고 싶었다. 깨고 나면 헛웃음 한 번에 바로 혹 날아가 버릴 헛꿈. 하루의 일상을 살다보면 몇 시간 후엔 싹 지워져 버릴 개꿈. 그러다가 혹 뱃속 생명까지도 꿈이 아니었을까 하는 생각에 부정하듯 강하게 고개를 가로저었다. 잉태가 꿈이 아니라면 죽음도 엄연한 현실이었다.

─필립은 엄마가 늘 불러줬다는 섬집아기 멜로디를 아직 기억하고 있었다고 합니다. 엄마에 관한 단서는 단 하나, 그 멜로디밖에 없었답니다. 필립은 엄마에 관한 초상을 따뜻하면서도

슬픈 이미지로 갖고 있었던 것 같아요. 필립에겐 그 노래가 곧 엄마였을 테니까요. 동료 저스틴에게 들은 얘기예요. 저스틴에게는 어느 정도 마음을 털어놓았나 봅니다. 저스틴은 어제 여기서 밤을 새고 아침에 출근했는데 오늘 밤에 다시 또 올 겁니다.

세령은 김수영 목사의 말을 듣는 중에도 엄마가 한 번도 자신에게 자장가를 불러준 적이 없다는 사실을 떠올렸다. 세령이 모르는 진짜 엄마의 모습, 세상에 꺼내놓지 못한 비밀의 용량이 얼마쯤 될지 가늠해보려 애썼다. 뇌관에 덕지덕지 앉은 어두운 비밀들이, 엄마의 맑았던 기억 회로를 온통 점령해버린 건지도 몰랐다. 요양병원에 입원한 지 오 개월여 되었을 때, 차츰 가까운 기억부터 허물어지던 엄마는 어느 날부턴가 뜬금없이 베개를 포대기로 둘러업고 다니며 노래를 부르기 시작했다. 고개를 돌려 베개를 아기 삼아 어르는 표정이 마냥 행복해보였다.

엄마가 섬 그늘에 굴 따러 가면 아기가 혼자 남아 집을 보다가
바다가 불러주는 자장노래에 팔 베고 스르르 잠이 듭니다.
아기는 잠을 곤히 자고 있지만 갈매기 울음소리 맘이 설레어
다 못 찬 굴 바구니 머리에 이고 엄마는 모랫길을 달려옵니다.

엄마가 딸 셋을 키우며 저렇게 행복해 한 적이 있었던가 생각하며 의아했다. 낮에도, 밤에도, 잠들었다 깨어서도 노래를

146

불러대는 통에 요양보호사가 힘들다며 세령을 붙잡고 호소한 적도 있었다.

―여기, 제 명함입니다. 스위스 내 교단 책임자로 파송됐다가 그곳에서 여러 한인 입양인들을 만나게 됐습니다. 바젤에 살고 있던 한인 입양인이 라인 강에 몸을 던져 자살한 사건을 계기로 스위스에 살던 십 년 간 입양인들과 동고동락해 왔습니다. 한국으로 돌아온 뒤에는 추방된 입양인들을 위해 일하고 있습니다.

―필립…… 아니, 남영훈 씨는 그럼 죽고 나서야 목사님의 단체에 알려진 건가요?

―예, 그렇습니다. 저희 단체가 경찰서와 연계돼 있어서 죽음 이후 바로 소식을 알았습니다. 너무 갑자기 알려드려서 충격이 크실 테지요. 저희도 가족들의 심정을 모르는 바 아니지만 어쩔 수 없었습니다. 이미 필립은 죽었고, 남순옥 씨 집안에 미치는 파장은 크지 않을 거라 결론을 내렸습니다. 오전 내내 고민했지만 답은 하나뿐이었어요. 가여운 필립이 엄마에게 마지막 인사라도 받아야 할 것 같았습니다. 남순옥 씨에게만 살짝 알려드리려 했는데 치매를 앓고 계셔서 어쩔 수 없이 세령 씨에게까지……. 어머니를 원망하지 않았으면 좋겠습니다. 인생엔 자신도 어쩔 수 없는 일이 많으니까요.

―그분…… 남영훈 씨의 생일이 언젠가요?

—9월 2일로 돼 있습니다.

—그러니까…… 9월 초군요.

세령은 넋을 놓은 채 오래오래 그곳에 앉아있다 말없이 일어섰다. 김수영 목사가 전화를 받기 위해 자리를 비운 틈에 숨듯이 몰래 빠져나왔다. 짧아진 가을 햇빛이 옆으로 길게 누워 있었다. 산에 걸린 해가 곧 질 것 같았다. 가을 해는 엄마의 기억처럼 점점 더 짧아질 것이고 밤은 망각의 수액으로 들어찬 엄마의 뇌관처럼 곧 모든 사물을 어둠으로 덮어버릴 터였다. 죽음의 동굴에서 살아나온 듯 세령은 숨을 크게 몰아쉬었다. 장례식장에서 갈색 슬랙스 위에 녹색 블라우스 차림으로 앉아있었단 걸 그제야 깨달았다. 영화 화양연화花樣年華 속, 나무구멍 안에 비밀을 말한 후 진흙으로 밀봉하고 떠난 양조위梁朝偉처럼, 죽음의 동굴인 장례식장에 엄마의 비밀을 영원히 묻어두고 떠나면 그만이었다. 엄마의 혼외자는 이미 죽었고 엄마는 이미 기억을 거두었다. 문제될 건 아무것도 없었다. 쿨하게 끝내면 그만이었다. 엄마가 어떻게 살았건 죽은 남자가 어떻게 살았건 그들의 인생이었다. 이제 따뜻한 집으로 돌아가면 되는 일이었다. 남편의 감동어린 환호와 시댁식구의 축하를 받은 후, 맛있는 저녁 성찬을 즐기면 되는 거였다. 죽은 남자와 피의 반을 나누었다고 해서 이제와 무엇을 어떻게 할 것인가. 세령은 스스로를 가만가만 다독였다.

　　　　　　　　＊

　갈림길 이정표 앞에서 곧장 집으로 가려던 계획과 달리 순간
적으로 핸들을 오른쪽으로 돌리고 말았다. 수유리로 돌아가 엄
마를 보고 싶었다. 어마어마한 비밀을 봉인해두고 있는 얼굴과
맞닥뜨리고 싶었다. 그 작고 여린 몸피에 담을 수 있는 비밀의
크기가 아니었다. 그래서 버거워진 엄마의 몸은 차라리 구석구
석 뿌리내린 기억을 마비시켜 자기 자신을 살려보려 한 것인지
도 몰랐다. 마비시키지 않으면 도저히 살아지지 않았을 테니까.
석화된 기억 속에서도 자식이라는 뿌리는 끝내 죽지 않고 또 다
시 질기게 살아나는 것일지도 모르겠단 생각이 들었다.
　퇴근길에 막혀 요양원으로 들어섰을 때는 이미 밤이 내리고
있었다. 도착해서도 차에서 선뜻 내리지 못하고 생각에 잠겨있
던 세령을 다시 휴대폰 벨소리가 흔들어 깨웠다. 액정에는 남편
의 이름이 떴다. 퇴근했거나 곧 퇴근이라고 알리는 전화일 터였
다. 세령은 통화 버튼을 누르려다 말고 휴대폰을 아예 차에 두
고 내려버렸다. 커다란 유리 현관문을 열자 거실에는 이른 저
녁식사를 마친 노인들이 삼삼오오 모여 TV를 보고 있고, 그중
에는 식사 때 사용한 턱받이를 아직 벗겨내지 않은 노인도 눈에
띄었다. 엄마는 거실에 보이지 않았다. 병실 문을 살며시 열고
들어가니 엄마는 창밖을 바라보며 베개를 업은 채 섬집아기를

부르고 있었다. 아이를 어르듯 몸을 좌우로 살짝 흔들면서 부르
는 노래에는 제 새끼에 대한 어미의 진득한 사랑이 묻어났다.
무의식적 자의로 마비된 기억 깊숙한 그 아래, 봉인 해제된 옛
기억 속에서 엄마는 무척 자유로워 보였다. 장례식장에서 나눈
김수영 목사의 말이 엄마의 뒷모습에 오버랩 됐다.

─저스틴이 그러더군요. 필립은 섬집아기를 평생에 딱 두 번
불러봤다고. 입양돼 갈 때 비행기 창에 얼굴을 붙이고 불렀고,
미국에서 추방돼 한국으로 돌아올 때 역시나 비행기 창에 얼굴
을 붙이고 불렀다고 합니다. 물론 마음으로 불렀겠지요. 언젠
가 자기가 죽게 되는 날…… 그날도 섬집아기를 부르게 될 거라
얘기했다고 합니다. 엄마를 추억할 수 있는 노래가 자신에겐 곧
엄마라면서. 필립이 옥상에서 몸을 던지기 전 분명히 마지막으
로 섬집아기를 불렀을 거라고 저스틴은 믿고 있더군요. 인생에
딱 세 번 부른 조국의 노래이자 엄마의 노래였던 거죠.

저스틴의 말이 사실이라면, 지구 반대편에 살면서 엄마와 그
의 영혼은 노래로 연결돼 있던 거였다. 서로의 존재를 기억 속
에 꾹꾹 눌러 담아놓고 미치도록 그리워하며 살았던 거였다. 진
흙으로 봉인된 나무구멍 안에서도 여전히 그들의 사랑은 살아
있었고 숨을 쉬고 있던 거였다. 들켜버린 첫사랑을 무의식이 감
지한 건지, 엄마는 불현 듯 세령을 돌아보았다. 세령을 바라보
는 엄마의 얼굴에 환한 미소가 퍼졌다.

—이렇게 예쁜 아가씬 누구예요?

—방금 부른 노래, 등에 업힌 아기에게 불러주는 거예요?

—예, 그래요. 우리 아가에게 불러주는 노래예요. 섬집아기만 불러주면 우리 아가는 잠을 정말 잘 자요. 어때요? 천사처럼 예쁘죠?

—예…… 예뻐요.

—내 첫 아가예요. 이 못난 어미에게 와 준 고마운 첫 아가예요.

—엄마…… 어쩜…… 이렇게 자기를 가둬놓고……

똑똑똑.

노크소리가 들려왔다. 추억 속에서 행복한 엄마도 추억 속에서 불행한 세령도 현실의 소리에 고개를 돌렸다. 여든을 훌쩍 넘긴, 엄마의 외숙모이자 세령의 외숙모할머니였다. 할머니는, 밤 시간임에도 엄마 곁에 남아있는 세령을 의아하게 바라보았다. 세령도 엄마와 비밀을 온전히 공유하고 있을 외숙모할머니의 눈을 똑바로 쳐다보았다. 잠깐 바람을 쐬자 하고 외숙모할머니를 모시고 뜰로 나갔다. 고단한 햇빛을 거둬들인 초가을의 밤공기가 맑고 깨끗했다. 가을이 오면 여름날의 무수한 기억들을 모두 잊을 수 있을지 하늘을 향해 묻고 싶었다. 세령은 벤치에 나란히 앉은 할머니를 보는 대신 회색으로 짙어진 허공에 투명한 눈빛을 보냈다.

－엄마는 아들 영훈이를 왜 입양 보냈어요?

일순 뜰에 적요함이 흘렀다. 풀벌레도 숨을 죽였다. 이렇게 밖에 표현하지 못하나 자책이 일면서도 세령은 쉽게 감정이 정리되지 않았다. 친정엄마를 일찍 여읜, 스무 살 아래의 치매 걸린 시조카를 문안하러 온 고마운 분이 아닌가. 엄마의 친정식구라곤 외숙모할머니 한 분뿐이라는 걸 세령은 누구보다 잘 알고 있었다. 할머니는 숨죽인 공기 가운데로 긴 한숨을 내쉬었다.

－영훈이를 어찌 알게 된 겨? 그래, 알고 보믄 네 오빤데, 아프겠지만 모르는 것 보단 낫지. 네 엄마 위해 그랬어. 순옥이 몰래 우리 내외가 영훈이를 입양기관에 보내버렸어. 죽을죄를 진 겨. 순옥이 스무 살 때, 갈음이에 읍사무소 세운다고 외지에서 건설인부들이 들어왔었어. 영훈이 아빠는 현장감독이었고. 인물도 참 좋고 됨됨이도 성실하고 겸손혔어. 유부남만 아니었다면 얼마나 좋았을꼬. 네 외할머니, 그러니까 우리 형님이 함밥집을 했잖여. 영훈이 아빠가 밥 먹으러 올 때마다 엄마를 돕는 순옥이를 그렇게 이쁘게 보더니만……. 둘이 애기꺼정 갖게 될 줄 어찌 알았겠냐. 임신 사실도 모르고 공사 끝나자마자 영훈이 아빠는 떠나고 없는데 순옥이 배는 불러오고……. 유부남인 영훈이 아빠를 찾은들 소용도 없고…… 만삭이 다 돼가서야 우리도 알았지. 병원에 가서 떼 내자고 그렇게 말을 혀도 꼭 낳고 말겠다는 데는 어쩔 수 없드라. 순옥이 지 엄마한테 오지게 맞았

는데두 소용이 없었어. 사실 만삭이 다 돼서 애기를 뗄 수도 없었드랬어. 낳고 보니 애기 인물은 또 얼매나 좋던지……. 형님이 두 해 뒤에 덜컥 병으로 죽어버렸어. 딸 때문에 얼매나 가슴을 졸였으면…… 죽기 직전에 우리 내외한테 부탁허드라. 세상천지 의지할 데 없는 순옥이가 시집이라도 가서 평탄하게 살아야 쓸 것 아니냐고. 그러니 도와달라고. 그런디 그 아들을 데리고 어떻게 시집을 가. 또 영훈이 앞날은 어찌.되고. 미혼모 자식에, 엄마 성에, 그 시절에는 아무도 사람 취급 안 혔어. 순옥이 잠깐 여행 보내고 다섯 살이나 먹은 애기를 우리가 두 눈 질끈 감고 보내버렸다. 순옥이가 돌아와서 화살 맞은 짐승처럼 울어대는데…… 그 뒤로 우리 내외도 평생 발 뻗고 못 잤다. 순옥이가 시름시름 앓는데 저러다 죽겠다 싶었어. 덜컥 겁이 나 입양기관에 다시 찾아갔는데 이미 미국으로 입양되고 없드라. 좋은 부모 만나 좋은 교육받고 넓은 세상에서 잘 살길 바랄뿐 아무것도 할 수가 없었어.

　─그럼 엄만 아버지를 어떻게 만난 거예요?

　할머니는 지그시 두 눈을 감았다. 사십 년이 다 돼가는 가시가 여전히 시퍼렇게 살아 가슴을 찌르는 것인지 회상에 잠긴 늙은 눈꺼풀이 파르르 떨렸다. 여든 중반의 노회한 여인은 남편 누나의 딸이 자신의 딸이라도 되는 양 심장으로 깊은 아픔을 느끼고 있는 듯했다.

―우리 내외가 새 직장 찾아본다는 핑계로 서울 오믄서 순옥
이도 데려왔어. 네 아버지가 우리 남편 친구의 조카잖여. 그래,
우리가 나서서 처녀인 것처럼 감쪽같이 속였다. 부모자식 생이
별시키고, 멀쩡한 총각 속여먹고, 우리 내외는 이래저래 죄인이
여. 떠밀리다시피 시집간 네 엄마가 지독시리 아들을 원한 건
영훈이 때문일 거여. 아들을 낳으면 곧 그 아이가 돌아온 영훈
이라 믿고 싶었겄지. 멋모르는 착한 남편에겐 죄책감도 컸을 테
고. 알고 보믄 순옥이는 아이를 입양 보낸 엄마가 아니라 입양
때문에 아이를 잃어버린 엄마여. 네 아버지허고 네 자매들헌티
는 내가 너무 미안허다. 평생을 다 바쳐도 속죄되겄냐.

　―이제 와서 그게 다 무슨 소용이에요. 끔찍한 일은 이미 일
어났고 시간은 지나가버렸는데요.

　이성을 뚫고 가시 돋은 말이 튀어나왔다. 지독한 가부장제
아래서 살아온 외숙모할머니와 외할머니의 선택을 아무도 책할
수 없다는 걸 알면서도 한번 어긋난 감정은 쉽게 제자리를 찾지
못했다. 그 고루한 의식 때문에 세령 자신도 사랑받지 못하고
성장했다는 원망을 지울 수가 없었다.

　―영훈이는 미국서 잘 살고 있대지? 그렇지? 그래야지. 그럼.
그럼. 잘 살어야지. 순옥이 기억하고 맞바꾼 인생인디 잘 살어
야지. 암. 순옥이가 얼매나 힘들었으면 나이 예순에 기억을 달
아버렸을꼬.

—……네. 잘 살고 있대요. 걱정 마세요.

일어나 병실로 돌아가려는 세령을 외숙모할머니가 붙잡았다.

—잠깐 있다가 올라가자. 니 엄마, 옛 기억 속에서라도 행복하게 그냥 둬. 평생 그 시절로 돌아가고 싶었을 거여. 사십 년간 순옥이는 애기를 집에 재워놓고 잠시 일보러 나온 에미 심정으로 살았을 거여. 애기가 있는 곳으로 빨리 돌아가야 헌다고 자기 맴을 볶으며 살았겄지.

*

발인은 아주 단출했다. 예배를 주관하는 김수영 목사와 해외입양인연대 직원 셋, 그리고 동료 저스틴으로 보이는 가무잡잡한 피부의 남자가 전부였다. 젊은 유학파 목사와 성실한 직원들은, 하루의 분주한 일과를 시작하는 밝은 세상 뒤, 어둠에 깃든 가련한 영혼을 위해 그들의 아침을 기꺼이 바치는 구도자 같았다. 그 아무도 왜냐고 묻지 않는 한 남자의 죽음을 위해 그들은 차분하고 묵묵하게 움직였다. 김수영 목사는 낮지만 분명한 목소리로 메시지를 전했다.

—필립 레일리, 남영훈 씨의 어머니 남순옥 씨가 치매를 앓고 계셔서 정확한 사연은 알 수 없습니다. 필립이 고국을 어떻게 떠나게 됐는지, 왜 사랑하는 엄마와 헤어져 살아야 했는지 우리

는 알 수 없습니다. 하지만 짐작컨대 남순옥 씨는 아이를 입양 보낸 엄마가 아니라 트렌카, 그러니까 입양으로 아이를 잃어버린 엄마일 거라 짐작해봅니다. 가해자가 아니라 진정한 피해자일지도 모릅니다. 아들과 엄마, 모두가 피해자인 셈이지요. 우리는 미혼모란 이유만으로 죄인이 되어야하는 세월을 살아온 게 사실입니다. 우리 사회가 이제라도 미혼모를 지원하고 친생가족의 영위를 도울 수 있기를, 제도적 장치뿐만 아니라 그들을 바라보는 시각이 전환될 수 있기를 간절히 기도해봅니다. 미혼모를 권장하는 게 아니라 이미 미혼모가 되어버린 이들의 사연을 따뜻한 시선으로 바라보자는 것입니다. 비판의 눈으로 정죄하려 들면 자유로울 수 있는 인생은 세상에 한 사람도 없기 때문입니다. 필립은 고통을 견딜 수 없어 죽음의 길로 떠났지만 그 고통은 우리 모두가 그에게 씌어준 것일지도 모릅니다.

마지막 노래를 부르기 위해 찬송가를 펼치던 김수영 목사는 잠시 생각에 잠기더니 찬송가를 덮고 섬집아기를 함께 부르자고 제의했다.

─섬집아기는 필립의 인생노래였습니다. 노래 하나가 곧 엄마였고 고향이었고 조국이었습니다. 조국은 노래 기억 하나만 안겨 그를 미국으로 떠나보냈지만 가슴 아프게도 우리 역시 그를 추억하고 기억할 단서는 이 노래밖에 없습니다. 그래서 그에게 미안합니다. 정말 미안합니다.

엄마가 섬 그늘에 굴 따러 가면 아기가 혼자 남아 집을 보
다가
바다가 들려주는 자장노래에 팔 베고 스르르 잠이 듭니다.
아기는 잠을 곤히 자고 있지만 갈매기 울음소리 맘이 설레어
다 못 찬 굴 바구니 머리에 이고 엄마는 모랫길을 달려옵니다.

외숙모할머니 말씀대로 정말 엄마는 평생을, 아가를 재워놓
고 잠시 일하러 나온 사람처럼 살았던 건지 궁금해졌다. 엄마가
기억을 거두고 있는 게 어쩌면 다행일지도 모른다는 생각을 하
며 세령은 목이 메었다. 죽은 남자는 세령에겐 심정적으로 아직
오빠가 아니었지만 엄마에겐 하나밖에 없는 아들이 분명했다.
관이 실리자마자 장의차는 화장火葬을 위해 가까운 추모공원으
로 떠났고 세령은 그 자리에 남았다. 가느다란 첫 가을비가 부
슬부슬 내리기 시작했다. 그는 초가을에 와서 초가을에 떠난 것
이다.

*

엄마가 새로 옮긴 천안요양원으로 가는 길은 낯설었다. 세령
은 한 달이 흐르는 동안 입덧을 이유로 엄마를 찾지 않았다. 강
렬한 입덧은 세령의 온몸을 흔들어놓았다. 강한 황체호르몬이
점령한 자궁은 제 속에 든 생명을 지켜내기 위해 세령의 몸을

꼼짝 못하게 만들었다. 겨우 넘긴 소량의 음식을 다시 게워내면서 뱃속 생명에게 너무 미안했다. 아가야, 엄마가 약하고 부족해서 미안해. 정말 미안해. 강하고 튼튼한 엄마에게로 갔더라면 네가 힘들지 않을 텐데. 입을 씻고 지친 몸을 침대에 뉘일 때면, 힘든 몸 때문이 아니라 충분한 영양을 공급받지 못하는 뱃속 생명 때문에 눈물이 났다. 생명이 느낄 결핍이 세령의 가슴을 후볐다. 엄마를 돌보는 일을 이제 더는 못하겠다고 선언할 만큼 생명은 소중한 존재였다. 엄마를 언니들에게 미룰 이유로 충분했다. 아이들 때문에 엄마를 돌보지 못한다던 둘째언니는 뱃속 아이 때문에 격동된 세령의 몸에 이의를 제기할 수 없었다. 사 년 만에 어렵게 임신해서 누운 동생을 나무랄 상황이 못 되었다. 이가 없으면 잇몸으로 산다고 일단 엄마를 천안으로 옮겨놓고부터는 둘째언니가 퇴근 후에 아이 셋을 파트타임 도우미에게 맡긴 후 매일 엄마를 찾아 돌봐왔다.

10월의 공기가 맑고 깨끗했다. 한 달 간 엄마는 옛 기억 속에서 행복했을지 궁금했다. 영화 화양연화 속 양조위의 독백처럼 그 시절은 지나갔고 이제 거기 남은 긴 아무것도 없지만, 사랑했던 기억은 거름종이를 통과한 순액처럼 여전히 기억 회로에 맑게 흐르고 있을 거라 믿고 싶었다. 엄마는 정말 오랜만에 말간 얼굴로 세령을 맞이했다. 기억을 잃기 전보다 훨씬 따뜻한 얼굴이었다. 엄마에게서 살 냄새가 나는 것 같았다. 세령이 결혼하자마자 기다렸다는 듯 곧 치매증세가 시작된 엄마에게, 오래도록 생명이 착상되지 않는 여자로서의 아픔을 한 번도 깊이 털어놓지 못했다. 세령은 엄마의 위로에 배고팠다. 오늘만큼은 엄마에게 축하받고 싶었다.

─엄마. 나, 아기 가졌어요.

─그래? 정말? 축하한다, 우리 딸! 정말 축하해! 너에게 온 첫 생명이구나. 잘 지켜줘야 해. 세령이 넌 아무것도 잃어버리지 말고 살아야 해. 꼭 그래야 해. 우리 예쁜 막내딸!

세령의 배를 바라보는 엄마의 뺨에 홍조가 피었다. 마치 자신의 뱃속에 첫 생명을 품은 여자 같았다. 눈빛에는 감격과 기쁨이 공존하며 떠다녔다. 영혼의 눈이 잠깐 천국에 닿았다가 온 건 아닐까 싶었다. 천국 문에서라면 엄마의 상처도 거짓말처럼 씻어질 수도 있을 듯 했다. 세령에게 하늘의 선물처럼 주어진 시간, 온전히 자신의 엄마로 잠깐 돌아온 존재에게 문득 묻고 싶어졌다.

─엄마, 엄마는 왜 날 사랑하지 않았어요?

─이렇게 예쁜 세령이를 엄마가 왜 사랑하지 않았겠어? 우리 세령이 엄마가 너무너무 사랑하지.

─그렇다면 왜 어미가 새끼를 품듯 그렇게 날 안아주지 않았어요? 엄마의 살 냄새가 얼마나 그리웠는데……

엄마의 눈동자가 흔들렸다. 망각의 껍질을 벗겨내고 은폐의

속살을 드러낸 자리에 오롯이 진실로 존재하는 눈동자, 그 진실한 눈동자에 일순 눈물이 고였다. 엄마의 입술이 파르르 떨렸다.

─널 안고 기뻐할 수가 없었어. 그러면 어디선가 무서워 떨고 있을 우리 영훈이에게 너무 미안하잖아. 그 애는 엄마를 찾으며 울고 있을 텐데 나만 어떻게 웃을 수 있어? 뱃속에 담았던 첫 새끼를 잃어버린 어미가 어찌 또 다른 새끼를 온전히 품을 수 있을까?

눈물을 다 담아내지 못한 엄마의 눈은 차라리 감겨버리고 제스스로 넘쳐난 눈물은 뺨을 타고 흘러내렸다.

─미안하다. 미안하다, 세령아. 영훈이에게도 너희들에게도 다 나는 죄인이야. 사는 게…… 사는 게 정말 지옥 같았어. 평생 바라고 바랐어. 그 모든 기억을 거둘 수 있기를…… 그 기억을 담고는 살아질 것 같지 않았어. 미안하다. 정말 미안해……

그렇다면 엄마는 막내딸이 결혼하기까지 기억을 거두지 않으려 지옥 같은 나날을 버티고 버틴 것이란 짐작에 세령은 입술을 깨물었다. 가면 속에서 엄마가 그 오랜 시간을 울고 있었을 걸 생각하니 가슴으로 통증이 전해져왔다. 기억의 현실 속에서 빠져나와 아주 오랜만에 현실의 기억 속에 존재하고 있는 엄마는 한결 마음이 편안해 보였다. 날것 그대로 시퍼렇게 살아있던 감정이 추억의 여과기에 투과되어 정제된 탓인지도 몰랐다. 뜨거운 여름의 숱한 기억을 걷어내 버린 투명한 가을 햇빛이 창을 투과해 엄마의 말간 얼굴을 비추었다. 엄마는 천천히 두 눈을 감았다. 치매노인들이 하나같이 병약한 병아리처럼 오수에 든 조용한 실내. 엄마의 얼굴엔 눈물 흔적이 아직 그대로 남았는데, 그 눈물 위에서 따뜻한 가을햇살이 반짝였다. 잠깐 소환된 현실의 기억에 온몸을 떨던 엄마의 흐느낌이 서서히 잦아들자, 다시금 엄마는 꿈꾸는 듯 행복한 미소를 머금었다. 기억은 다시 엄마를 사십삼 년 전으로 데리고 간 듯했다. 그곳에서 뱃속으로 품었던 첫 새끼를 만나 자장가를 불러주는 건지도 몰랐다. 꾸벅꾸벅 조는 엄마의 말간 얼굴 위로 평안이 가을햇살을 타고 내려와 앉았다.

—아! 엄마…….

창가에 서서 엄마를 내려다보는 세령에게 순간, 아주 작고 미세한, 아주 고요하고 평화로운 움직임이 포착되었다. 귀여운 간지럼 같은, 새싹의 노래 같은, 맑은 손 인사 같은, 뱃속 깊은 곳의 메시지에 세령은 기쁨과 놀라움으로 몸을 떨었다. 지난 번 정기검진 때 의사가 곧 느끼게 될 거라 말했던, 뱃속 생명의 첫 태동이었다.

안남국安南國에서 온 편지

*

탑승구에서 빠져나오자마자 인도차이나의 후덥지근한 기운
이 훅 끼쳐왔다. 셔츠 위에 입었던 얇은 카디건을 벗어 왼팔에
걸쳤다. 현지 시간으로 오후 두 시 사십 분, 비행기 연착으로 삼
십 분 가량 늦어진데다 탁송수하물을 찾는 데도 시간이 오래 걸
렸다. 후덥지근함과 느림이 호치민의 첫인상으로 다가왔다. 무
심하게 공항 출구로 나서다 깜짝 놀라고 말았다. 발 디딜 틈 없
이 빼곡히 들어선 마중인파가 출구를 점령하다시피 가로막고
있다. 만나야 할 사람의 이름이 써진 종이를 들고 선 모습이며
떠들썩한 소리가 마치 80년대 국영방송국에서 추진했던 이산가
족 찾기 캠페인 상황과 흡사하다. 언뜻 안쓰러운 향수를 불러일

으킨다. 관광객을 기다리는 현지 가이드들과, 어수룩한 시골 노총각을 기다리는 국제결혼회사의 브로커들과, 나 같은 현지 공장의 신임 주재원을 기다리는 사람들임에 틀림없다. 검색원들의 굳은 표정과 예리한 눈빛, 공항 내 군데군데 서 있는 공안들의 날 선 얼굴에서 사회주의 분위기가 감지됐는데 그 차가운 기운이 채 가시기도 전에 뜨거울 정도로 왁자지껄 요란스런 모습이라니……. 탄손누트공항 안과 밖의 너무도 이질적인 모습에 쉽게 적응되지 않는다. 하지만 낯선 모습 또한 어차피 곧 익숙해져야 할 현지생활의 일면이리라.

"이찐호 싸장님…… 이쎄요?"

작은 키에 작은 얼굴, 가무잡잡한 피부의 남자가 반갑게 말을 걸어온다.

"예, 그렇습니다."

"안뇽하쎄요. 저는 쭌입니다. 대하지싸大河支社에서 싸장님 모씨러 나왔씁니다."

"아, 그래요? 반가워요."

그가 인도하는 대로 따라가니 흰색 산타페가 세워져 있다. 친절하게 문을 열어주고 과하게 깍듯한 모습에 미안할 정도다. 차 안에 에어컨을 미리 켜두었는지 승차하자마자 시원한 청량감이 전해져온다.

"쩌는 싸씰 찍원 아니고 대하찌사 거래처 싸장입니다. 쩨가

한국어 쪼금 하다 보니 쭝요한 분 올 때 가끔 운전이나 안내 도
와쭙니다. 편하게 대해 주쎄요. 그냥 쭌이라고 부르면 됩니다."

현지인들을 너무 부드럽게 대하지 말고 강하게 부리라던 본
사 사장님의 충고가 떠오른다. 실제 마음보다 훨씬 강하게 표현
하지 않으면, 그저 두루뭉술해 앞과 뒤가 다르고 책임감이 부족
해 말만큼 행동이 따르지 않는 베트남인들을 관리하기 어렵다
는 뜻이었다. 사장님은 평소 신임해오던 나를 호치민 지사장으
로 임명하면서 단 한 가지, 모질지 못한 내 심성을 염려했다. 일
년 전 사업체 착공단계부터 지사에서 일해 온 김현석 부장 외에
는 이백여 명의 직원이 현지인으로만 구성된 법인체를 이끌려
면 내공과 강단이 필요한 건 현실임에 틀림없으리라.

"그래요, 쭌. 앞으로 잘 부탁해요."

차창 밖 거리는 온통 오토바이가 점령하고 있다. 자동차들
과 바짝 붙어 나란히 수천대의 오토바이가 한꺼번에 달리는 도
심의 도로는 한 방향으로 흐르는 거대한 갈색의 강물 같다. 그
래서일까, 도시는 와자지껄하고 분주하며 혼란스러워 보인다.
빈틈없는 차 간 거리로 봐서는 분명 자동차와 오토바이가 부딪
쳐 빈번히 사고가 날 것 같은데, 움직이고 서는 운행의 흐름이
마치 숙련된 서커스단의 묘기처럼 능숙하다. 풀어진 무질서 속
에 나름의 질서가 있어 보여 다행이지만 빈틈없고 깔끔한 성격
의 나로선 새롭게 살아가야 할 낯선 나라가 무척 부담스럽다.

그들의 분명한 정체성이 손에 잡히지 않는다. 큰 밑그림부터 그린 다음, 하나하나 구체적으로 색을 입혀가며 사업 대상의 성격을 규명해야만 손을 내밀던 습성 탓인지, 두루뭉술하고 혼란스런 나라에서 어떻게 공격적으로 사업을 펼쳐나갈지 암담하다. 얼마나 실효성 있는 구매 증대를 이끌어 낼 수 있을지도 의문이다. 휴대폰 액정에 사용하는 필름지 생산으로 몇 년 사이에 사업체는 급부상했지만 새로운 시장을 개척하지 않으면 곧 경쟁시장에서 도태될 것을 염려한 사장님은 향후 수요가 풍부하고 비교적 임금이 싼 동남아에 눈을 돌렸다. 그 첫 단추가 베트남이고 보면 본사의 기대도 크고 그에 비례해 내 부담도 클 수밖에 없다. 두 달에 겨우 한 번 꼴로 만나야하는 아내와 아이들도 내내 눈에 어른거린다. 집을 떠나고 싶지 않았지만 가족의 생계를 책임져야 하는 내게 선택의 자유는 없었다. 이래저래 마음이 복잡하다.

"피곤하씨지요? 쌈씹 분 정도면 도착할 쑤 있씁니다."

"괜찮아요. 낯선 도시 풍경이 신기하네요. 내 걱정 말고 운전에만 집중해요."

쭌이 침착하게 운전하는 차는 공장이 있는 호치민 7지구 푸미홍을 향해 달린다. 재在 베트남 한인들이 가장 많이 산다는 그곳에 나도 일원으로서 하루 빨리 적응해야만 할 테다. 베트남 땅은 내 혈관 속을 흐르는 선조의 기억과도 맞닿아 있는 곳이기에, 어쩌면 내 유전자에는 친숙한 땅으로 새겨져 있을 지도 모른다. 나는 현실적 생계에 떠밀려 베트남까지 왔지만 선조들은 죽음의 위기에 떠밀려 베트남에서 한국으로 건너간 게 분명하다. 자의가 아닌 현실에 떠밀려 왔어도 내가 베트남까지 오는 데는 겨우 다섯 시간이면 충분했지만, 혈관 속 옛 선조들의 이주移住는 목숨을 건 몇 개월의 대장정이었으리라. 알고 보면 베트남은 굉장히 가까운 땅인 것 같아 반갑고, 그런가 하면 아무리 생각해도 낯선 땅인 것 같아 두렵다.

빨간 신호등에 걸려 대기하고 있는 산타페 옆으로 아오자이를 입은 수많은 여자들이 오토바이에서 한 발을 내리고 신호를 기다리고 있다. 특이하게도 전통의상이 일상에서 일반화된 모습인데 모두 하나같이 젊고 활동적으로 보인다. 몸매가 그대로 드러나는 타이트한 디자인의 상의가 여성성을 드러내면서도 받쳐 입은 발랄한 바지는 능동성을 강하게 풍긴다. 여린 듯 강해 보이는 이중성의 독특한 면모가 돋보인다.

"지사장으로 베트남 들어가면 우리 연우 엄마 좀 찾아봐줘. 꼭 부탁이야. 최근에 보내온 편지 우체국 소인이 호치민으로 돼 있다네."

고모의 간절한 부탁이 새삼 또 하나의 부담으로 마음에 얹힌다. 어느 날 갑자기 사라져버린 고모의 며느리 오세나, 아오자이가 썩 잘 어울렸던 여자였다. 가녀린 몸매와 아름다운 얼굴……. 고모 말대로라면 그녀도 호치민 땅 어디에선가, 아니 어쩌면 내가 타고 있는 차 주변에서 아오자이를 입고 오토바이를 몰고 있을지도 모를 일이다. 헛된 일인 줄 알면서도 나는 차 주변에 멈춰선 여자들 얼굴을 유심히 바라본다.

고종사촌 남우가 베트남 처녀와 결혼한다는 소식을 들었을 때, 동남아 처녀와의 국제결혼이 나와 전혀 상관없는 먼 이야기가 아니란 점에 우선 놀랐다. 다양한 문제를 파생시키며 회자되고 있는 사회현상이 누구의 주변에서든 일상으로 일어날 수 있다는 사실이 새삼스러웠다. 내 머릿속에 관념화된 남우는 고모의 외동아들이자 아버지를 일찍 여읜 말수 적은 소년이었다. 일말의 고생도 모르고 남편 사랑받으며 살림만 하던 고모도 남편을 잃자 생계를 위해 식당 일에 뛰어들 수밖에 없었다. 고모가 하루 종일 선지국밥을 끓여내는 동안 집에 혼자 남은 남우는 TV를 가족 삼아 그저 우두커니 외로운 시간을 견뎌야 했다. 시간이 흐를수록 자연히 말수는 적어졌고, 부모의 세밀한 보살핌을 받지 못한 학업에도 관심이 멀어졌고, 유일한 취미인 조립에만 마음을 붙였다. 공업전문대를 졸업하고 전자제품 서비스 센터에서 일하던 남우는 마흔이 가깝도록 짝을 찾지 못해 고모 애를 태웠다. 안정된 직장도, 대인관계 친화력도 없는 남자는 결혼시장에서 소외될 수밖에 없었다. 나도 사는 게 바빠 남우를 챙기지 못했을 뿐더러 말수 적은 그 애나 나나 명절에 가끔 만

나도 인사 정도 나눈 후에는 그저 데면데면 했다. 내 삶이 바쁜 만큼 남우도 자기 삶에 바쁘려니 했다.

결혼식에서 처음 본 오세나는 동남아 여자답지 않은 하얀 피부에 청순한 마스크를 지닌 보기 드문 미인이었다. 남우보다 열네 살 어린 스물세 살의 아가씨였는데, 중매업체가 있는 하노이까지 가서 원정맞선을 보고 첫눈에 반해, 내성적인 남우가 적극적으로 구애했다고 고모는 전해주었다.

"진호 너도 알다시피 우리 남우 아버지, 총각 시절에 맹호부대 있을 때 베트남 전쟁에 참전했었잖아. 태어난 고향이라도 되는 듯이 생전에 베트남 얘기를 그렇게도 자주 하더니만, 베트남 아가씨를 며느리로 들이게 됐으니, 우리 집안하고 베트남은 뭔 인연인지…… 우리 친정 조상들의 인연도 그렇고……"

그날, 턱시도를 입은 남우는 무척 행복해보였다. 잘 웃지 않는 얼굴에도 숨길 수 없는 미소가 흘러넘쳤다. 달콤한 첫사랑에 기분 좋은 몸살을 앓는 사춘기 소년 같았다. 외롭게 자란 착한 남우도, 가족과 떨어져 먼 이방 땅으로 시집 온 어린 오세나도 둘 다 행복하길 바랐다. 그들 사이에 언어와 연령의 장벽이 있다할지라도 인간 본연의 외로움과 서로를 향한 긍휼이 두 사람을 단단히 묶어 주리라 기대했던 건, 예감이 건네는 불안에 대한 내 심리적 방어였을까.

"독하다, 독하다 해도, 그리 독할까. 순진할 줄만 알았던 어린 것이 지 뱃속으로 낳은 자식까지 버릴 만큼 그리 독할 줄 누가 알았겠니."

베트남 본명 응우옌 밧 뚜잇Nguyễn bạch tuyết, 한국이름 오세나는 오 년 간 유지해온 결혼생활을 벗어던지고 육 개월 전, 남편과 딸을 남겨둔 채 고향 베트남으로 떠나버렸다. 늙은 몸으로 어린 손녀를 키우면서 버림받은 아들을 바라보는 고모의 한숨은 깊고 짙었다. 내가 지사장으로 발령받자 유일하게 기뻐한 사람은 고모였다. 어떻게든 틈을 내 오세나의 행방을 알아보긴 해야 하는데…… 이래저래 첫 날부터 마음이 무겁다.

*

일요일의 이른 아침, 전쟁기념관은 한산한 편이다. 조용한 분위기에서 베트남의 진면목을 마음으로 느낄 수 있을 것 같아 다행이다. 평일에 방문하면 관람객이 많아 제대로 둘러보기 어려우니 휴일에 가보자던 김 부장의 조언대로 따르길 잘했다 싶다. 복잡한 곳에서 베트남어를 들으면 성조가 심해 마치 중국어를 듣는 것 같다며 김 부장은 고개를 절레절레 흔들곤 했다. 한나라 무제 정복 이후 천 년을 중국 지배 아래 있었으니 언어에 묻어나는 습성은 닮을 수밖에 없을 테다. 호치민에서의 첫 일주일이 긴장 가운데 빠르게 지나가버렸다.

"이진호입니다. 베트남과 호치민과 여러분을 아직 잘 모릅니다. 호치민과 여러분을 잘 알고 진심으로 사랑하는 관리자가 되고 싶으니 여러분이 많이 도와주십시오. 겸손히 배우겠습니다."

인사말을 하는 신임 지사장을 향해 현지인 직원들은 반가움보다는 호기심과 경계 어린 시선을 보냈다. 신뢰할 수 있되 함부로 할 수 없는 관리자의 면모를 보여주는 게 가장 중요한 과업이라는 걸 알면서도 표현된 말은 내 본연의 성정을 전혀 가려주지 못했다. 본연의 성정을 가리는 일은 누구에게나 쉽지 않다. 그저 자연스럽게 가장 자신다운 모습으로 살아갈밖에. 사업장을 돌아보고 생산시스템을 점검하고 직원들을 파악하면서 정신없이 보내다가 어제 퇴근 무렵에야 토요일 저녁인 걸 깨달았다. 첫 휴일, 현지인들을 제대로 알려면 어디서 무엇을 해야 할지 문득 막연했다. 김 부장에게 베트남을 가장 잘 알 수 있는 곳을 추천해 달라 부탁했더니 먼저 시내에 있는 전쟁기념관으로 함께 가보자 했다. 내색은 하지 않았지만 내심 김 부장의 안목에 신뢰가 느껴졌다. 남의 나라 전쟁 역사라지만 한국전쟁을 겪은 우리 민족과 슬픔을 공유할 수 있을 데고, 이렇게 보면 시대의 이데올로기를 따라 군인들까지 파병했던 우리의 역사이기도 한 것이다. 돌아가신 고모부까지 참전했으니 내겐 집안의 역사라 해도 과언은 아닐 터였다.

"사십 년 이상 시간이 흘렀다지만 베트남 전쟁을 빼놓고는 이 나라를 이해할 수 없어요. 오랜 전쟁을 겪었던 그때의 상흔은 아직도 현재진행형인 거 같아요. 전시장을 둘러보시면 아시겠지만 그들의 아픔을 최대치로 부각시켜 놓았어요."

"그렇겠죠. 어느 나라 사람이든 상처에 대한 감정반응은 비슷할 테니까. 우리도 아직 한국전쟁의 상흔을 지니고 있잖아요."

둘러보는데, 목숨 걸고 전쟁 상황을 생생하게 담은 종군기자들의 사진작품이 전시물의 대부분을 차지하고 있다. 미군들의 양민 학살 장면과 흔적들을 참혹하게 그려놓았다. 베트남인들의 끈질긴 저항으로 전쟁이 장기화 되자, 무차별적으로 쏟아 부은 고엽제로 인해 생겨난 끔찍한 후유증의 사진들이 마음을 아프게 한다. 극단의 이데올로기는 사라지고 오롯이 인간의 상처만 남은 자리에 회한이 떠도는 것 같다. 우파든 좌파든 인간의 상처를 이용해 정치적 이념을 앞세우면 안 되리란 생각이 마음을 사로잡는다. 전쟁터에서 살아남기 위해 주민들을 쏴야 했던 고모부나, 고모부가 쏜 총탄에 맞은 베트남 주민들이나 어느 쪽이든 인간적 연민의 울타리를 벗어날 수 없는 존재들이란 생각에 가슴 한켠이 저려온다.

"베트남인들의 주된 정서는 어떤 거예요? 현상적인 거든, 본질적인 거든 대표적인 정서를 꼽는다면 김 부장은 뭐라고 말하고 싶어요?"

"달콤한 경제성장 속에서도 여전히 희석되지 않는 올곧은 분노요."

전쟁기념관 건너 편, 사람들로 북적이는 스타벅스에 들러 한 잔의 아메리카노를 마시며 던지는 뜬금없는 내 질문에 김 부장은 한 치의 망설임도 없이 즉답한다. 오랜 시간의 지배로 인한 중국의 영향, 근대사의 프랑스 영향, 현대사의 사회주의 영향, 최근의 자본주의 영향이 뒤섞여 독특한 문화를 형성하고 있지만 결코 만만히 볼 수 없는 무서운 나라라고 부연한다.

"겉으론 순해 보이지만 내면적으론 굉장히 강인하고 독한 면모를 지닌 나라예요. 이방인에 대해 상처가 많은 사람들이니 만만하게 보지 마세요."

순간, 떠나버린 며느리 오세나를 가리켜 독하다고 지칭했던 고모의 화난 얼굴이 떠오른다. 딸아이를 두고 떠난 것 때문에 고모는 그렇게 말했겠지만 사실 한국에서의 그녀의 행적에도 강인하고 똑 부러지는 면모가 돋보였다. 그녀가 고모 모자母子와 지냈던 오 년 간, 명절에 보았던 오세나의 얼굴에는 범접 못할 자존심이 시려있었다. 비굴한 미소나 헤픈 웃음은 찾아볼 수 없었다. 추석 날, 하나의 언어와 피로 묶인 혈족들 앞에서도 그녀는 조금도 주눅 들지 않는 태도로 고모나 친척들에게 할 말을 분명히 했다. 음식의 양이 지나치게 많은 건 낭비라고 생각한다, 자신의 생활방식이 따로 있으니 함께 산다는 이유로 너무

어머니의 방식만 강요하지 말았으면 좋겠다, 한국의 전통에 관해서는 차차 배워갈 테니 친척들이 급한 마음으로 한꺼번에 많은 걸 기대하지 말았으면 좋겠다, 등등의 당찬 그녀 말에 고모나 친척들은 당황스러워 했다. 모두 말로 표현만 안 했을 뿐, 암묵적으로 결혼을 통해 시혜를 누리는 쪽은 오세나라고 여겨온 우리 친족 입장에선 그녀의 언행이 도발적으로 느껴지기도 했다.

"얼굴 한 번 본 남자 따라서 천 리 먼 길 마다않고 한국으로 시집올 때는 친정이 얼마나 가난할까 짐작하고도 남지. 듣자하니 친정엄마 몸도 불편하고 하나 있는 오빠는 알코올 중독이라는데, 제 아무리 어리고 예쁘다 해도 남우만한 신랑을 만나기 쉽지 않지. 나쁜 남자 만나 학대받고 사는 여자들도 많다는데, 우리 남우는 도시 총각에다 전문대지만 대졸이고, 반듯한 인물이며 착한 성품이며 나무랄 데 없는 남자인데. 그럼, 지가 시집 잘 온 게지."

그런 고모의 자부심에 일부러 금을 긋듯, 설날 직후 결혼한 오세나는 그해 추석에 다시 만났을 때 이미 거의 완벽한 한국어를 구사하고 있었다. 모두 그녀의 명석함에 깜짝 놀랐다. 일 년 뒤에는 인근 대형교회에서 다문화예배 베트남어 통역을 맡고 있다는 말이 들리더니, 이 년 뒤에는 문화센터에서 다문화 가정 프로그램 기획과 진행을 맡고 있다고 했다.

어느 퇴근 길, 꽉 막힌 강남 사거리에서 무료에 지쳐 라디오를 켰을 때 오세나의 목소리가 전파를 타고 흘러나왔다. 마침 여덟 시 뉴스쇼가 진행되고 있었는데 그녀는 다문화가정에 관한 특집 패널로 참여한 듯 했다. 오세나의 목소리는 비음 섞인 묘한 매력이 있었다. 발음이 약간 서툴렀지만 말이 물 흐르듯 자연스러웠다. 다른 나라에서 시집 와 다문화가정을 꾸린 여성들의 현실적 문제점을 진단하고 개선방안을 찾는 주제였는데, 방송을 듣다 보니 어린 나이에도 불구하고 그녀가 이방에서 온 새댁들의 멘토처럼 여겨졌다. 말에는 재치도 있고 따뜻한 위로도 있고 자신감도 있었다. 이방 땅에서의 빠른 성장과 활약에 박수를 보내고 싶은 반면, 팔이 안으로 굽는다고 못된 혈족의 이기심으로 느끼기에, 남우는 그대로 있는데 오세나만 자꾸 성장하는 것 같아 불안했다. 지나치게 조용한 모습으로 집과 서비스 센터만을 오가며 단조롭게 생활하는 남우에 비해, 오세나는 집과 교회, 문화센터와 방송국을 활발히 오가며 다양한 사람들을 만나는 것은 물론 인근 학원에서 베트남어 강의도 새로 맡으면서 영역을 확장해갔다. 가끔은 프리랜서로 베트남에서 온 사업가들의 통역을 한다는 소식도 들려왔다. 예전에 부모가 없는 집에서 남우는 안으로만 움츠러들었는데, 아는 사람 하나 없는 이방 땅에서 오세나는 밖으로 점점 더 뻗어나가고 있는 사실이 극명하게 대조됐다. 애써 부인하려 해도 두 사람의 행적에 뭔가 불안한 기류가 감지되곤 했다. 이제와 생각건대 어쩌면 남우와 오세나를 잇는 단 하나의 연결고리는 딸 연우밖에 없었는지도 모른다.

그녀는 얼마 전 남우에게 한국식 이름 오세나가 아닌 본명 응우옌 밧 뚜잇Nguyễn bạch tuyết으로 마지막 편지를 보내왔다고 했다. 완전히 숨어버리지 않고 자신이 호치민에 살고 있음을 당당하게 알리면서 말이다. 일방적으로 남편과 딸을 떠났지만 자신이 결코 죄인은 아니라는 표현임이 분명했다. 편지는, 내용이 너무 단호해서 그녀의 독한 성정이 그대로 드러나 있다고 했는데, 고모에게서 건네받은 뒤 캐리어에 넣어 둔 채 아직 꺼내보지 않았다. 겉봉에 호치민 중앙우체국의 소인이 찍혀 있는 것만 확인했을 뿐이다.

"베트남인들과 일 년 같이 지내보니 그들의 만만치 않은 힘이 어디서 나오는지 알겠더라고요. 제가 보기엔 강한 자들 앞에서 갖는 자존심과, 강한 자들보다 더 강한 자신들의 저력에 대한 믿음인 것 같습니다."

스타벅스 유리창 밖으로 분주히 오가는 오토바이 물결을 바라보며 김 부장은 사뭇 진지하게 얘기한다. 자존심과 자신에 대한 믿음……. 거리에 즐비한 서양문명의 산물들과 어울리지 않는 듯 묘하게 어울려 흘러가는 오토바이 물결이 김 부장의 생각을 증명이라도 하는 것 같다. 자존심과 저력에 대한 믿음으로 똘똘 뭉친 오세나 아니, 응우옌 밧 뚜잇Nguyễn bạch tuyết을 발신 우체국과 친정 주소만으로 찾을 걸 생각하니 문득 막연해진다. 엄마를 기다리는 조카딸이나 간곡하게 부탁한 고모가 아니더라도 베트남인의 진정한 얼굴을 보기 위해 꼭 오세나의 행적을 찾아보고 싶다.

*

호치민의 심장부 노트르담 성당에서 본 이색적인 주일 미사는 낯설었지만 타국에서의 감상을 조금은 덜어주었다. 언어는 다를지라도 봉헌예식이 베트남이라고 다를 바는 없었다. 가톨릭 신자는 아니지만 중앙우체국으로 향하는 길에 이국적인 성당을 보는 순간, 무심코 그냥 한 번 들어가 보고 싶었다. 성상聖像을 향해 나는 잠깐 착하고 순진한 아이처럼 기도하고 싶었는지도 모른다. 한때 남우의 아내였던, 지금도 여전히 딸아이의 엄마인 응우옌을 만날 수 있기를, 자신의 자리로 다시 돌아오도록 설득할 수 있기를 바랐으므로. 중앙우체국으로 건너가면서 성당을 뒤돌아보니 근대사의 지배자 프랑스의 영향이 물씬 풍기는 고딕식 건물이 이색적이면서도 주변 건물들과 무리 없이 잘 어울린다. 공격적인 제국주의 문화조차 잘 녹여 자신 안에 품은 베트남의 얼굴을 보는 듯하다. 강한 자들보다 더 강한 저력이 바로 저것일까 하는 질문이 문득 생겨난다. 한국 여성보다 더 하얀 얼굴 밑에 철인의 심장을 감추고 있었던 오세나. 내겐 그녀의 본명 응우옌 밧 뚜잇Nguyễn bạch tuyết이 오히려 낯설다.

"지사장님, 더운데 시원한 카페 쓰 다cafe sua da 한 잔 마시고 갈까요? 정말 달고 맛있어요. 지사장님도 얼마 안 있어 베트남 전통커피 카페 쓰 다에 중독되고 말 거예요."

김 부장과 중앙우체국 앞에서 얼음을 가득 넣은 커피를 마시며 땀을 식혀본다. 연유가 듬뿍 들어간 달달하고 진한 맛 때문에 몇 모금만 마셔도 피로가 싹 가시는 듯하다. 천천히 음미하다보니 커피의 달달함 속에 숨어있는 쓴 뒷맛도 살짝 느껴진다. 김 부장의 말마따나 카페 쓰 다 한 잔에 베트남인의 정서가 그대로 함축된 것 같다. 커피든 사람이든 알려고 일부러 노력하지 않으면 끝내 다 알 수 없다. 마흔이 다 되어 앓게 된 남우의 달콤한 첫사랑도 쓰디쓴 뒷맛으로 남아버렸다. 응우옌에게 남자가 생겼다고 처음 의심한 사람은 고모였다. 점점 더 짙어지는 화장에 더 잦아지는 외출, 남편과 딸아이를 등한시하는 태도로 미루어 짐작한 것 같았다. 한국사회 적응을 위한 활동을 지나쳐 자신이 누구인지 어디서 왔는지 본분까지 잊은 것 같다며 고모는 분노했다.

"그때 분명 바람이 난 거야. 통역한답시고 베트남 사업가들과 어울려 다니더니 그 즈음부턴 남편이랑 애를 소홀히 하더라고. 제 년이 그래봤자 먹고살기 위해 동남아에서 시집 온 시골

뜨기밖에 더 돼? 제 분수를 모르고서야 어찌 인간이라 할 수 있을꼬."

오세나는 어느 날 간다는 말도 없이 사라져서는, 이혼해 달라는 편지를 매달 한 통씩 보내왔고 드디어 얼마 전에 호치민에서 마지막 편지로 최후통첩을 보내온 셈이었다. 고모는 바람이 났다고 했지만 난 그녀에게 남우가 사뭇 여러모로 모자랐던 건 아닐까 의구심이 일었다. 문화센터에서, 방송국에서, 교회에서, 통역자리에서, 잘나고 똑똑한 사람들을 일상으로 만나고 대하는 중에 새로운 차원의 세계를 들여다본 그녀로선, 동네주민들을 상대로 컴퓨터 수리만 하는 순하고 지나치게 자족한 남우가 눈에 차지 않았을 것이란 의구심이 들었다.

외관이 눈에 띄는 노란색으로 마감된 중앙우체국은 무척 아름답다. 근대제국주의 산물이긴 하지만 오래된 정감이 느껴지는 곳이다. 건물의 모습에서 베트남을 지배해온 프랑스가 뚜렷하게 보인다. 우리가 알 수 있는 응우옌의 마지막 동선, 중앙우체국. 여기에서 길을 찾지 못하면 친정 주소도 소용없으리란 예감이 든다. 입구에서 내부를 들여다보니 낭만적인 외관과는 달리 사회주의 통일의 주역인 호치민의 거대한 사진이 걸려있다. 입구에 서있는 안내원이 보이자 갑자기 베트남 여자 이름인 밧뚜잇bạch tuyết의 뜻을 알고 싶어진다.

"What does the Vietnamese name bạch tuyết mean?"

"It means white snow."

하얀 눈[白雪].

그래서 동남아시아 여자답지 않은 하얀 피부를 갖고 있었을 까 싶다. 중앙우체국이 하얀 얼굴의 응우옌과 잘 어울릴 것만 같다. 프랑스 지배를 상징하는 장소에서 한때 극동아시아로 시 집갔던 베트남 여자가 베트남으로 돌아와 다시 극동아시아로 보내는 마지막 편지! 그녀는 한 자락 그리운 연민으로 편지를 썼을까, 아님 표독한 분노에 떨며 편지를 썼을까 바보 같은 자 문을 던져본다. 국가와 국가 간의 상호교류는 이제 물리적 거리 와 관계없이 개인의 안방까지 찾아와 뒤섞이고, 같은 지붕 아래 서 희로애락과 피와 유전자를 나누며 살아가게 하고 있다.

"베트남 여자들이 한국으로 시집가 을로만 살던 시대는 지나 갔어요. 때론 갑이 되기도 하구요. 엎치락뒤치락, 다양하게 살 죠. 사실은 그게 사람 살아가는 본래 모습이겠죠. 한 가지 분명 한 건, 이제 권위와 구태로는 더 이상 함께 살 수 없다는 거예 요. 이제 한국 남자들도 베트남과 베트남 여자들에 대해 진심으 로 이해하려고 해야만 공존할 수 있을 테지요."

아까 전쟁기념관 맞은 편 스타벅스 앞을 지나는 수많은 베트 남 여성들을 보면서 김 부장이 자조하듯 말했다. 자본주의 영향 아래 살 수밖에 없는 게 인간이긴 하지만 베트남은 아직도 등 뒤에 숨겨놓은 민족주의와 사회주의 이면이 강하다고도 덧붙였다. 역사적 경험은 심비에 새겨질 수밖에 없었으리라.

"김 부장은 본관이 어딥니까?"

"경주예요. 경주 김가거든요. 그런데 그건 왜……"

"김 부장은 순수 극동 출신이네요. 난 정선 이가예요. 본관이 정선이라고 하니 시조始祖가 강원도 출신 같지만 선조들이 그곳에 낙향해 살았을 뿐, 사실 나의 본류는 베트남이에요."

김 부장은 뜨악한 표정인 채 무슨 말인지를 묻는 듯하다.

"정선 이가의 시조는 이양혼이라는 분인데 고려시대 무신정권의 한 우두머리였던 이의민의 육대 조상이었죠. 그분이 안남국安南國, 그러니까 지금의 베트남 남평왕의 셋째아들이었는데 왕위 계승을 둘러싼 정쟁에서 패배했다는군요. 하여 본국을 등지고 도망하듯 망명길에 올랐는데, 역사학자들은 그들이 배를 타고 바닷길을 이용해 경주로 들어와 우리나라에 귀화한 것으로 추정하고 있습니다. 그 일이 일어난 게 십이 세기 초였대요. 조선왕조실록에 보면, 이의민이 정권을 잡기 전 그의 아버지는 소금장수였고 어머니는 종살이를 했다고 기록돼 있답니다. 아마도 일족이 낯선 나라 고려에 귀화해서 처음엔 엄청나게 고생한 것 같아요. 예나 지금이나 낯선 나라, 낯선 사람들은 타국인에게 호감이 없나 봅니다. 다만 이의민이 권력에 욕심을 내고 정권을 탈취할 수 있었던 계기로 베트남 왕족 출신이라는 정체감과 고려에서의 현실적인 박탈감이 함께 작용하지 않았을까 짐작하고 있어요. 세월이 흘러 육대손 이의민 덕분에 정선 이가는 진정한 고려인이 될 수 있었던 거죠."

"정말요? 신기한데요? 그렇다면 지사장님은 조상의 나라로 다시 돌아오신 건가요? 하하. 베트남을 보는 시각이 남다를 것 같습니다."

"글쎄요. 구백여 년 세월 동안 모계를 통해 희석되고 희석됐으니 딱히 조상의 나라라고 말할 순 없겠지만, 베트남이 가깝게 느껴지는 건 사실이에요. 이양혼의 망명 이후 백여 년 뒤에 일단의 왕족이 왕조 몰락을 계기로 또 한 번 고려로 가게 되는데 그들이 화산 이씨의 조상이 됐다는군요."

"아, 그래요? 생각보다 한국과 베트남이 가깝군요. 그러고 보면 우리 경주 김가도 순수 극동 출신은 아닐 거란 생각이 들어요. 중앙아시아 근처에서 이주해온 사람들이라고들 하니까요. 천마총에서 발굴된 장니가 신라의 기원은 기마민족임을 증명해준다고 들었어요. 그 얘길 듣고 한동안 드넓은 초원만 떠올려도 이상하게 가슴이 뛰더라고요. 언제 한 번 중앙아시아에 가봐야겠다 생각했었는데 사는 게 바빠 아직 실천은 못하고 있어요. 어느 나라다, 어느 민족이다, 이름을 지어 제각각 울타리를 두르고 살고 있지만 뭐 결국, 다 한 사람 인류 최초의 남자 아담에게서 나온 후예들 아니겠어요? 하하."

본관의 비밀을 아는 지인들은 내 가무잡잡한 피부가 베트남

후예이기 때문이라 놀려대곤 했지만 응우옌의 하얀 피부는 어디에서 연유한 것일지 문득 궁금해진다. 극동아시아로 시집갔던 베트남 여자가 프랑스 지배를 상징하는 이곳에서 다시 극동아시아로 마지막 편지를 썼고, 그 자취를 찾아 베트남으로 온, 과거 극동아시아로 망명했던 사람들의 까마득한 후예인 나. 베트남 전쟁에서의 한국군 참여나 근래의 국제결혼뿐 아니라 묘하게 얽힌 과거 두 나라의 숨겨진 인연을 떠올려본다. 국가나 사람을 평가할 때, 자본의 많고 적음에 의해 단편적으로 분류하려던 아메바 같은 시각은 내게 없었을까 되짚어본다. 자본이라는 단편의 시각만으로 서로를 바라보는 순간, 한쪽은 수단이 될 수밖에 없으므로.

"하긴, 한국과 베트남 간의 평행이론을 얘기하는 사람도 있더군요. 중국의 지배를 받은 경험에다 유교문화권, 남과 북의 전쟁 상흔을 함께 갖고 있기 때문이겠죠. 김 부장, 통역이 필요한 일이 있는데 오늘 오후에 나랑 어디 좀 같이 가줄 수 있어요?"

"누구 만나시려고요? 혹시 같은 조상의 후예를 찾으시려는 건 아니죠? 잃어버린 사십 촌 동생을 찾는다든가 하는. 하하."

"그건 아니고…… 이 더운 호치민에서 하얀 눈을 만나러 가려고요."

"예? 무슨 말씀이신지…… 호치민에 눈 내리는 곳은 없습니다."

"선입견과 편견을 버리면 보일 거예요. 호치민에도 하얀 눈은 있어요."

*

중앙우체국에서 사이공 강의 선착장까지는 김 부장이 운전하는 밴을 탔다. 새로 부임한 지사장의 사적인 일을 돕기 위해 기꺼이 일요일 하루를 할애해준 그가 정말 고맙다. 부하직원으로서의 의무가 아닌, 낯선 곳에 처음 발을 디딘 사람에 대한 인간적인 배려인 것 같아 따뜻하다. 사이공 강이 가까워지자 더운 기운에 섞여 떠다니는 강 특유의 냄새가 풍긴다. 쌀국수로 간단히 요기하고 사이공 선착장에서 배를 기다리기로 했다. 활기찬 사이공 강 위, 육중한 컨테이너 선박들이 쉴 새 없이 오간다. 사이공 강 위에도 자본의 그림자가 출렁이고 항구에 모여든 배들은 활기차게 움직인다. 그런가하면 선착장 중앙 탑 위에 세워진 빨간 색의 국기는 이곳이 변함없는 사회주의 국가임을 강하게 어필하고 있다.

"지사장님, 지금 여기 사이공 강 거리에 꽃가게들이 많이 보이죠? 하지만 뒷골목으로 조금만 더 들어가면 온통 술집이에요. 전쟁에 대한 상흔과 향수를 달래던 곳이라 불릴 만해요."

"오전에 전쟁기념관에서 본 대로라면 전쟁 상흔은 지금도 진행 중이겠다는 생각이 드네요."

"혹 소문 들어본 적 있으세요? 민간단체 주관으로 베트남 한국대사관 앞에 라이따이한 모자母子 동상을 세우려 한다는 풍문이 한때 떠돌았어요. 베트남 전쟁 중에 한국군에 의해 라이따이한이 많이 태어났고 전혀 책임지지 않았다는 기사를 한 외국기자가 썼는데 그게 이슈가 됐다는군요."

"처음 들어요. 라이따이한에 관한 기사라면 결국 한국 남성과 베트남 여성 사이에 태어난 혼혈자녀들의 문제를 다룬 것인가요?"

"예, 그렇죠. 그런데 베트남에 생각보다 라이따이한이 많아요. 전쟁 중에 태어난 수를 합하면 실제로는 삼만 명에 육박한다고도 합니다. 사실 공항에서 지사장님을 모신 쭌도 라이따이한 출신이에요. 라이따이한 중에선 최고로 성공한 케이스죠."

"그래요? 참 성실해 보이던데 어려운 환경에서도 잘 자랐군요. 마음이 아프네요. 피해자의 입장에서 올바른 사과와 배상을 요구하는 것도 중요하고, 동시에 가해자의 입장이라면 겸허히 용서도 구해야 되지 않을까 싶네요."

선착장 허름한 목조 가옥에서 나온 사공이 묶어둔 거룻배를 풀어 우리 앞으로 천천히 다가온다. 응우옌의 친정 가족을 만나려면 사공의 안내를 받아 강 깊숙이 자리한 섬으로 들어가야 한다. 사연을 듣고 찾아가는 길을 세심하게 준비해준 김 부장이 거듭 고맙다. 거룻배가 아니면 갈 수 없는 동네가 거대한 도시 호치민 인근에 존재한다는 사실이 거짓말 같다. 김 부장 말대로 한국에서 활발하게 활동한 이력이 있는 여자라면 섬으로 다시 들어가 살지는 않을 거라 여겨지지만 내겐 중앙우체국 소인과 친정 주소밖에는 없으니 어쩔 도리가 없다. 혹 그녀가 섬에 있다 해도 그냥 남겠다고 버틴다면 사실 다른 방법이 없을 테다. 삼십여 분 묵묵히 배를 운전하던 사공이 입을 열어 김 부장에게 무어라 한참을 설명한다.

"이제 섬은 갈 곳 없는 늙은이들이나 비참하게 모여 사는 곳인데 무슨 일로 찾아가냐고 사공이 의아해 합니다. 그곳에 젊은 이는 한 사람도 없답니다. 호치민 같은 대도시에 아파트 한 채 갖는 게 섬 주민들의 평생 꿈이랍니다."

먹고 살기 위해 극동아시아까지 갔던 여자가 외롭고 낙후된 섬에 있지는 않겠지만 지난 오 년 간 남우가 버는 돈의 일부를 꼬박꼬박 그녀의 친정에 생활비로 보냈다고 하니 어떤 방식으로든 친정과 교류는 있을 터였다.

사이공 강의 지류인 샛강으로 접어들자 강물은 거짓말처럼 천천히 흐르고 주위를 둘러싼 숲은 아늑해진다. 키 큰 풀들과 나무가 무성한 섬은 아열대의 고요한 무인도를 닮아서 거대도시가 품고 있는 마지막 쉼표 같다. 사공이 찾아준 응우옌의 집은 허물어져가는 전통 목조 가옥이다. 달랑 행랑채만 남은 퇴락한 고가처럼 마냥 쓸쓸해 보인다. 태풍이라도 불어온다면 순식간에 날아가 버리고 말 것 같다. 김 부장이 테이 탄 타오Thị thanh thảo 씨를 부르자 초로의 여인이 낡은 방문을 연다. 다리가 불편한지 하체가 상체에 의해 질질 끌린다. 김 부장이 부축해주려는데 강하게 거부한다. 생김새는 동남아시아 여인인데 피부색이 하얘서 놀랍다. 응우옌의 엄마가 분명한데 무슨 말부터 해야 할지 난감하다. 차라리 통역이 아닌 옛날 선조들처럼 서로 필담을 나눌 수 있다면 좋겠다 싶다. 말이 달라도 한자漢字로 나누는 필담에는 일일이 다 설명하지 못하는 여감의 말이 충분히 함축될 수 있을 것 같다. 조선 사은사謝恩士로 명나라를 방문한 서거정徐居正이 북경에서 안남국安南國의 사신 양곡을 만나 필담을 나누고 십 여 편의 율시를 지어주었는데 그에게 극찬을 받았다는 기록을 언젠가 읽은 적이 있었다. 그 옛날 조선 세조 때보다 못한 현대의 교감능력이라니…….

김 부장의 통역이 아니어도 타오 씨의 단호하고 차가운 목소리와 표정에서 말에 어떤 내용이 담겨 있을지 어느 정도 짐작이 간다. 속에 응어리진 분노가 보인다.

"한국으로 시집간 뒤로 응우옌은 여기 한 번도 안 왔어요. 성장해가는 그 애가 왜 이런 낙후된 섬에 다시 들어오겠어요? 그 애는 어디에도 속하지 않는 자유로운 아이예요."

"한국에 엄마 잃은 딸아이가 있지 않습니까? 응우옌은 그 아이에게 속한 엄마입니다."

"아뇨, 절대 그렇지 않아요. 손녀는 안됐지만 아이를 볼모로 사랑하지 않는 남자와 함께 살게 할 순 없어요. 응우엔의 인생은 한 번 뿐이니까요."

"남편 남우는 착하고 성실합니다. 좋은 남편이고 좋은 아빠예요."

"나쁜 남편은 아니지만 응우엔에게 지금 필요한 남자는 아니잖아요."

"……"

"그 애가 한국으로 갈 때 내가 그랬습니다. 나는 이 섬의 가난이 지긋지긋하다고. 그러니 너는 네가 원하는 세상에서 하얀 눈처럼 자유롭게 날아보라고. 네가 하고 싶은 것 하고, 되고 싶은 것 되라고 당부했습니다. 가난한 나라에서 건너온 여자가 남편과 이상이 맞지 않다는 이유로 이혼을 요구하면 한국 여자보다 두 배 세 배의 강한 비난을 받아야 합니까?"

"국적을 탓하는 게 아닙니다. 결혼의 약속을 저버린 걸 말하는 겁니다."

"아니요. 당신네 나라 사람들은 베트남 여자들의 권리를 분수에 어긋난 행동으로 보는 편견을 갖고 있어요."

자세한 얘기도 나누지 않았고 서로의 입장을 충분히 나누지도 않았는데 타오 씨야말로 편견을 가지고 우리를 대하는 것 같아 답답하다.

"왜 한국 사람들을 나쁘게만 생각하십니까. 응우옌의 남편 남우가 이 집에 그간 베푼 사랑도 생각하셔야죠."

타오 씨는 감회에 젖는 듯 길게 한숨을 쉰다.

"……그건 고맙게 생각하고 있어요. 나는 이렇게 몸이 불편 하고 응우옌의 오빠는 알코올 중독이고……. 사실은 가정의 경 제파탄 때문에 응우옌이 한국까지 간 거예요. 혹 우리 집을 살 릴 수 있을까 해서. 나는 마음이 아팠지만 그 애를 보냈어요. 한 몸이라도 굶지 말고 사람답게 살아가라고. 마치 당신의 나라 사 람들이 돈 때문에 우리나라 전쟁에 참여했듯이 말이에요."

"결혼의 처음 이유가 어떠했든 중요한 선 가엾은 딸아이가 엄마를 기다리고 있다는 사실입니다."

"나도 손녀를 생각하면 너무 마음이 아파요. 하지만 좋은 할 머니와 좋은 아버지가 있으니 손녀가 잘못 자라진 않을 거라 믿 어요."

"외할머니로서 너무 냉정한 말 아닌가요?"

순긴 다오 씨의 얼굴에 치기운 조소기 스친다.

"전쟁 후에 한국 남자들이 버리고 간 베트남 여자들과 라이 따이한에 대한 냉정함은요? 그 사람들 다 베트남으로 돌아와서 자기 자식 찾아서 책임지라고 하면 한국 사람들은 그렇게 할 건 가요?"

"그땐 전쟁 중이었고……"

"우린 지금도 전쟁 중이에요. 바로 내가 고엽제 피해자인 걸요. 평생 다리를 못 쓰고 살고 있습니다. 그때 이 호치민 땅이 어땠는지 당신들이 알기나 해요? 당연히 모르겠죠. 겪어보지 않았는데 어떻게 알겠어요."

"제가 여기까지 온 건 전쟁 이야기를 하려는 게 아닙니다."

"전쟁을 겪지 않은 응우옌도 역시 전쟁 중이에요. 자신의 진정한 삶을 찾기 위한 전쟁 말입니다."

그만 돌아가 달라는 말을 내뱉고 방문을 닫아버린 타오 씨는 단호하게 대화를 거절한다. 쉽게 단시간에 녹을 수 없는 단단하고 강한 벽이 보이는 것 같다. 응우옌도 타오 씨도 건널 수 없는 강 너머에 서 있다는 느낌이 든다. 방 안의 타오 씨를 향해 얘기를 계속해보자고 간청하는 김 부장을 만류한 후, 마지막 말의 통역을 부탁하고 발길을 돌렸다.

"김 부장님 말대로 자존감이 높고 자신에 대한 믿음이 강한 사람들 같네요. 이제 그만합시다. 무조건 뻗댄다고 열릴 마음이 아닌 것 같네요. 타오 씨 말 충분히 알아들었어요. 변화의 여지가 없을 때는 물러서는 게 서로에게 좋겠지요. 마지막으로 이 한 마디만 전해주세요. 응우옌의 행복을 기원한다고."

幸福祈願.

그 옛날 조선시대 서거정徐居正이었다면 간단한 필담을 남기고 떠났을지 다시 궁금해진다. 하고 싶은 무수한 말과 지난 날 역사에 대한 미안함, 아직 진행 중인 역사 사건 속의 상흔, 어긋나는 운명의 속상함, 어느새 전혀 새로운 세상을 살고 있는 젊은이들에 대한 염려와 기대, 그 모든 것을 네 글자에 다 담을 수 있을지…… 하여, 안남국安南國 사람들에게 공감과 이해를 구할 수 있을지……

돌아오는 거룻배 위에서 저녁하늘을 가만히 올려다본다. 아직 남아있는 푸른 공간 위에 성급하게 번진 붉은 노을이 사람들의 오래된 상흔처럼 느껴진다. 무연히 노을을 바라보는 내 마음에도 통증이 인다. 생각해보면 결국 다 가여운 인생이다. 남우도, 고모도, 돌아가신 고모부도, 응우옌도, 타오 씨도, 그리고 엄마 없이 자라야 할 어린 연우도…… 저녁의 정경이 왠지 노을에 기대 울고 싶게 만든다. 딸아이를 버리고 호치민으로 떠나온 응우옌의 눈에도, 딸아이와 함께 외롭게 남겨진 남우의 마음에도 저런 노을이 떠다닐지 문득 궁금해진다. 노을이 점점 번져서 온 하늘을 뒤덮고 하늘이 완전히 어두워지면…… 그리고 오랜 어둠의 시간이 지나고 나면…… 그땐 새로운 새벽을 기대해도 되는 것일까.

*

문득 응우옌의 편지를 아직 읽지 않은 게 생각난다. 편지봉

투를 주머니에서 꺼내보니 또박또박 써내려간 주소에 한글이 야무지고 선명하다. 남우와는 이제 완전히 남이 된 여인의 마지막 편지다. 그냥 찢어 붉게 물든 사이공 강에 흩뿌려버릴까 생각하다 망설임 끝에 결국 열어본다.

이 편지는 당신에게 보내는 나의 마지막 편지입니다.
다시는 편지 보내지 않을 것입니다.
내가 호치민으로 다시 돌아온 것은 당신이 싫어서도 아니고 아이가 귀찮아서도 아닙니다. 새로운 인생을 위해 모든 것을 버리고 떠나온 것뿐입니다. 하지만 오 년 전, 섬의 가난한 생활을 참을 수 없어 무작정 한국으로 떠난 것과는 다릅니다. 책임과 진실 사이에서 많이 힘들었습니다. 나를 달래면서 노력하고 노력했지만 더 이상 견딜 수가 없었습니다. 먹고 살기 위한 일은 인생의 이유가 될 수 없다는 것을 나는 너무 늦게 깨달았습니다. 이해해달라는 말은 못 하겠습니다. 용서해달라는 말도 못 하겠습니다. 당신에게는 정말 미안하지만, 뒤늦게 진심으로 사랑하는 사람을 만났습니다. 지난 일 년 간 생각하고 또 생각하면서 고민했지만 아무리 생각해도 역시 나의 인생이 가장 중요합니다. 그냥 억지로 견디며 살기에는 남은 인생이 너무 깁니다. 나는 아직 이십대입니다. 호치민으로 왔지만 엄마가 있는 섬에는 다시 들어가지 않을 것입니다. 그리고 이미 한국 이름은 기억에서 지웠습니다. 그러니 나를 찾지 마세요. 나도 당신과 아이가 있는 한국으로는 다시 돌아가지 않을 것입니다. 나를 잊고 당신도 당신의 진짜 인생을 살아가세요. 아이를 잘 부탁합니다. ―호치민에서 응우옌

신데렐라 슈즈

*

그 남자의 주먹이 강타한 곳마다 묵직한 통증이 전해져왔다. 몸속에 커다란 옹이가 박힌 듯 욱신욱신한 감각이 강한 주파수로 찾아왔다가 사라지고 또다시 찾아왔다. 가녀린 어깨와 잘록한 허리에 아직 고스란히 남아있는 폭력의 감득에 연희는 순간 진저리를 쳤다. 자정 무렵, 기별도 없이 오피스텔로 들이닥친 그 남자는 다짜고짜 연희의 뺨을 내리쳤다. 단번에 외로 돌아간 연희의 얼굴에 그 남자의 성난 손자국이 화인처럼 찍혀버렸다. 등과 어깨에도 수차례 주먹질을 했다. 통증은 각성제가 되어 구타당한 육체를 밤새 잠들지 못하도록 채근했다. 연희의 머릿속에 내내 맴돈 생각은 결국 하나였다. 감정을 다 드러내버린 그 남자는 이제 큰 매력이 없어. 아웃시킬까? 그래도 완전히 아웃시킬 순 없어. 아직은 거부할 수 없는 매력을 쥐고 있으니까. 시간은 육체의 통증에 묶여 도무지 흐를 것 같지 않았는데, 그래도 새벽이 오려는지 부려진 어둠 속에 희미한 회색빛이 스며들기 시작했다. 연희는 침대에 엎드린 채로 신음을 내뱉으며 힘겹게 눈을 떴다. 동쪽으로 난 오피스텔 창이 뿌옇고 그 아래로 드러난 룸은 깨진 사진틀과 화장품 병, 던져진 베개와 소품들로 발 디딜 틈 없는 아수라장이 되어 있었다. 저녁 내내 왜 전화 안 받았어? 도대체 누구와 저녁을 보낸 거야? 그 남자는 거칠게 추궁하며 분노를 표출했다. 하지만 연희는 그 남자의 손에 맞으면서도 명준에 대해 아무 말도 하지 않았다. 매력적인 남자를 향한 내밀한 기쁨을 겉으로 표현하기는 아까웠다. 표현하는 순간 매력은 산산조각이 되고 말 것 같았다. 연희는 찢어진 귀가 너무 아파 아무래도 오늘은 출근이 어렵겠다고 판단했다. 결근 소식을 매력적인 명준에게 전할 생각에 기쁨의 전율이 턱밑까지 차올랐다. 어떻게 문자를 보내면 될까? 연희는 새롭고 흥미로운 고민에 들떠 다시 눈을 감았다.

어제 매력적인 명준과 함께 한 저녁식사는 아주 좋았다. 한강이 한눈에 내려다보이는 스카이라운지에서 그가 킵 해둔 와인과 함께 먹은 스테이크는 감미로웠다. 명준은 식사하는 내내 말이 거의 없었지만 무심히 툭 던지는 한 마디에도 연희의 심장은 두근거렸다. 굳이 표현하지 않아도, 경치가 아름다운 하늘 위 레스토랑, 대접해주는 고급스런 음식이 연회를 향한 명준의 마음을 다 말해준다고 의심치 않았다. 명준의 과묵한 태도가 감각적으로 다가왔다. 벗어놓은 재킷을 한쪽에 걸쳐둔 채 진회색 폴로티셔츠 차림의 무표정한 얼굴로 식사하는 명준의 모습에 내내 설렜다. 연회는 심장의 고동이 실크 원피스 위로 드러날까 봐 나이프를 놓은 오른손을 살며시 가슴에 갖다 댔다. 와인 괜찮으면 한 병 더 시킬까? 무뚝뚝한 그의 한 마디에서 세상없을 달달함을 느꼈다. 까칠한 명준과 단둘이 식사자리를 갖기까지 육 개월여 지난했던 과정을 떠올리며 연회는 무척 행복했다. 반갑습니다. 이명준이라고 합니다. 잘 부탁합니다. 국민건강보험공단 S지사 자격징수부로 전보 발령받아 첫 출근하던 날, 직속부서 부장인 명준과 첫인사를 나누며 강렬한 인상에 끌렸다. 카리스마 가득한 눈빛과 반듯한 콧날, 웃음기 없는 표정과 간단명료한 말투가 연회의 마음을 흔들었다. 불가항력의 수용이었다. 함부로 대할 수 없는 어려운 남자에게서만 풍겨오는 지독한 매력이 감지됐다. 부장의 방은 부원들과 반투명유리로 격리돼 있지만 무심한 척 일하는 중에도 연회는 명준의 세밀한 움직임까지 의식하며 지내왔다. 명준에게 어떤 고객이 찾아오는지, 얼마나 오래 담화하는지 일일이 체크했다. 어떤 넥타이를 매고 출근했는지, 언제 어떤 커피를 마시는지, 몇 시에 퇴근하는지 명준의 일거수일투족이 연희의 레이더에 검색되었다.

자격징수부 부원들은 명준을 어려워했다. 매너 있고 합리적인 사람이지만, 업무에 빈틈이 없는 데다 부하직원들과 사적인 말을 섞지 않는 성격 때문에 누구도 쉽게 다가가지 못했다. 명준도 직원들과의 객관적 거리를 정확하게 지켰다. 사전 구두결재를 받기 위해 명준의 방을 노크하기 전, 연희는 거울 앞에서 최대한 차가운 표정을 지어보곤 했다. 업무 대화 중에도, 사람들의 시선을 한눈에 모을 만큼 미모인 연희의 얼굴을 똑바로 바라볼 뿐 한 치의 동요도 없는 명준의 눈빛 때문에, 그에게 다가가고픈 갈망은 점점 더 커져갔다. 예쁜 여자 앞에서 짓게 되는 평범한 남자들 특유의 표정을 연희는 잘 알고 있었다. 표정을 절대 드러내는 법이 없는 명준의 진짜 마음이 궁금해지기 시작했다. 가끔은 명준의 마음을 열고 속에 든 내용을 확인하고 싶어 조바심도 났다. 내리깐 명준의 시선 앞에서 자꾸만 연희 자신이 보잘 것 없는 존재로 여겨져 우울해졌다. 그랬는데, 어제 저녁 명준과 둘만의 첫 데이트를 가진 것이다. 시간 괜찮으면 저녁 같이 할까? 군더더기 없이 짧은 명준의 문자를 받았을 때 속으로 쾌재를 부르면서도 애써 절제하며 명료한 한 마디로 답문을 보냈다. 시간, 괜찮습니다. 어제 저녁, 가장 짜릿하고 생기 넘치는 시간이 다시 시작돼서 기뻤다. 밀당으로 아직은 조심스럽지만 매력적인 사람을 손에 넣는 과정은 매번 즐거웠다.

연희는 신음소리를 내면서도 기어이 일어나 어질러진 화장대로 가서 앉았다. 오른쪽 귓불에 피가 맺혀있었다. 과산화수소수를 화장 솜에 찍어 상처에 갖다 대자 시리고 따가운 통증이 왈칵 전해져왔다. 절로 신음이 새어나오며 얼굴이 찡그려졌다. 무슨 일이 있어도 절대 다쳐서는 안 되는 발부터 살폈다. 다행히 발은 상처 난 곳이나 멍든 곳이 없었다. 한참 복잡한 감정이 오가는 거울 속 얼굴을 지켜보던 연희는 이윽고 천천히 머리를 빗고 긴 머리를 틀어 올려 핀으로 고정했다. 넘어진 화장품 병을 바로 세우고 깨진 것들을 하나하나 쓸어 담았다. 실내용 슬리퍼를 신은 발이 혹여 유리조각에 찔릴까 바짝 신경을 곤두세웠다. 발에 생기는 어떤 상처나 흠집도 용납할 수 없었다. 연희는 허리를 펴고 자신이 몸담은 이십 평 오피스텔 공간을 새삼 둘러보았다. 룸은 대충 정리되었고, 귓불 외에 옷 안으로 숨겨진 상처와 통증은, 금요일이니까 하루 병가를 내서 주말까지 쉬면 충분히 회복될 터였다. 그 남자가 때렸다? 뭐가 어때서? 그래도 달라진 건 없어. 이런 일에 자기연민 따윈 필요치 않아. 연희는 자문자답하며 다시 고개를 들었다. 그 남자는 특유의 농물적 감각으로 연희 앞에 나타난 또 다른 남자, 명준의 냄새를 맡고는 급기야 폭력을 쓰고 돌아갔다. 그 남자는 오늘 밤 분명히 또 한 켤레의 화려한 구두를 선물할 터였다. 연희에게 미안한 만큼, 연희를 향한 집착의 크기만큼, 화려하고 고급스런 구두가 배달될 것은 자명했다. 이번엔 어떤 디자인의 구두일까? 새 구두를 맞이할 기분에 들떠 연희는 본래 가진 도도하고 시크한 표정을 곧바로 회복했다.

현관으로 뚜벅뚜벅 걸어간 연희는, 바닥에서 천장까지 닿은 높다란 신발장 문을 두 손으로 활짝 열어젖혔다. 문을 여는 팔 동작에 극적인 느낌이 묻어났다. 신발장 안에 특별히 설치한 노란 실내등까지 켜자 화려한 수백 켤레의 구두가 일시에 반짝이며 단번에 시선을 사로잡았다. 연희는 감격으로 벅찬 숨을 들이켰다. 연희가 즐겨 사들인 것도 있지만, 대부분 그 남자가 사흘이 멀다 하고 선물한 구두들이었다. 소가죽 혹은 양가죽의 천연 가죽들과 에나멜, 비로드와 레이스, 양털 소재까지 다양한 재료의 신발들이 얌전히 놓여있고, 플레인, 원포인트, 오픈토우, 사이드오픈, 샤넬 등 각각 모양이 다른 펌프스 슈즈도 종류별로 구성돼 있었다. 플랫 슈즈, 사브리나 슈즈, 티스트랩 슈즈, 앞코가 동그란 메리제인 슈즈, 높은 굽을 가진 가보시 힐, 두꺼운 굽의 웨지 힐, 앞굽이 뾰족한 스틸레도, 부츠, 샌들, 뮬까지 수많은 디자인의 구두들이 연희의 눈과 마음을 사로잡았다. 반들반들 티 하나 없이 깨끗한 구두들이 한 치의 어긋남도 없이, 같은 각도로, 같은 방향으로, 같은 간격으로, 같은 종류별로 진열되어 있었다. 디스플레이에 혹 미세한 오차라도 있을까 하여 연희는 습관처럼 구두들을 하나하나 살폈다. 하나같이 색상이나 장식이 고급스럽고 화려한 명품들이다. 위에서 아래로 천천히 구두들을 훑어보는 연희의 얼굴에 부드러운 홍조가 피어났다. 소중하지 않은 구두가 한 켤레도 없었다. 구두들에 한 점 흠이라도 생기면 연희는 생인손을 앓듯 앓아눕곤 했다. 하나하나 다른 매력을 소유한 소중한 슈즈들. 선택은, 의상뿐 아니라 그날의 자연스런 끌림에 따라 달라졌다. 비즈장식이 핸드메이드로 수놓인 빨간색 구두가 오늘은 마음에 끌렸다. 아기를 안듯 조심스레 내렸다. 호흡을 가다듬은 채 볼이 좁고 작은 발을 구두 속에 가만히 넣어보았다. 구두를 신는 동작에도 역시나 극적인 느낌이 묻어났다. 가느다랗고 하얀 연희의 다리 아래서 구두는 아름답고 완벽한 비례를 선보였다. 연희에게 구두는 언제나 동화 속 마법 같았다. 사브리나를 신는 순간 영화 속 주인공 오드리 햅번이 되었고, 로저비비에 발을 넣는 순간 엘리자베스 여왕이 되었다. 구두를 신는 순간엔 선망하는 누구든 될 수 있었고, 극의 아름다운 주인공으로 변할 수도 있었다. 하얀 다리와 빨간색 슈즈를 바라보는 연희의 얼굴에 보조개가 깊게 패었다.

직장에 병가를 신청하기 위해 다시 소파로 돌아온 연희는 좀 전에 침대에서 고안해 둔 문장을 휴대폰에 찍기 시작했다. 지나가는 몸살이려니 했는데 많이 아파 오늘 하루 병가를 신청해야겠어요. 어제는 맛난 저녁도 사주셨는데 약한 모습 보여드려 죄송해요. 하지만 걱정하지 않으셔도 돼요. 누가 따뜻한 죽을 끓여준다고 했거든요. 곧 간호해주러 올 거예요. 죄송한 마음을 담아 김연희 드림. 문자를 받은 명준은 연희의 몸을 걱정할 터였다. 동시에 연희에게 따뜻한 죽을 끓여주고 간호해준다는 존재에 대해 더 걱정할 터였다. 부모 형제가 없는 연희의 사정을 잘 아는 명준은 분명 호기심의 덫에 걸려들고 말 터였다. 덫에서 빠져나오기 위해 연희의 남자가 되는 길을 서두르게 될 터였다. 그런가 하면, 여직원들은 병가를 낸 연희를 향해 입방아를 찧을 게 분명했다. 직장인답지 않은 화려한 차림과 눈에 띄는 외모는 그녀들에게 곱게 비칠 리 없었다. 서른 살의 아름다운 미혼 여자란, 남자 직원들에겐 호기심의 대상이지만 여자 직원들에겐 경계의 대상이 되기 쉬웠다. 김연희가 아프다고? 또 혼자 연약한 체 하고 있네. 빨간 명품구두 신고 일하러 오더니만 드디어 몸살나셨나봐. 꾸미는데 에너지를 다 쏟느라 몸이 아픈 게지. 남자들이나 홀려놓고 말이야. 순진한 척 하면서 남자들의 관심 은근히 즐기고 있는 거, 우리 눈엔 다 보이잖아. 커피 한 잔을 들고 오피스텔 창밖을 응시하는 연희의 귀에 여직원들의 뒷담화가 현실처럼 들려왔다. 그녀들은 은근한 부러움과 시기심을 연희를 깎아내리는 것으로 표출하고는, 상대를 깎아내린 만큼 짧고 초라한 심리적 위안을 얻게 될 터였다.

이십 년 전에 집을 나간 엄마도 그 여자를 욕했지만 사실은 은근히 부러워했을지도 모른다는 생각이 들었다. 엄마가 평범한 여인이라면 그 여자는 단연 돋보이는 화려한 여인이었다. 그 여자가 집에 나타나기 전까지 엄마는 아버지에게 미련을 버리지 못했다. 할머니마저 돌아가신 텅 빈 시골집에 엄마와 연희를 데려다놓고 관심조차 두지 않던 아버지였다. 결혼해서 겨우 연희 하나 낳고 십 년이 넘도록 밖으로 돌면서 여성편력만 쌓는 남편을 엄마는 늘 갈망으로 기다렸다. 키가 크고 선이 굵은 아버지는 예닐곱 살 연희에게도 멋있는 남자로 보였다. 오래 기다리게 하다가 갑자기 나타나되, 말이 거의 없다는 점에서 동화책 속 왕자님과도 흡사했다. 그해 겨울, 연희는 연회색 니트 위에 발목 가까이 내려오는 오버코트를 입은 아버지의 모습에 매료됐었다. 가끔 집에 들어올 때면 연희를 번썩 들어 올려 흔들다 내려주곤 했다. 한 마디 말도 없었지만 연희의 얼굴을 보며 한껏 보내주는 아버지의 미소가 마음에서 일렁였다. 기분 좋은 어지럼 속에서 연희는 선망의 눈으로 아버지의 짙은 눈썹을 바라보았다. 제발 부탁이니 헤어지자. 내 인생에서 제발 아웃되면 안 될까? 사랑 없이 함께 살 이유가 없잖아. 아버지는 얼음 같은 말로 엄마에게 비수를 꽂온 채 곁눈도 주지 않았다. 난 안돼요. 연희도 있는데 당신 없이 어떻게 살아요. 나는 헤어질 수 없어요. 이혼녀가 두려운 게 아니라 남편의 사랑이 없다는 게 더 무서워요. 제발 집에 있어요. 바보 같이 매달려서 사랑을 구걸하는 엄마가 보기 싫었다. 옷만 갈아입고 다시 집을 나가버리는 아버지의 등 뒤에서 엄마는 가슴을 치며 울었다. 등신. 등신. 등신. 출구 없는 자학의 절규가 메아리로 되돌아왔다.

　초등학교 삼학년 봄, 아버지가 그 여자를 시골집으로 데리고 왔다. 이 사람 오늘 여기서 잘 테니 그렇게 알아. 넓은 아버지의 등 뒤에 반쯤 숨어있던 그 여자는 연인의 공표에 힘을 얻어 앞으로 나섰다. 빨간 롱재킷에 빨간 구두를 신은 여자. 눈길을 사로잡을 만큼 아주 예뻤다. 굵은 웨이브 머리에 화장이 짙고 향수냄새가 은은하게 풍겼다. 크고 동그란 눈은 신비감마저 느껴졌다. 그 자리에서 돌이 돼버린 엄마를 보며 어색해하던 여자는 연희에게로 시선을 옮겨 생긋 웃었다. 네가 연희구나. 아빠한테 얘기 들었어. 듣던 대로 예쁘게 생겼네. 아버지는 이내 그 여자를 데리고 안방으로 들어가 버렸다. 연이어 낮게 키득키득 웃는 소리. 새어나오는 소리는 밖에 있는 존재를 부정하는 극단의 표현이었다. 철저히 배제된 엄마는 낡고 초라한 홈웨어를 입고 마당에 서서 부들부들 떨었다. 연희는 가만히 서서 엄마와 그 여자, 그리고 아버지의 행동을 가만히 관찰했다. 그 여자에게 빠진 아버지와 자기 연민에 빠진 엄마, 그리고 자기효능감에 빠진 그 여자. 연희는 엄마가 부엌으로 가서 식칼을 들고 나올지도 모른다는 상상에 빠져있었다. 상상과 달리 엄마는 그 자리에 털썩 주저앉아 자신의 입을 틀어막고 바보처럼 울었다. 낡은 홈웨어에 더러운 흙이 묻었다. 굵은 눈물이 이내 시멘트 바닥으로

뚝뚝 떨어졌다.

그날 밤 연희는 가만히 누워서, 밤새 잠 못 들고 뒤척이는 엄마를 의식하고 있었다. 엄마가 곧 터져버릴 풍선 같아서 마른 침만 삼키며 자는 척 아무 소리도 내지 못했다. 엄마를 지켜야 한다고 느꼈다. 아슬아슬하게 바람이 꽉 찬 풍선을 만지듯 엄마의 더러워진 홈웨어 자락을 붙잡았다. 혼곤한 잠결에도 엄마가 마당에 있는 화장실로 나가는 기척을 느끼고 흠칫 눈을 떴다. 화장실에서 나와 안방 툇마루에 앉아있던 엄마를 분명히 보았는데, 그러다가 까무룩 잠깐 잠이 들었는데, 새벽에 깨어보니 엄마가 없었다. 부엌에도 화장실에도 없어 안방 문을 열었는데…… 아버지의 품에 안겨 잠든 그 여자의 관능적인 모습에 연희는 새로운 세상을 보는 듯 했다. 핑크색 란제리 치마 끝이 올라가 그 여자의 희고 매끈한 다리가 훤히 드러나 있었다. 방에서 은근한 단내가 났다. 그 여자는 더없이 평화로운 단잠에 빠져있었다. 까다로운 왕자님을 온전히 소유한 그 여자는 행복해 보였다. 연희는 다시 조용히 문을 닫았다.

아름다운 여자는 언제나 그렇지 못한 여자에게 승자이지만 질시와 미움의 대상이기도 하다고, 연희는 굳게 믿었다. 직장의 여자들도 예외는 아니었다. 연희가 두 살 연하 송 과장의 연모를 누리는 동안, 여자들은 연희를 깎아내리느라 열을 올렸다. 연희의 정확한 업무능력이나 성실성에 관해선 절대 언급하는 일이 없었다. 미혼이건 기혼이건 사무실에서 시선을 붙드는 다른 여자는 안티가 되는 경우가 허다하다고 치부하며 연희는 연연해하지 않았다. 시기심에 몸을 떠는 평범한 여자보다는 미움을 받는 아름다운 여자가 되는 편이 훨씬 낫다고 여겼다. 여자들의 시기심은 연희 자신의 아름다움에 대한 반증이라 확신했다. 연희는 오히려 상황을 즐기고 있는 중이었다. 자상하게 모닝커피를 내려주고 책상에 꽂이며 신간서적을 살짝 놓아두는 연하남의 연모 감정을 즐길 뿐, 실제로 어린 남자와 연애할 생각은 추호도 없었다. 송 과장은 괜찮은 외모에 명문대를 졸업한 양가 댁 아들이지만 드러내놓고 호감을 표현해오는 애송이에겐 호기심조차 생기지 않았다. 마음을 열어젖히고 다 보여주면서 다정다감하게 다가오는 착한 남자는 관심 밖이었다. 그런 남자에게선 도무지 매력을 느낄 수 없었다.

그래서 명준이 더 좋은지도 모를 일이었다. 업무 외에는 전혀 감정을 드러내지 않아 속을 알 수 없는 사람, 선이 분명하고 차가운 사람, 한 마디 말로 상대방의 가슴에 비수를 깊숙이 꽂을 줄 아는 사람, 한 군데도 틈이 없어 다가가기 어려운 사람, 연희는 그런 사람이 좋았다. 감정을 어렵사리 밀고 당기며 아주 조금씩 다가가다가 철옹성 같은 남자의 마음을 끝내 열고 싶었다. 선호에는 특별한 이유가 없었다. 자신은 태생적으로 나쁜 남자에게 끌릴 뿐이라고 생각하곤 했다. 연희는 명준에게 절대 호감을 표현하지 않고 딱 필요한 만큼의 일상적인 상냥함으로 대했다. 직장생활을 하는 여자라면 누구나 갖고 있는 사회적 포커페이스를 유지했다. 넘치지도 모자라지도 않는 분명한 선을 지키면서 깔끔한 업무능력을 발휘했다. 회식 땐 일부러 명준과 가까운 자리를 피했다. 절대 얼굴을 명준에게로 돌리지 않았다. 직장상사일 뿐 개인으로서 연희에게 아무런 영향력이 없는 사람임을 행동으로 선포했다. 거리를 둘수록 조금씩 자신에게 와 닿는 명준의 눈길을 감지했지만 모른 체했다. 갈망하는 모습을 보이는 순간, 명준은 부담으로 떠나고 말 터였다. 사실 자신의 얼굴에 머무는 명준의 눈길을 느낄 때면 연희는 흥분으로 고조됐었다. 하지만 그런 순간에도 겉으론 눈썹 하나 까딱 하지 않고 그림처럼 일만 했다.

힘들지 않아요? 사무실에 연희 혼자 남아서 일하던 밤, 명준이 퇴근하면서 처음 감정을 드러냈다. 괜찮습니다. 제 일인 걸요. 과하지도 모자라지도 않은 미소로 잘라 답했다. 그가 한참 그대로 서서 묘한 표정이 돼 연희의 얼굴을 주시했다. 초밥이라도 사다줄까요? 아니에요, 필요 없습니다. 명준의 일굴을 똑바로 처다보면서 답한 연희는 명준을 허탈하게 만들 한 마디를 덧붙였다. 부장님, 가족이 기다릴 텐데 어서 가보셔야죠. 돌아서는 명준의 어깨에 배반당한 허탈이 스며있음을 정확하게 지켜보았다. 자기에게 미동도 하지 않는 여자를 처음 보는, 기가 꺾인 남자의 등 뒤에서 연희는 가만히 미소 지었다. 직장 직속상 사이자 아내와 딸이 있는 남자, 아무래도 상관없었다. 굳게 잠긴 명준의 마음을 얻고 싶었지 환경의 변화를 바란 건 절대 아니었다. 철옹성의 빗장이 조금씩 헐거워지는 그 자체가 연희에겐 빛나는 목표였다. 명준과 관련해 적어도 겉으론 그 어떤 변화도 일어나지 않았다.

그럼에도 불구하고 명준을 향한 연희의 마음쏠림을 그 남자는 직감한 듯했다. 눈빛 하나도 민감하게 포착하는 그 남자는 두어 주 전부터 연희의 스케줄에 촉각을 곤두세웠다. 동물적인 기민한 감각으로, 연희가 새로운 남자와 저녁 시간을 보냈다는 걸 확신한 그 남자는 제 분노에 못 이겨 어젯밤 폭력까지 휘둘렀다. 그 남자가 화를 낼 때마다 다음 날 집으로 새 구두가 배달되었다. 매번 종류가 다른 명품 슈즈였다. 그 남자와 처음 다퉜던 지난여름, 블랙의 뮬에 백 퍼센트 크리스털 비즈로 장식된 샤넬 슈즈를 선물로 받고 연희는 환희에 몸을 떨었다. 꼭 맞는 블랙 뮬에 발을 넣고 실내등 아래 크리스털이 빛을 발하는 순간, 시간은 정지되고 새로운 세상이 열리는 것 같았다. 역시 자신은 충분히 사랑받는 여자라는 만족감에 도취되었다. 어느새 그 남자는 현상 뒤에 웅크린 연희의 아킬레스건을 간파하고 있었다. 그래서 그 남자가 싫었고, 그런가 하면 그래서 그 남자가 좋았다. 여자의 마음을 간파해버린 남자는 매력이 상당히 떨어지지만, 최상의 아름다운 구두는 그 남자만 가진 매력이었다. 어제는 미안했어. 너무 사랑해서 나도 모르게 몹쓸 짓을 했어. 연희 넌 나만의 여자였으면 좋겠어. 아름다운 구두는 그렇게 속삭이며 선물용 택배상자 속에 얌전히 놓여 있게 될 터였다.

그 여자의 구두도 그렇게 얌전한 모습으로 툇마루 아래 놓여 있었다. 아버지가 그 여자를 집으로 데려온 날, 아버지 손에 이끌려 급히 안방으로 들어가면서도 그 여자는 댓돌 위에 빨간 구두를 얌전하게 벗어 놓았다. 메리제인 슈즈인 빨간 구두 위에는 세 알의 붉은 색 투명 비즈가 앙증맞게 박혀 있었다. 구두는 그 여자의 얼굴만큼 예뻤다. 연희는 댓돌 앞에 서서 그 여자의 빨간 구두를 넋을 놓고 바라보면서 안방에서 들려오는 달콤한 웃음소리를 들었다. 자상고 무뚝뚝한 아버지의 어니에 서렇게 달콤한 웃음소리가 숨겨져 있는 걸까, 연희는 새삼 궁금해졌다. 아버지는 연희를 보면서 얼굴로만 웃었지 웃음소리는 한 번도 들려준 적이 없었다. 이렇게 예쁜 구두를 신는다면 아버지가 소리 내어 웃어줄까, 잠깐 생각했다. 팔을 높이 뻗어 딸을 어깨 위에 올러두고 아주 잠깐 보어주는 아버지의 미소는 일주일, 혹은 한 달 이상을 기다려야만 다시 볼 수 있었다. 그 여자의 구두를 신고 있다면 동화 속 신데렐라도 될 수 있을 것 같았다. 홀대받는 재 투성이 아가씨에서 왕자님의 사랑을 한 몸에 받는 공주님으로 변신할 수 있지 않을까 가만히 상상해봤다. 그 여자의 빨간 구두를 신어보고 싶었지만 한 눈에도 너무 컸다. 그 여자만큼 예쁘게 자라면 아버지의 사랑에 닿을 수 있을지를 생각하면서 그 자리에 한참 서 있었다.

그 남자는 처음 만났을 때 연희의 발에 꼭 맞는 구두를 내밀었다. 구두를 잡은 손이 크고 깨끗했다. 혹시 영화 사브리나 봤어요? 이 구두는 영화 속에서 오드리 햅번이 신어서 유행하게 됐어요. 그래서 이름도 사브리나 슈즈예요. 발목까지 내려오는 플레어스커트 자락을 살짝 걷으며 연희는 수줍은 듯 누드핑크색 사브리나 슈즈에 오른쪽 발을 넣었다. 발레리나의 토슈즈를 신은 듯 가볍고 자유로웠다. 그즈음 무겁기만 했던 머리가 순간 가벼워지면서 나비처럼 부드럽게 날아오를 것만 같았다. 백화점 명품관 내 슈즈 매장을 운영하는 그 남자는 연희에게 어울리는 스타일을 단번에 간파했다. 그날 밤, 그 남자가 말했던 영화 사브리나를 불 꺼진 밤 오피스텔에서 두 번이나 지켜봤다. 파리의 야경 속에서 오드리 햅번은 사브리나 슈즈를 신고 사뿐사뿐 춤을 추었다. 여기는 밤이 늦었어요. 누군가 장밋빛 인생을 연주하고 있네요. 그 뜻은요, 장밋빛 유리잔으로 세상을 바라본다는 거예요. 마치 제 마음 같아요. 에디뜨 삐아쁘가 부르는 노래 가사가 자꾸 그 남자를 떠올리게 했다. 우연히 자신의 매장을 둘러보러 나왔던 그 남자가 처음 방문한 고객에게 사브리나 슈즈를 추천해준 일이 운명처럼 느껴져, 그날 밤 연희는 잠들지 못하고 뒤척였다. 당신에게 어울리겠다는 달콤한 말은 절대 하지 않으면서도 그 남자는 매번 연희에게 가장 잘 어울리는 구두를 골라낼 줄 알았다. 첫 방문부터 연희의 슈어홀릭을 이미 꿰뚫어버린 사람이었다. 정확히 다섯 번의 구매가 끝난 시점부터 그 남자는 구두를 선물하기 시작했다. 택배상자 속엔 얌전히 누운 구두와 함께 간단한 카드가 동봉돼 있었다. 고객카드에 기록된 주소를 보고 보냅니다. 실례가 됐다면 죄송합니다. 유명한 댄서 디타 본 티즈가 빨간 드레스와 함께 신었던 구두입니다. 빨간 실크 천으로 덧씌워진 하이힐을 꺼내며 연희는 영혼의 탄성을 지었다. 그 남자는 한 치의 감정도 구걸하지 않으면서 딱 구두 얘기만 썼다. 그래서 호감이 느껴졌다. 구두는 여자와 특별한 관계죠. 내가 누군지를 말해주는 존재니까요. 엘리자베스 여왕이 대관식에서 신었던 로저비비에 슈즈예요. 카드와 함께 동봉된 건 앞코에 사각의 틀이 박힌 플랫슈즈였다. 이제 그만, 이제 정말 그만, 여자에게 마음을 다 드러내고만 그 남자를 아웃시켜버리자 거듭 다짐해도 연희는 여전히 슈즈에 목말랐고 그 남자는 세상의 모든 슈즈를 소유한 사람이었다. 그 남자가 가진 슈즈가 눈앞에서 사라지는 건 생각만 해도 끔찍했다.

엄마가 집을 나간 날 아침, 그 여자의 빨간 구두도 함께 사라졌다. 엄마가 사라진 것보다 그 여자의 구두가 없어진 것에 심하게 역정을 내던 아버지는 그 여자를 업고 읍내 쪽으로 가버렸다. 등이 넓은 아버지와 등에 몸을 맡긴 그 여자가 시야에서 사라질 때까지 연희는 오래오래 두 사람을 지켜보았다. 그 여자를 업은 넓은 등은 연희가 본 아버지의 마지막 모습이었다. 한 번씩 풍문 속에 실려 온 아버지의 소식은 이모의 욕과 저주 속에 묻혀버렸다. 새로운 양육자가 된 이모 앞에서 소식을 알 수 없는 부모 얘기를 꺼낼 수는 없었다. 엄마가 집을 나간 그날 새벽, 사실 연희는 화장실로 나간 엄마를 문틈으로 지켜보았었다. 혹 그길로 사라져 버릴까봐 마당을 뚫어져라 바라보았다. 화장실에서 나온 엄마는 건넌방으로 다시 돌아오기 전 안방 툇마루에 앉아 댓돌에 놓인 그 여자의 빨간 구두를 하염없이 바라보았다. 무슨 생각에선지 구두를 두 손으로 들어 올려 품에 안았다. 초가을 밤 사방에서 풀벌레 소리가 들려오는데, 교교한 달빛 아래 앉은 엄마는 정인情人의 표징인양 오래도록 구두를 품에서 내려 놓지 못했다. 이윽고 여자의 구두를 다시 내려 천천히 신어보던 엄마. 구두가 작은지 발을 끼워 넣으려 애쓰는 모습이 역력했다. 비극적인 운명을 바꿔보려 했던 신데렐라의 언니들처럼 억지로 구두를 신으려는 엄마의 모습은 안쓰럽다 못해 미련해보였다. 하지만 연희 생각에 그 구두는 예쁘지 않은 여자가 신을 구두가 아니었다.

예쁜 여자란, 자신의 발에 맞지 않는 구두를 질투하는 수많은 여자들에 둘러싸여 욕을 먹을 수밖에 없는 존재였다. 자격정수

부 사무실의 여자들은 연희의 결근을 암묵적 합의 아래 무조건 게으름과 무책임으로 결론짓고 있을 것이 분명했다. 수입의 대부분을 명품 구매에 쓰는 연희를 분수 모르고 나대는 허황된 여자로 공격함으로써 자신들의 건전함과 진정성을 환기시키려 들 터였다. 아무리 알뜰해도 사회적 기부나 개인적 부 형성에 별반 도움이 되지 않은 자신들을 정당화하고 있을 것이 뻔했다. 입을 모아 연희의 화려한 외모와 치장을 깎아내리면서도, 사실은 핸드백과 옷과 구두에 비상한 관심을 갖고 소유하고 싶어 한다는 걸 모르지 않았다. 혹여 연희가 명준의 눈에 들까, 송 과장의 관심을 끌게 될까, 노심초사하는 여자들의 심리를 잘 알지만 그건 중요치 않았다. 어차피 사무실의 여자들은 구두에 맞지 않는 발의 소유자들일 뿐이었다. 뭐라 깎아내려도 구두의 주인공은 정해져 있다고 확신했다. 사랑받는 주인공이면 그것으로 충분했다. 연희는 어젯밤 명준으로부터 선물 받은 블랜딩 커피 맛을 천천히 음미하면서 다시 자신감을 회복했다. 멕시코엔 별반 살게 없더군. 커피를 좋아하는 것 같아서 사봤어. 국외 출장을 다녀온 그의 무뚝뚝한 한 마디로 족했다. 아니 무뚝뚝한 한 마디여서 더 좋았다. 왕자는 사전설명 없이 반드시 운명적으로 찾아와야만 했다.

핸드폰 벨이 울렸다. 혹 명준일지 모른다는 생각에 연희는 흠칫하며 찻잔에서 입술을 뗐다. 너무 빠르게 반응이 오면 곤란

214

했다. 쉬운 남자는 딱 질색이었다. 남자가 완전히 마음 문을 열기 전까지, 딱 거기까지가 진정한 연애라 여겨왔다. 예상과 달리 핸드폰엔 모르는 번호가 떠 있었다. 낯선 남자의 목소리가 귀로 들어오자 연희는 머금고 있던 커피를 급히 목으로 넘겼다. 여기 오산요양원인데요. 혹시 김태호 씨 따님 되시는 김연희 씨인가요? 여보세요? 듣고 계세요? 네 말씀하세요. 김태호 씨 입원비가 두 달째 밀려 있어요. 정산해야 하는데 처음에 함께 왔던 아주머니가 연락두절이에요. 아내라고 해놓고는 전화번호까지 바꿔버렸네요. 의료보험 상황을 알아보니 호적상 보호자가 김연희 씨로 되어 있더라고요. 정산 부탁드리려고 전화했습니다. 김태호. 김태호. 김태호. 아주 가끔 집에 들를 때면 팔을 쭉 뻗어 연희를 들어 올린 후 환한 미소를 보여줬던 이십 년 전의 남자. 빨간 구두를 신고 왔던 그 여자를 넓은 등에 업고 떠나버린 남자. 금기어가 된 이름과 낯선 상황 앞에서 연희는 작위적으로 눈을 깜빡거렸다. 세월의 먼지 속에 파묻혀 있던 이름이 재생되자 가장 먼저 떠오른 건, 그 여자의 빨간색 메리제인 슈즈였다. 분노와 냉소의 이중 전율을 느끼며 연희는 미간을 심하게 찌푸렸다. 여보세요? 여보세요? 듣고 계세요? 전화기 속 남자가 연신 답답해했다. 네, 듣고 있어요. 요양원 주소를 문자로 보내주세요. 오늘 찾아갈 테니 일단 주소부터 보내주세요. 남자의 등에 업혀서 읍내로 나간 그 여자는 다른 남자가 사준 새 구두를 신고 병든 아버지 곁을 바람처럼 떠나버렸을 게 분명했다.

전화한 걸 보면 연희 너, 이제 정말 개명改名하기로 결심한 모양이구나. 그래, 개명할 거야. 맡겨둔 서류 접수시켜 줘. 요양원과의 통화가 끝나자마자 연희는 변호사 사무실에 근무하는 친구 혜경에게 전화를 걸었다. 이제 때가 온 것 같다고 판단하며 연희는 야릇한 미소를 지었다. 언제나 인생에서 중요한 건 타이밍이었다. 타이밍을 놓치면 일을 그르치고 만다는 걸 몸으로 깨쳐왔다. 지금이야말로 매력 없는 남자를 정리할 때라며 연희는 자신을 독려했다. 기억 속에만 존재해온 아버지가 이십여 년의 세월을 뛰어넘어 드디어 당신 곁에 홀로 남은 딸을 의지해오는 거라면, 지금이야말로 영원한 결별을 선언하는 게 마땅했다. 마음을 다 열어젖히고 다가오는 남자도 매력 없지만, 여자에게 자신을 온전히 의탁해오는 남자는 더 매력 없었다. 이십 년 전 아주 가끔 미소를 보내주고는 그렇게 만들던 남자는 매력적이었지만, 이십 년의 공백 뒤에 갑자기 나타나 자신을 보호해달라는 남자는 최악이었다. 빨간 구두의 그 여자와 떠난 마지막 그림으로 계속 가슴에 남아야 했는데, 아버지는 어젯밤 폭행하고 간그 남자처럼 연희에게 자신의 마음을 다 들키고 말았다. 아버지에게 매력이 남아있었을 땐 한 줄 비루한 핏줄로나마 호적에 남았지만 지금은 아니었다. 삼십 년간 불러온 연희라는 이름을 지우는 게 쉽겠니? 친구 혜경은 한 번 더 확인하려 들었다. 연희란 이름에 전혀 미련 없어. 낡은 이름 달고 있어봤자 매력 없는 인간들만 꼬이는 걸. 연희는 무심하게 툭 되던졌다. 개명하고 나면 바로 부양의무 무효화 소송을 법원에 제출하리라 다짐했다. 아무리 직계 혈족이라 해도 매력 없는 남자라면 연희에겐 투명인간에 다름 아니었다.

연희는 매력 없는 남자의 기억을 지워버리려는 듯 입은 옷을 다 벗고 샤워 부스로 들어갔다. 뜨거운 물을 최고의 수압으로 틀었다. 물줄기가 강렬한 터치로 피부를 때렸다. 물줄기가 혈관속의 피까지도 씻어낼 수 있다면 좋겠다는 생각이 간절했다. 상처가 난 귓불이 뜨거운 물에 닿아 따가웠지만 머리끝에서부터 발끝까지 이십 년의 흔적을 지워내듯 오래도록 샤워기 아래 서 있었다. 뽀얗게 김이 서린 거울 앞에서 자신의 젊은 육체를 바라보는 연희의 눈에 만족감이 담겼다. 매끈한 몸의 곡선이 여름날 물오른 복숭아 같았다. 머리를 말린 후 롤러를 감아 부드럽게 세팅하고 얼굴에 천천히 메이컵을 시작했다. 화사한 베이스에 농도 짙은 색조 화장을 덧입혔다. 마스카라, 아이펜슬과 아이세도우, 볼터치와 립스틱을 꼼꼼하고 정교하게 그렸다. 헤어에센스를 바른 후 긴 머리를 앞으로 살짝 내밀면서 핀을 꽂아 상처 난 왼쪽 귀를 가렸다. 레드 원피스를 입고 은은한 향수를 뿌렸다. 드디어 오래 전 기억 속 왕자님을 만날 준비가 완료됐음에 연희는 만족한 미소를 머금었다. 이제 발에 구두가 얼마나 잘 맞는지 오래 전 왕자님에게 보여주면 되는 일이었다. 그러고 나서 연희에게 지독하게 반해버린 왕자님을 가차 없이 차버리면 끝나는 거였다. 거울 앞에서 연희는 눈에 힘을 주었다. 현관으로 걸음을 옮긴 연희는 한 시간 전과 동일하게 천장까지 닿아있는 신발장으로 다가갔다. 과감하고도 극적인 동작으로 문을 열어젖혔다. 조심스레 노란 실내등도 켰다. 귀에, 머리에, 가슴에 다시 싱그러운 종소리가 울려왔다. 아래에서 두 번째 칸에 얌전하게 놓인 빨간 색 메리제인 슈즈를 안다시피 꺼냈다. 원피스 자락을 살짝 든 채로 천천히 오른쪽 발을 슈즈에 넣었다. 맞춤인 듯 꼭 맞았다. 왼쪽 발도 천천히 넣었다. 완벽한 슈즈였다. 늙고 퇴락한 왕자는 이제 빨간 구두의 추억을 기억 못할 터였다. 그렇지만 이내 또 상기하게 될 터였다.

*

아주 오래된 기억 속의 왕자님은 창문을 향해 모로 누워 있었다. 빨간 구두의 그 여자에게 내주었던 넓은 등은 줄어들었고 든든했던 허리는 약해보였다. 연희를 하늘 끝까지 들어 올렸던 건강한 팔은 말라서 옆구리에 초라하게 붙어 있었다. 창에 드리워진 회색 커튼을 초여름의 인색한 바람이 살짝 흔들다말고 이내 가버렸다. 이십 년 전의 기억은 커튼 뒤에 위태위태하게 숨어있었다. 연희는 기억을 더듬듯 한참 그 자리에 붙박이로

서 있었다. 누구? 인기척을 느꼈는지 천천히 고개를 돌린 아버지가 낯선 표정으로 물었다. 기억 속의 잘 생긴 왕자님은 어디에도 없었다. 짙은 눈썹은 희미해졌고 환하게 빛나던 웃음도 찾아볼 길 없었다. 난 네가 필요하다고 마음을 절절이 표현해오는 남자는 전혀 아름답지 않다. 속을 다 보여주며 매달리고 집착하고 의지해오는 남자는 정말이지 매력이 없다. 최악이다. 매력 없는 남자는 당연히 연희에겐 관심 밖이었다. 지금 내가 누구냐고 물으셨어요? 난 김유리라고 해요. 한때 김태호 씨의 하나밖에 없는 딸, 김연희였던 적이 있었죠. 알아보겠어요? 이해불가의 극간에서 아버지는 한참 눈만 깜빡이다가 되물었다. 그러니까…… 네가 연희? 정말 연희냐? 파르르 떨리는 아버지의 입술을 보며 연희는 조소했다. 연희냐구요? 다시 분명히 말하지만 난 김유리예요. 당신 웃음 하나에 마음을 빼앗기던 연희는 이제 세상 어디에도 없어요. 당연히 김유리에겐…… 아버지 김태호 씨도 없어요. 아버지가 없는 딸에게 부양의무 같은 건 있을 수가 없죠. 이 말 하러 여기까지 왔어요. 이제…… 볼 일 다 봤으니 그럼, 이만 가볼게요. 눈에 힘을 주어 아버지의 얼굴을 똑바로 쳐다보던 연희는 이내 몸을 돌렸다. 허리를 꼿꼿이 세우고, 또각또각 빨간 메리제인 슈즈의 경쾌한 굽 소리를 내며 병실 출입문 쪽을 향했다. 도어 손잡이를 잡았다가 다시 잠깐 멈춰 서서 이내 얼굴을 돌렸다. 그리고는 멍하니 앉은 늙은 아버지를

향해 단호하고 차가운 한 마디를 내뱉었다. 그런데 당신, 지금
보니 정말 매력 없어요.

호치민 연가戀歌

*이 소설은 다큐멘터리 내용을 모티브로 하여 창작되었음을 밝혀둡니다.

*

평번VănBình의 메일대로라면 그의 미싱 공장은 근처가 분명
했다. 호치민에서 삼십 분 거리의 외곽이라 하여 도시 인근 번
화한 공단을 상상했는데, 계속 차를 몰아도 보이는 건 적토의
들판뿐이라 인수는 살짝 짜증이 났다. 드문드문 서 있는 야자
수마저 없다면 길을 잘못 들어섰다고 착각할 정도였다. 생각하
기에 따라 사적인 만남일 수도 있고 공적인 업무일 수도 있겠지
만, 평번의 공장을 찾아 나선 일은 아무래도 잉여 스케줄 같아
귀찮은 마음이 자꾸 섞여들었다. 한국무역협회와 코엑스가 푸
미흥 전시장에서 공동개최한 베트남국제유통산업전에 참가하
고 한국으로 돌아가는 길이라, 몸도 젖은 솜처럼 무거웠다. 미

성의 국내수요가 급격히 줄어들고 있어 동남아 시장에서 판로를 확보하지 않으면 회사의 어두운 앞날은 불 보듯 뻔했다. 이번 산업전시회에 사활이 달려있음을 거듭 강조했던 대표이사의 목소리가 인수의 어깨에 무겁게 내려앉았다. 베트남 내, 건실한 패션 하청업체 오너들에게 오버룩 미싱 리뉴얼 출시를 홍보하고 전시한 제품을 직접 설명하는 일주일의 일정 내내 인수는 잔뜩 긴장했었다. 전시회가 종료 되는대로 서둘러 한국으로 돌아가고 싶었던 탓인지 잉여 스케줄에 자꾸 부담이 섞여들자, 메일 내용을 떠올리며 애써 부정적인 생각을 지워냈다. 사적이든 공적이든, 적어도 평범의 공장을 찾아 나선 길이 회사에 해가 되는 건 아닐 터였다.

국도의 완만한 코너를 돌자 오른편 시야로 불쑥, 허름한 공장이 모습을 드러냈다. 붉은 벌판 한가운데 홀로 뜨거운 햇살을 뒤집어쓰고 서 있는 형상이 꼭 구약성경 속 도피성 같았다. 죄를 지어 사형을 선고받은 자가 성읍과 성읍 사이에 세워둔 도피성으로 들어가면 누구라도 목숨만은 건질 수 있다는 곳. 평범의 공장을 보자마자 왜 개연성 없는 도피성이 떠오른 건지 알 수 없었지만, 목적지를 찾은 것만으로도 다행이라 싶었다. 공장에 들어가면 우선 죽을 것 같은 피로를 내려놓고 잠부터 한숨 자고 싶었다. 주인으로부터 받은 두 달란트든 다섯 달란트든 그냥 땅속에 묻어두고 오로지 그것만 지키며 살 수는 없는지……. 엄청

난 피로가 엄습해왔다.

"안뇽하쎄요. 박인쑤 부쨩님? 처음 만났씁니다. 쩨가 펑번입니다."

가무잡잡하지만 어딘가 친숙한 인상의 중년남자가 공장 입구에 미리 나와 있다가 반색하며 인수를 맞았다. 메일의 표현대로라면, 펑번은 호치민에서 사역하는 이준상 선교사로부터 인수를 소개 받았다고 했다. 의사를 묻지도 않고 새로운 관계망을 만들어버린 이준상 선교사의 행동이 마뜩찮았지만, 그의 사역 상황을 잘 알기에 내색할 수는 없었다. 펑번은 이 년 전 첫 메일을 통해, 자신이 운영하는 의류공장에 양재소잉용 오버록 미싱 다섯 대를 보내줄 수 있는지 문의해왔다. 당시 회사가 제품홍보 차 중견 하청업체에 한정 수량의 미싱을 무상으로 대여하는 전략을 시행하고 있었지만, 영세공장에 무상 판매하는 일은 전례에 없던 터라 나름 고민이 됐었다. 그즈음 걸려온 이준상 선교사의 전화는 판매부장인 인수의 어려운 결정에 한몫을 했다.

"펑번은 라이따이한 출신이에요. 베트남 사회에서 라이따이한이 기업주가 되는 건 거의 불가능한 게 현실인데, 내가 볼 때 참 귀한 분입니다. 실제로 여기 베트남에서 라이따이한은 심한 사회적 차별을 받고 있거든요. 펑번은 우리 교회에 출석하는 라이따이한들을 한 명 한 명 자기 공장에 취업시켜 주고 있어요. 펑번이 내게는 선교의 든든한 동역자입니다."

형의 신학대학 동기인 이준상 선교사의 간청을 들어준다는 명목보다는 내심 회사제품을 홍보한다는 실리적인 목적이 더 앞섰지만, 인수는 그러마고 약속하고 말았다. 대표이사에게는 미싱 홍보만 강조했을 뿐, 선교사며 라이따이한이며 곁가지 내용들은 일체 배제하고 보고했다. 평범의 의류업체가 소규모이긴 하지만 현재 성장세에 있고, 여타 고만고만한 경쟁업체들에게 홍보효과가 있을 테니 시장성이 충분하다고 강조해 대표이사의 오더를 받아냈다. 그러다 평범이 육 개월 전에 또 다섯 대를 보내달라는 요청을 해왔고 그마저 고민 끝에 어렵게 수락했다. 인수로선 쉽지 않은 일이었다. 그런데 삼 주 전에도 다섯 대를 보내줄 수 있는지 다시 문의해왔다. 세 번째 메일을 읽을 때는, 선교를 앞세워 일개 판매부장일 뿐인 인수를 호구로 이용하는 듯해 은근히 화가 났다. 상대방의 곤란한 입장을 조금이라도 배려하는 사람인지 의문마저 들었다.

　이번이 마지막 무상판매입니다. 특정 업체에 과다하게 무상으로 지급하는 것을 대표이사께서 금하고 있어서 더 이상은 곤란합니다. 판매부장으로서 저는 최선을 다했습니다. 앞으로 만약 무상판매 기회가 생긴다면 그땐 제가 먼저 연락드리겠습니다. 기업의 발전을 기원합니다. 안녕히 계십시오. 박인수 드림 짧은 내용 안에 두 번 세 번 분명한 거절의 뜻을 표한 셈이었다. 거절이 어려웠을 뿐, 다시 메일을 받을 일은 없으리라 여기니 멍에를 벗은 듯 홀가분했다. 사업경영에 있어 이윤창출과 관계없는 인정人情은 금물일 터였다. 사실, 영세업체들에게 미싱 몇 대 판매한다고 대단한 영업이익을 올릴 수는 없는 일이었다. 무한경쟁사회에서 회사도 인수 자신도 살아남으려면 베트남 내 급부상하는 중견기업을 찾아 파트너로 삼아야만 했다. 그런 의미에서 이번 베트남국제유통산업전은 활로를 찾을 수 있는 동아줄이었다. 인수의 머릿속에는 온통 전시회를 통한 성공적인 계약뿐이었다.

그런데 지난 주 펑번으로부터 다시 메일이 왔다. 자신의 인생에서 가장 중요한 기념식을 가질 예정인데, 2월10일에 맞춰 호치민에 있는 자신의 공장으로 와줄 수 있느냐는 물음이었다. 실례가 되지 않는다면 꼭 와주기를 바란다는 간절한 당부도 덧붙였다. 인수 입장에선 거듭 추가 무상판매를 요구하는 것만큼이나 어이가 없었다. 영세 의류업체의 기념식까지 찾아다닐 만큼 한가한 사람으로 여기는 시각도 못마땅했을 뿐더러, 미싱 다섯 대를 요구할 만큼 비루한 사업체에서 거창한 인생기념식을 거행한다는 것도 웃기는 일이었다. 불가능한 현실에서 꿈에 그리던 사업주가 되고 보니 촌놈 라이따이한이 세상 돌아가는 걸 몰라도 너무 모른다 싶었다. 2월10일이면 산업전시회가 끝나는 다음날이었다. 애당초 계획은, 9일 오전에 푸미홍에서 협약식을 갖고 오후에 세팅 자료를 철수한 후 밤 열한 시 비행기를 타면 되는 여정이었다. 피곤한 몸을 이끌고 시 외곽에 있는 펑번의 공장에까지 들를 생각은 전혀 없었다. 만약 꼭 하룻밤 더 호치민에서 묵어야 한다면, 차라리 그 시간에 아열대의 낭만을 물씬 느낄 수 있는 나향웅온Nhà hàng Ngon으로 가고 싶었다. 천장이 확 트인 밤의 레스토랑에서 짜조Cho gio에 곁들여 시원한 라임주스라도 마신다면 피로가 확 풀릴 것 같았다.

"이쭌쌍 썬교싸 쪼끔 있으면 와요. 와서 감싸해요. 공장에서 하루 쉬요. 내일 오전 감싸패 받으요."

"제가 감사패까지 받을 정도는 아닙니다만……. 대표이사께서 베트남 방문 기회에 무상판매업체까지 다 둘러보라고 하셔서 온 것뿐입니다."

연유는 아무런 상관없다는 듯 펑번은 연신 빙글빙글 웃었다. 인수는 눈앞의 작달막한 남자가 왜 즐겁기만 한지 이해할 수 없었다. 산업전시회를 통해 몇몇 업체가 신제품에 긍정적인 반응을 보이긴 했지만 긴장을 늦출 수는 없었다. 한국으로 돌아가자마자 머릿속에 맴돌고 있는 대상 업체별 세부전략을 짜고 공격적인 투자조건을 확정해야 했다. 내일 오전 기념식을 마치고 다른 영세업체 두어 군데를 더 둘러볼 생각에 인수는 마음이 급했다. 저절로 얼굴이 찌푸려졌다. 산업전시회에 참여하는 김에 유상판매와 무상판매를 불문하고 베트남 시장을 다 둘러보고 현황과 전망에 관한 완벽한 보고서를 올리라던 대표이사의 매운 말이 회상만으로도 서늘했다.

*

"내일 기념식은 특별한 행사예요. 참석해보면 박 부장님에게도 인상적인 기념식이 될 겁니다."

돼지고기를 튀겨 만든 깜슨을 썰며 이준상 선교사는 인수에게 위로를 건넸다. 펑번VănBình이 아내 바우롭Bảo Ngọc과 함께 직접 만들어 낸 저녁 만찬이 피로에 절었던 인수의 몸을 한결 느긋하게 풀어주었다. 깜슨 외에도 물에 쪄내 부드럽게 말린 고이 꾸온과 파인애플볶음밥이 메인 요리로 올라오고, 시원한 조개국인 먹 라우 뉴, 각종 야채들이 더해져 푸짐하게 식탁을 채웠다. 호치민 시내와 동떨어진 외진 공장이지만, 백 명의 직원들이 매일 먹는 음식을 혼자 요리해낸다는 바우롭의 집과 식탁이 따뜻해보였다.

"도대체 뭘 기념하는 식인가요? 펑번에게 아직 물어보진 않았습니다. 전 단지 호치민에서 일주일 간 열린 산업전시회에 참석한 김에 잠깐 들른 것 뿐입니다."

기념식 따위에 큰 관심이 없음을 강조하지 않으면 안 될 것처럼 인수는 안 해도 될 변명을 연신 덧붙였다.

"아! 그래요? 정말 다행입니다. 어떻게 일정이 그렇게 정확하게 맞았는지⋯⋯. 그 또한 하나님의 은혜입니다."

"선교사님은 모든 걸 은혜로만 해석하시네요. 죄송합니다만, 팍팍한 판매일정을 소화한 제겐 잘 와 닿지 않습니다."

"사실은 펑번이 어려운 가운데서도 드디어 공장에 미싱 백 대를 구비하게 됐거든요. 그 말은 곧 백 명의 라이따이한을 채용하게 됐다는 뜻입니다. 라이따이한 공동체는 펑번이 어릴 때부터 품어온 꿈이었어요. 자신이 굉장히 어렵게 성장하다 보니 동병상련, 같은 라이따이한을 위한 꿈을 갖게 된 거죠. 그런데 내일이 백 번째 직원이 채용되는 날입니다. 개인적인 차원이 아니라 사회적인 차원의 기념식이라고 봐야겠죠."

라이, 경멸의 의미가 포함된 잡종의 뜻. 따이한, 대한大韓의 베트남 식 발음. 곧 베트남 전쟁에 참여한 한국군 아버지와 베트남 어머니 사이에서 태어난 잡종, 혹은 베트남과 경제교류 재개 후 생긴 신新 혼혈이란 뜻의 합성어. 출장으로 베트남을 여러 번 오가며 라이따이한의 존재는 이미 알고 있었지만 그들에 대해 진지하게 생각해본 적도 없었고 관심도 두지 않았다. 먹고 살아야하는 인수에게 베트남은 그저 기술력이 한참 모자란, 물 좋은 수요처일 뿐이었다.

"라이따이한의 삶이 그렇게 어려운가요?"

"반공주의 이념으로 파병된 사람들의 자식이니까요. 사회주의 국가에서 볼 땐 적군의 자식일 뿐입니다. 전쟁에서 보여준 베트남의 끈질긴 저항의식을 잘 아시잖아요. 외국인과의 혼혈이라는 자체만으로도 배척의 대상이 될 텐데 적군의 자식이라는 주홍글씨까지 가슴에 달고 살자니 이중의 고통을 받을 밖에요. 삶의 근간이 되는 교육 기회까지 박탈당하다 보니 당연히 지식적으로든 직업적으로든 하층민의 삶을 살게 되죠. 차별과 수모가 일상적으로 일어납니다. 프랑스가 프랑스 식민지 시절 태어난 혼혈인들을 자국으로 이주시켜 국가가 책임지고 가르치고 돌봐왔던 것과는 확연히 다른 모습이죠. 아버지가 한국으로 떠나고 일방적으로 남겨진 모자母子의 삶이 힘든 건 당연하겠죠."

볶음밥을 먹고 있는 행복한 펑번의 표정에선 도저히 읽어낼 수 없는 어두운 얘기였다. 사업 수주 파트너의 가치로는 별 볼 일 없는 영세업체 수준이지만, 생각해보면 한국에서도 백 명의 직원을 거느린 사업주가 되기는 쉽지 않은 일이었다. 사회적으로 아무것도 보장받지 못한 라이따이한이라면 맨 몸으로 바닥에서부터 시작했을 터, 순간 펑번이 사업을 일군 과정이 궁금했다. 인수는 시원한 국물을 마시면서 새삼 1974년생 마흔 다섯 살, 자신과 동갑내기인 펑번의 얼굴을 유심히 바라보았다. 펑번의 눈매가 한국인의 것에 가까운, 가늘고 얇은 홀꺼풀이었다. 처음 만났을 때 어딘가 익숙한 인상이라 여겼던 것은 눈매에서

나오는 극동아시아인의 분위기였던 것이다. 한국 땅에서 한국
인 부모 밑에 태어나 평범하게 자란 자신의 삶과 어떻게 달랐을
지 상상해보는데, 문득 평번의 몸속을 흐르는 피도 자신의 것과
동일하다는 생각에 인수는 아주 잠깐 진지해질 뻔했다.

"그럼 평번은 힘든 환경에서 어떻게 사업주가 될 수 있었습
니까?"

이준상 선교사가 평번에게 직접 답하라고 권하자 평번은 환
한 미소를 머금은 채 즉답했다.

"쫓은 아버찌 만나써요."

"좋은 아버지요? 전쟁 후에 아버지는 한국으로 철수하지 않
았나요?"

"우리 아버찌 다시 왔씁니다."

"다시 와요? 아버지가 베트남에 계세요?"

"평번의 사연이 좀 길어요. 인생에 얽힌 사연을 몇 마디로 요
약해 얘기한다는 게 어불성설이긴 하지만……. 또 사연 없는 인
생이 어디 있겠습니까만……."

이준상 선교사는 가벼운 한숨을 쉬고는 평번의 사연을 천천
히 풀어냈다.

"평번의 아버지 박정훈 씨는 군수물자 용역업체 총각직원이
었는데 전쟁이 일어나자 베트남으로 발령 받아와서 일했습니
다. 현지인의 통역이 필요해서 영어가 가능한 여대생 메이Mae

를 고용했는데, 육 개월여 함께 일하면서 사랑의 감정이 생겼나 봅니다. 메이는 성품이 따뜻하고 전시戰時에도 침착함을 잃지 않는 강인한 여자였다고 합니다. 서로 짧은 영어로 대화할 수밖에 없었지만 흰 아오자이를 입은 메이의 청순한 모습에 박정훈 씨는 사랑을 고백할 수밖에 없었다고 합니다. 결혼을 약속한 두 사람은 전시의 여건 상 결혼식은 미루고 함께 살았습니다. 타국에서의 외로움과 전시 상황의 두려움을 메이의 품에서 잠재울 수 있었겠지요. 이듬해 아들이 태어났습니다. 베트남 땅에 어서 평화가 깃들기를 기원하며 아들의 이름을 펑빈VănBình이라고 지었어요. 아들과 함께 두 사람은 세상 누구보다 진실하게 사랑했고 행복했다고 합니다. 아들이 두 살 되던 해 전쟁은 종결되었지만, 박정훈 씨는 공산당이 승리한 베트남으로부터 추방당하고 말았습니다. 아내와 아들과 생이별이나 다름없는 추방령으로 한국으로 돌아간 박정훈 씨는 어떤 방법으로든 베트남으로 다시 오려고 했습니다. 하지만 돌아올 방법이 없었습니다. 비행기로 다섯 시간이면 올 수 있는 거리였지만 굳게 닫힌 장막은 오십 년이 지나도 열릴 것 같지 않았겠지요. 우리가 다 냉전시대를 경험하지 않았습니까. 기약 없는 사상의 장막이 얼마나 강해보였습니까. 박정훈 씨는 부모님의 종용과 현실을 거스를 수 없어 몇 년 뒤 한국 여자와 결혼해 평범한 가정을 꾸렸습니다. 박정훈 씨와 펑빈은 따로 인 채 십칠 년 간 서로를 그리워하며 살았던 거죠.”

“그랬군요. 한국과의 교류가 완전히 막혀버렸으니……. 헤어져 사는 동안 펑번은 열여덟 살 청년이 됐겠네요. 메이는 홀로 혼혈아들을 키우느라 고생했을 테구요.”

“아뇨. 메이는 박정훈 씨가 한국으로 떠난 후 이 년 뒤에 죽었습니다. 적국의 여자라 하여 병원 치료도 제대로 못 받았으니 정확한 병명도 모르고 죽은 셈이죠. 네 살배기 펑번은 바로 고아원에 맡겨졌고요. 문맹인 채로 열다섯 살부터 고무공장에 취업해 매일 열여덟 시간씩 노동하면서 혹독한 삶을 살았습니다.”

한 번도 진지하게 생각해보지 않은 베트남 전쟁이 개인의 인생을 할퀴고 회복할 수 없는 상처를 남겼음을 인수는 처음 목도하는 기분이었다. 순수하기 만한 펑번에게선 쓰디쓴 고난이나 표리의 모습을 찾아내기 어려웠다.

“1992년 한국과의 수교가 이루어지자마자 박정훈 씨는 베트남으로 달려와서 메이 모자를 찾았습니다. 메이의 죽음을 알았을 때 얼마나 힘들었겠습니까. 박정훈 씨가 펑번이 일하는 공장에 도착했을 때 뜨거운 용광로 앞에서 고무 물을 끓이는 아들을 보고는 말을 잇지 못했다고 합니다. 펑번에게 아버지인 걸 고백하고는 그 자리에서 무릎을 꿇고 용서를 구했다고 합니다.”

문득 두 해 전에 돌아가신 아버지 생각에 인수도 마음이 아팠다. 평생 공장에서 삼교대 근무를 하면서도 아들의 입학식과 졸업식, 입대식에 한 번도 빠지지 않고 참석했던 아버지의 모습이 새삼 눈에 선했다. 자상한 표현은 없었지만 아들을 바라보며 늘 흐뭇하게 웃던 얼굴도 새삼 그리웠다. 자신에게 처음 찾아왔을 때 눈물로 얼룩졌던 아버지의 얼굴을 회상하는지 펑번의 눈동자가 일순 흔들리는 게 보였다.

"고아원에서 펑번을 데리고 나온 박정훈 씨는 호치민 시내에 작은 집을 마련하고 문맹인 아들에게 글을 가르치는 한편, 미싱 기술과 재단 기술을 배우게 했습니다. 한국의 아내에게 양해를 구하고, 오 년 동안 보름씩 일정하게 한국과 베트남을 오가며 펑번을 돌보고 가르쳤다고 합니다. 펑번이 기술을 익히자 직원 한 명을 고용해 공장을 마련해주었고요. 미싱으로 전통 아오자이를 생산하는 공장이었는데 현재 이 공장의 모태가 된 겁니다."

"아, 그런 사연이 있었습니까. 펑번에겐 사업체가 아버지나 다름없겠습니다."

"사업체가 엄마 메이의 상징이기도 하죠. 박정훈 씨의 바람대로 사업체 이름도 메이패션인 걸요. 하얀 아오자이를 입은 천사, 메이를 잊지 못하는 박정훈 씨의 마음이 담긴 상호니까요."

이준상 선교사의 이야기를 듣는 펑번의 얼굴에도 설명할 수 없는 슬픔이 언뜻 묻어났다. 흩꺼풀의 눈매에 어린 우수가 무어라 형용할 수 없는 애조를 느끼게 했다. 자의 밖의 운명, 섞일

234

수 없는 거대한 문명과 문명이 펑번의 작은 눈에 다 담겨있음을 인수는 언뜻 본 것도 같았다.

"한국과 베트남을 오가는 동안 얼굴이 검어지고 점점 마른 다 싶던 박정훈 씨가 간암 투병 중이었다는 걸 펑번은 그의 죽음 직전에야 알았습니다. 보름은 한국, 보름은 베트남에서 머물던 박정훈 씨가 한동안 한 달 넘게 베트남으로 오지 않아 이상하다 여긴 적이 있었다는데, 간의 일부를 잘라내는 대수술을 받았다는 사실도 알게 됐습니다. 마지막 베트남 방문 때, 박정훈 씨는 야윈 얼굴로 펑번의 손을 잡고 다시 용서를 구했다고 합니다. 펑번이 아버지가 죽었다는 소식을 들은 건 한 달 후였습니다. 서울에서 아버지의 아내가 보내온 편지를 통해서였지요. 이미 장례식을 잘 마쳤고 화장火葬해서 유해를 안치했으니, 이제 그만 한국은 잊어달라는 내용의 편지였다고 합니다. 편지에, 남편은 평생 메이와 펑번 두 사람을 애타게 그리워하다 병이 든 게 분명하니 사실은 펑번 당신이 내 남편을 다 가진 셈이었다는 위로 아닌 위로도 덧붙여져 있었다고 합니다. 펑번이 한국으로 병문안을 가는 것도, 장례식에 참석하는 것도, 가족 앞에 모습을 드러내는 것도 반대했던 아버지의 아내이고 보면 간단하나마 편지를 보내준 건 죽은 남편을 위한 마지막 배려였겠지요."

"쪼금 쓸품 있찌만 아버찌 아내 마음 알 쑤 있써요. 남편 다른 여자 있써서 아들 있쓰면 아무도 좋아할 쑤 없써요. 오 년 동안 아버찌 베트남 오게 허락한 아버찌 아내 감싸해요."

어렵게 고백하는 펑번의 눈에 눈물이 맺혔다. 곁에 앉은 아내 바우룹이 손수건을 건네자 부끄러운 듯 웃으며 눈물을 닦았다. 아버지를 생애 마지막 오 년간 베트남을 오가며 살도록 허락해준 것도 결국 아버지의 아내란 걸 생각하며 펑번은 진심으로 감사하는 것 같았다. 멋쩍게 웃으며 펑번은 지갑 속에 간직해 둔 쪽지를 꺼내 인수에게 건넸다.

"아버찌 마찌막 편찌입니다."

작은 쪽지는 박정훈 씨 아내가 보낸 편지에 동봉돼 있었다고 했다. 박정훈 씨가 아들 펑번에게 남긴 마지막 쪽 편지였다. 약한 필압과 흘러내린 글씨체에서 죽음을 앞두고 어렵사리 썼다는 걸 짐작할 수 있었다. 쪽 편지를 동봉할지 말지 고민했을 박정훈 씨 아내의 고뇌도 함께 느껴졌다.

사랑하는 아들 펑번.

예전에는 이념 때문에 네 엄마 메이와 너를 지켜주지 못했는데 이젠 병 때문에 너를 지켜주지 못하는구나. 네기 스물세 살이리지만, 내 눈엔 여전히 헤이질 때의 두 살 어린 아기로만 여겨진단다. 너와 헤어져 있던 십칠 년 동안 마지막 봤던 두 살 아기의 모습만 너무 그리워했기 때문일까? 엄마 메이와 너를 정말 사랑한다. 펑번, 메이의 사랑이 항상 너와 함께 하는 것처럼 내 사랑도 항상 너와 함께 할 거야. 너를 만나 겨우 오 년을 함께 했을 뿐인데 이제 떠나야하는구나. 미안하고 또 미안하다. 너와 다시 헤어지는 건 슬프지만 천국에서 메이와 만나게 될 걸 생각하면 또 기쁘단다. 펑번, 엄마 메이의 사랑이 헛되지 않았으면 좋겠다. 타국에서 온 낯선 청년을 믿고 인생을 맡겨준 메이의 따뜻한 사랑을 펑번이 다른 사람들에게도 나눠주면서 살면 좋겠구나. 평생 나누는 아름다운 삶을 살아가렴. 펑번이 서 있는 땅에 펑번을 통해 진정한 평화가 찾아오길 바란다. 펑번, 평화라는 너의 이름 뜻 그대로 살아가기를 기도한다. 그것이 나와 메이의 영원한 소망이란다. 내 아들 펑번, 사랑하고 또 사랑한다.

왜 하필 아오자이 생산업체인지 묻고 싶었던 내심을 들킨 것 같아서, 미싱을 구걸이나 하는 뻔뻔한 업체로 여겼던 편견도 들킨 것 같아서 인수는 가만히 고개를 숙였다. 펑번의 아픔 때문인지, 박정훈 씨의 사랑 때문인지, 수많은 인생에 회한을 만든 비정한 역사 때문인지 알 수 없으나 그 어떤 것이든 고개를 숙이게 만드는 숙연함이 마음을 채웠다. 가만히 바라보던 이준상 선교사가 부연했다.

"그래서인지 펑번은 지금도 사업의 순이익을 직원 수만큼 나누어서 경영자인 자신도 직원들과 동등하게 급여를 받고 있습니다. 어렵게 살아왔다고 해서 아무나 할 수 있는 일은 아니죠. 메이와 박정훈 씨의 아들답지 않나요?"

아버지의 유언을 따라, 다른 사람과 나누며 살려고 지난 이십 년 간 직원 한 명에서 백 명으로 사업체를 키워올 때까지 펑번이 얼마나 각고의 노력과 심혈을 쏟아왔을지 짐작이 됐다. 그는 주인으로부터 한 달란트를 받아 백배의 결실을 거둔 사람이었다.

*

기념식 준비는 전 직원이 함께 힘을 모아 순식간에 이루어졌다. 공장 입구에 100명 직원 달성! 한글로 쓰인 플랜카드가 당당하게 붙었다. 작업장엔 백 대의 미싱에 파란 리본이 앙증맞게 묶였고 천장엔 다양한 색깔의 풍선도 달렸다. 특별히 백 번째 미싱은 새 신부 마냥 하얀 레이스 천으로 덮어 신랑 될 새 직원을 맞을 준비를 해 놓았다. 마당엔 뜨거운 태양을 가리기 위해 여러 개의 커다란 차일이 펼쳐지고 그늘 아래로 십여 개의 넓고 기다란 식탁들이 마련되었다. 식당에서는 쌀국수 고명으로 얹을 돼지고기를 한참 삶았고 식탁 위엔 산더미 같이 쌓인 야채와 수분 가득한 열대과일이 차려졌다. 차일 한쪽엔 남자 직원 서넛이 깜슨 요리를 위해 불을 지피려고 준비하고 있었다. 남자 직원 모두 말쑥하게 차려입었고 여자 직원들은 히니같이 히얀 이 오자이를 입었다. 백여 명의 떠들썩한 잔치자리가 될 것 같았다. 그런데 초대된 손님은 이준상 선교사와 인수, 그리고 초로의 여인 한 사람 뿐이었다. 사회적인 차원의 기쁜 기념식 치고는 손님 수도 손님의 위상도 턱없이 초라했다. 모두가 흥분으로 상기된 얼굴인데 손님으로 온 여인의 얼굴만은 슬픔에 잠긴 듯 숙연한 분위기를 풍겼다.

"안녕하세요, 저는 메이패션에 구십다섯 번째로 채용된 꾸안 Quân입니다. 오늘 아름다운 기념식을 하게 돼서 기쁩니다. 드디어 백 번째 직원을 채용하게 된 날입니다. 펑번 사장님의 꿈이자 우리의 꿈을 이루게 된 걸 다 같이 박수로 축하합시다."

발음이 완전히 매끄럽진 않지만 한국말을 잘하는 청년이 사회자로 나서서 첫 인사를 건넸다. 꾸안은 피부가 가무잡잡한 한국 청년 같았다.

"꾸안은 신新 라이따이한이에요. 1992년 수교 직후에 사업차 베트남을 방문한 한국인 아버지와 베트남인 어머니 사이에서 태어났습니다. 올해 스물세 살인데 언젠가 아버지를 만나면 자유롭게 대화하고 싶어서 어릴 때부터 죽어라 한국어 공부했다고 합니다. 언어구사능력이 거의 한국인 수준이에요. 그런데 어렵사리 아버지 찾으러 한국 갔다가 철저하게 외면당하고 왔습니다. 아버지가 중견기업의 사주라는데……. 아들인 걸 인정하지 않나 봅니다. 배신감에 한때 친자소송을 할까 생각도 했답니다. 펑번이 그 얘길 듣고는 꾸안에게 원망은 다 접고 자기 공장으로 오라고 했죠."

이준상 선교사가 속엣말을 하며 안타까워했다. 한국어를 저토록 능숙하게 익히기까지 꾸안이 한국에 있는 아버지를 향해 가졌을 기대와 소망, 그에 비례한 원망의 깊이가 인수의 마음을 찔렀다. 인생의 슬픔이란 것은 99.9 퍼센트 의지와 상관없는 슬픔이란 것을, 그 슬픔을 이기기 위한 인간의 노력이 턱없이 허무하다는 것을 인수는 새삼 다시 느꼈다. 오늘만큼은 가족사에 맺힌 슬픔을 잊었는지 꾸안은 명랑한 목소리로 멘트를 이어갔다.

"평번 사장님이 오늘은 꼭 한국어로 기념식 하고 싶다고 해서 한국어로 사회 보고 있는데, 이준상 선교사님과 박인수 부장님 듣기에 발음이 나쁘더라도 이해해 주시기 바랍니다. 평번 사장님은 미싱 한 대가 들어올 때마다 라이따이한 한 사람씩 데리고 와서 기술을 가르치고 일하게 해주셨습니다. 백 번째 직원이 들어온 오늘 사장님에게 정말 기쁜 날이지만, 백 번째 형제를 만난 우리도 똑같이 기쁜 날입니다. 오늘의 주인공, 메이패션 백 번째 직원을 소개합니다. 우리와 같은 라이따이한, 한국인이면서 베트남인인 중융Trung Dũng을 소개합니다."

깨끗하게 양복을 차려입은 중융이 마이크 앞에 서자 기립박수와 함께 환호성이 디져 나왔다. 이색하게 선 중융은 한침 무슨 말인가를 하려다 울먹이고 말았다. 눈물을 보이지 않으려고 뒤로 돌아섰다. 꾸안이 격려하듯 중융을 외치자 모두가 따라 중융을 반복해 외쳤다. 직원들의 격려에 힘을 얻은 중융이 다시 고개를 돌려 직원들을 감격어린 눈으로 바라봤다.

"나는 인쌩 끝난다 알았씁니다. 아무것도 안 보여써요. 취찍 안 되고 엄마 병들고 아버찌 어디 있는찌 알찌 못하고…… 힘 많이 들었씁니다. 그런데 내 아픔 짤 아는 형쩨들 있는 거, 같이 일하는 거 너무 내 가쓱 감싸합니다. 행뽁합니다. 평번 싸장님 처럼 좋은 싸람 돼서 아버찌 다시 찾아갑니다. 내가 도움 주는 싸람 돼서 아버찌 당당하게 만납니다. 싸장님, 그리고 여러분 모두 많이많이 감싸합니다."

여자 직원이 중융에게 꽃다발을 건넨 후 작업실 내 그의 자리로 인도했다. 새 신랑이 된 듯 중융은 떨리는 손으로 하얀 레이스 천을 걷고 아오자이 본을 따라 미싱을 작동시켰다. 둘러싼 직원들이 환호성을 지르고 서로 돌아가며 중융을 따뜻하게 안아주었다. 중융은 봇물 터진 듯 또 울었다. 호치민의 조용하고 한적한 외곽, 붉은 벌판 위에 지어진 외딴 공장에서 벌어지는 눈물의 축제가 낯설지만 감동으로 다가왔다. 인수는 다시금 이곳이 꼭 구약시대 도피성 같다는 생각이 들었다. 고의적 살인이 아닌 우발적 살인을 한 경우, 그곳으로 도망가 일정기간 생명을 보호받을 수 있도록 신이 마련해 놓은 성역聖域. 과정은 외면한 채 무조건 살인으로만 판결 짓는 오류에 빠지지 않도록 마련된 사회적 장치. 도피성으로 도망하는 자는 살 수 있었다. 게을러서 사회적 약자가 된 것이 아닌데, 자의와 상관없이 천대받는 현실에서 도망쳐 평번의 공장에 모여든 라이따이한들. 그렇다면 펑번은 라이따이한을 구원하기 위한 도피성의 제사장인지도 모르겠다는 엉뚱한 생각이 들었다. 제사장이 죽은 후에는 자신의 땅으로 자유롭게 돌아간 도피성의 죄인들처럼 펑번의 공장에 모인 라이따이한들도 펑번의 퇴임 후에는 자신만의 땅에서 새롭게 자립할 수 있지 않을까 하는 소망을 인수는 문득 품어보았다.

개인사와 사회사가 맞물린 과제 앞에서 잠깐 숙연해진 인수의 귀에 옆에 앉은 여인의 울음소리가 들려왔다. 초대 손님으로 온 초로의 여인이었다. 너무 기뻐서 흘리는 눈물인지 슬퍼서 참지 못한 눈물인지 쉽게 분간이 안 됐다. 펑번과 직원들이 중용을 위해 모두 작업실로 늘어가자 이준상 선교사와 인수, 그리고 여인, 세 사람만 남았다.

"저 여자 분은 누군가요? 왜 울고 있는지……"

"펑번의 이모예요. 그러니까 죽은 메이의 하나밖에 없는 여동생 홍늉hồng nhung입니다."

"그래요? 그렇다면 오늘 같은 날, 언니 생각이 더 간절해지겠네요."

"그것 때문만은 아닐 겁니다. 조카를 홀로 고생하게 한 죄책감이나 회한 같은 게 더 강하지 않을까요?"

"펑번의 이모는 한국어를 알아듣지 못하나요?"

"예, 전혀."

"그러고 보니 이상하네요. 펑번에게 외가 가족들이 있었을 텐데 손자나 조카에게 왜 전혀 도움을 주지 않았던 걸까요? 펑번이 고아원에서 자라도록 왜 그냥 내버려뒀을까요? 죽은 언니를 생각하면 불쌍한 조카를 거둬줬을 법도 한데."

이준상 선교사는 아린 듯 희미하게 웃었다. 기막힌 사연을 가진 라이따이한들을 대상으로 이십 년 넘게 선교활동을 해온 그의 희끗희끗한 머리가 새삼 눈에 들어왔다. 그의 가슴에도 수많은 라이따이한들의 회한이 함께 묻혀있으리란 짐작에 잠시나마 그를 원망했던 시간이 미안했다.

"선택의 여지가 없었겠지요. 언니가 죽은 후에 조카를 데려다 키우고 싶었겠지만, 아시다시피 베트남 전쟁은 사회주의의 승리로 끝나버린 걸요. 자본주의자와의 사이에서 아이가 태어난 가족은 몰살당하는 흉흉한 시절이었습니다. 누군들 가족 몰살을 무릅쓰고 아이를 키울 수 있다고 장담하겠습니까. 아이를 키우고 있지 않는데도 언니가 자본주의자와 살았다는 이력 때문에 끊임없이 감시와 의혹을 받으며 지냈다고 하니 홍능도 큰 피해자인 셈이지요. 자본주의자와 피를 섞은 집안의 여자라 결혼도 못했다고 합니다. 우리는 홍능을 다 이해할 수 있는데, 홍능은 조카를 외면한 자신을 용납할 수 없나봅니다. 시간이 아주 많이 흘렀는데도 말입니다. 평생 죄책감에 갇혀 살았습니다. 홍능을 볼 때마다 펑번도 마음 아파합니다. 자신의 출생으로 이모의 인생까지 망쳐놓았다 생각하기 때문이겠죠. 박정훈 씨가 죽은 뒤로 이제 두 사람은 서로에게 유일한 핏줄이 됐습니다.

"홍눙과 펑번은 그럼 언제 다시 만난 건가요?"

"한베 수교가 이루어지고 펑번의 아버지가 다시 베트남으로 돌아와서 펑번을 찾은 뒤에 수소문해서 홍눙도 찾았습니다. 홍눙도 그때는 부모님 다 돌아가시고 혼자 고생하고 있었다고 합니다. 우리 교회에는 홍눙이 먼저 왔었어요. 영문학을 전공한 제 아내가 라이따이한 선교사업 일환으로 무료영어교실을 운영했었거든요. 아내에게서 영어를 배우는 중에 크리스천이 된 거죠. 그리곤 일 년 뒤쯤 홍눙이 펑번을 전도해서 왔습니다. 그때 펑번은 아버지 도움으로 공부와 기술을 배우는 중이었어요. 결국 홍눙과 펑번을 살린 건 그의 아버지 박정훈 씨였어요. 생각해보면 참 귀한 분입니다. 한국에 아내와 자녀들을 둔 상태로 오 년 세월을 보름마다 베트남을 오가며 펑번을 지켰으니까요."

간암이 젊은 몸에 깃들 만큼 메이와 펑번을 향한 그리움이 사무치고 사무쳤던 한 남자, 한국의 처자식에게 느끼는 미안한 마음과 펑번에게 느끼는 죄책감을 동시에 안고 오 년 간 봇물 같은 사랑을 쏟아 부었던 남자, 가엾은 아들이 세상에서 당당하게 나누며 살기를 소망했던 남자, 죽음 앞에서도 소망을 가지고 의연했던 남자, 박정훈이라는 한 남자의 진실한 초상이 인수의 눈 앞에 어른거리는 듯했다.

"예, 이제 펑번 사장님의 소감을 들어보는 시간입니다. 우리가 존경하는 펑번 사장님이 꿈을 이룬 것을 축하드립니다. 사장님, 나와 주세요."

뜨거운 박수소리에 주위를 둘러보니 백 명의 직원들이 어느새 자리로 돌아와 앉아있었다. 펑번을 맞이하는 그들의 얼굴이 한 점 어둠 없이 밝고 행복해 보였다. 진심어린 환대를 보자니, 생계의 줄을 잡고 있는 기업주에게 보이는 의례적인 환대에 익숙한 인수에겐 부러운 풍경으로 다가왔다. 무더운 날씨에도 양복을 깔끔하게 차려입은 펑번이 나와서 깍듯하게 허리를 접어 겸손하게 인사했다.

"쩨가 오늘 한국말로 이야기 하는데 발음 안 좋아서 편지 썼씁니다. 부끄럽찌만 한국말 번역기 썼씁니다. 한국말 최고인 꾸안이 대씬 읽어 쭙니다."

얌전하게 접은 편지를 꾸안에게 건넨 펑번은 한쪽으로 비켜섰다. 편지를 펼친 꾸안은 목이 메는지 잠깐 머뭇거리다 천천히 읽어 내려갔다.

"오늘은 모국어가 아닌 아버지의 나라 말로 이야기하고 싶었습니다. 저와 여러분은 분명한 베트남 사람입니다. 그리고 동시에 한국인의 후예입니다. 아버지 나라 한국은 우리에게 상처와 아픔을 주었지만, 그래도 우리는 여전히 한국을 사랑합니다. 왜냐하면 우리의 나라니까요. 세월이 많이 흐르면 우리 후손들은 한국에 대해 사랑도 미움도 없는 편안한 시선을 갖게 되겠지요. 그러나 우리 피 속에 흐르는 한국을 어떻게 지울 수 있겠습니까. 한국인이 저의 아버지처럼 좋은 사람이든, 대부분 라이따이한의 아버지들처럼 나쁜 사람이든 우리가 한국인의 자손인 것은 분명한 사실이니까요. 우리는 동정을 원하지 않습니다. 무엇을 해달라는 것도 아닙니다. 아버지 나라에 대해 바라는 것은 한 가지 뿐입니다. 우리를 숨겨야할 부끄러운 존재로 여기지 말아달라는 것입니다. 나의 아버지가 그랬던 것처럼 역사 때문에 생긴 우리 존재를 그대로 인정해 주는 것, 서로를 따뜻한 인간적 시선으로 바라보는 것, 오직 그것뿐입니다."

라이따이한 직원들의 박수가 터져 나왔다. 인수는 이유 없이 부끄러워 고개를 숙였다. 이준상 선교사도 가만히 눈을 감고 듣고만 있었다.

"오늘 우리의 형제 쭝융이 백 번째 직원이 되었습니다. 이 기쁨은 저의 노력이 아닙니다. 우리를 불쌍히 여긴 신께 너무 감사하고, 나에게 꿈을 심어준 아버지에게 너무 감사하고, 함께 힘을 모아준 여러분에게 감사합니다. 그리고 무엇보다 선교활동을 통해 여러분을 교육시키고 이곳으로 보내 취업의 길을 열어준 이준상 선교사님께 감사합니다. 여기에 오셨습니다. 우리 크게 박수를 보내드립시다."

이준상 선교사는 눈시울이 젖은 채로 일어나 평번과 직원들을 향해 구십 도로 허리를 접어 정중히 인사했다. 직원들이 환호를 보냈다. 한베 수교 후 사회주의 정권하의 베트남에 들어가 온갖 감시와 탄압, 가난 속에서도 라이따이한을 위해 묵묵히 선교활동을 펼치고 있는 그의 얼굴을 인수는 새삼 가만히 바라보았다. 그러면서 그를 여전히 지치지 않도록 이끌고 있는 꿈의 깊이에 대해 잠깐 생각해봤다.

"그리고 먼 길까지 방문해주신 한국미싱 박인수 부장님께도 깊은 감사를 드립니다. 부장님은 여건이 어려운데도 불구하고 한국 최고의 미싱을 열다섯 대나 우리에게 보내주었습니다. 정말 큰 사랑을 입었습니다. 너무너무 감사합니다. 미싱이 필요했던 건 아오자이를 많이 생산해서 돈을 더 벌려는 욕심이 아니었습니다. 한 사람이라도 더 일자리를 마련해주고 싶었기 때문입니다. 숫자가 중요한 건 아닙니다. 그렇지만 아버지가 공장을 마련해 주었을 때 한 명에서 시작했으니까 백 명이 되게 하고 싶었습니다. 아버지가 나에게 준 사랑을 백배로 키워서 사람들에게 나눠주고 싶었습니다. 그 꿈을 이루게 도와주신 박인수 부장님, 소개합니다. 큰 박수 보내줍시다."

과분한 감사의 시선에 인수는 이래저래 부끄러워서 얼굴이 붉어졌다. 고개를 푹 숙인 채 겨우 일어나 인사만 했다. 순전히 이준상 선교사와의 안면 때문에 이루어진 새로운 관계망이 마뜩찮았고, 평번의 간청보다는 실리적인 목적으로 미싱을 보냈던 검은 진심이 부끄러워 도저히 고개를 들 수 없었다. 라이따 이한에겐 관심조차 두지 않았으나 결과적으로 선인善人이 돼버린 인수는 그들의 박수와 환호가 자신의 것이 아니기에 미안했다.

"마지막으로 감사드릴 분은 엄마 메이의 하나뿐인 여동생이자 나의 유일한 혈육인 이모 홍눙입니다. 홍눙은 나 때문에 혼자 살아야 했고 나 때문에 감시를 받아야 했고 나 때문에 평생 죄책감에 시달리며 살아야 했습니다. 백배의 열매를 거둔 오늘, 홍눙도 모든 죄책감으로부터 자유로워지기를 바랍니다. 이제 언니 메이와 조카 펑번을 자랑스럽게 여겨주길 바랍니다. 홍눙의 안타까움이 하늘에 닿아 신의 마음을 움직였고 그 은혜로 내가 이 자리에 있는 것이라 믿습니다. 홍눙은 저의 진정한 은인입니다. 홍눙, 이모의 사랑에 감사합니다."

옆에서 꾸안의 낭독을 가만히 듣고 있는 펑번의 눈에도, 자리에 앉아 조용히 통역을 듣고 있는 홍눙의 눈에도 눈물이 흘러내렸다. 홍눙에게 다가간 펑번은 울고 있는 그녀를 천천히 일으켜 세우고 따뜻하게 손잡았다. 직원들의 박수 속에서 두 사람은 서로 포옹한 채 한참을 울었다. 울게 되리라곤 상상조차 못했던 인수의 눈에도 스며들 듯 눈물이 맺혔다. 붉은 벌판 위의 도피성에서 벌어지는 눈물의 잔치를 아는 듯 모르는 듯, 남국의 뜨거운 태양은 펼쳐진 차일 위로 밝은 빛 무더기를 쉴 새 없이 분사했다. 인수는 고개를 들어 태양빛이 부신 듯 눈을 비비며 애써 눈물을 감췄다.

이마고Imago

FM 라디오에 흐르는 아나운서의 부드러운 목소리가, 지난 밤 숙면하지 못한 무거운 머리를 한결 맑게 합니다. 출근길, 차창을 다 열어 가로수 초록 잎을 흔들고 날아온 바람을 가슴 가득 마셔 봅니다. 당신이 보낸 바람일까요. 그저께처럼 어젯밤 꿈도 평안하지 못했습니다. 가없는 푸른 하늘 높이, 가로놓인 사다리 위를 아슬아슬 넘나들다 새벽녘 잠에서 깨었습니다. 어마어마한 공포와 떨리는 손으로 사다리를 잡은 채 내려다본 세상은 깊이를 알 수 없는 검푸른 공간이었습니다. 까마득한 심연 그 아래 어디, 친구들이 사는 땅이 있는지는 알 수 없었습니다. 왜? 왜? 왜? 잠이 깨서도 쉬이 일어나지 못한 채 한참을 되뇌었습니다. 이렇게 자주 서늘한 심장을 안고 간헐적인 새벽꿈에 시달리는지를. 내 영혼의 어디쯤 평안이 온전히 스며들지 못해 부유해 다니는지를. 까닭 몰라 그저 누운 채로 눈을 감고 가만히 당신의 이름을 불렀습니다. 애써 오직 당신의 사랑에만 집중하려 마음을 모았습니다. 아무것도 아니겠지요. 정말 아무것도 아니겠지요. 과다한 일과 과로한 육체로 지치고 피곤했을 뿐이겠지요. 하루가, 새로운 하루가 내게 주어진 것에 감사합니다. 해야 할 일들이, 나를 기다리는 사람들이 내겐 모두 당신의 은총입니다. 투명한 아침 햇살이 태초의 것처럼 맑고 순결합니다. 혼돈과 공허를 비추는 태초의 빛처럼 말입니다. 당신은 늘 가르쳐주시지 않았습니까. 내게 온 고난은 위장된 축복이라고. 어떻게 감히 작은 상흔이 내 삶 전체를 흔들 수 있겠습니까. 봄바람이 참 상쾌합니다. 그래요, 평안하지 못했던 꿈은 그저 꿈일 뿐이지요. 이미 내게 모든 것을 주신 당신, 당신 자신마저 내게 내어준 당신, 오늘도 그런 당신이 주신 모든 것을 누리는 아름다운 시간이 되었으면 좋겠습니다.

아나운서의 아름다운 목소리를 가르며 급하게 울리는 핸드폰 벨소리. FM 볼륨을 줄이자 통화버튼 너머로 급박하게 들려오는 송 선생의 목소리.

「팀장님! 빨리 오셔야겠어요. 학부모가 센터 문도 열기 전에 들이닥쳐서는 무조건 빨리 팀장님을 만나게 해달라고 떼를 쓰고 있어요. 조금 기다리시라 해도 도무지 말을 안 들어요.」

「거의 다 왔어요. 먼저 접수면접 간단히 해주세요.」

그제 S중학교로부터 의뢰받은 학생 '유'의 아버지임이 분명하다. 유의 마음을 바꿀 수 있는 대안을 내놓지 않으면 학교 아이들을 가만두지 않겠다고 담임교사를 협박했다던 남자. 낮술에 취한 채 학교를 급습해 욕을 해대는 그에게, 담임교사는 학교폭력위기대응메뉴얼에 따라 교육청과 MOU를 맺은 우리 센터를 소개하면서, 그곳에 가면 유의 마음이 힐링되고 닫혀버린 생각도 변화될 수 있을 거라 설득했다고 한다. 그곳에 가면……. 사람들은 센터에 우울증조차 단번에 치유할 수 있는 당의성이라도 있는 듯, 가정과 학교가 감당하기 힘든 아이들을 떠넘기듯 의뢰하고는 이른 시간 내에 완치와 변화를 요구했다. 꽤 오래 상담을 진행해도 왜 상처가 치유되지 않는지, 도무지 명쾌한 변화가 없는지 너무도 빨리 의아해했다. 부모도 교사도 아이들로 인한 그들의 만연한 스트레스를 상처의 마지막 종착지인 상담센터에서 풀려고 했다. 더 이상 아이들을 보낼 곳이 없는 그들은 센터에 기대가 높은 만큼 분노도 컸다.

오늘은 유가 아버지와 함께 와서 첫 상담을 받기로 약속된 날. SNS 상에서 전교생의 질타와 멸시를 받고는 충격에 빠져 학교에 더 이상 출석하지 않겠다고 버티는 중이라 했다. 아마 유의 아버지도 며칠 지나지 않아, 몇 회기의 상담에도 불구하고 쉽게 학교로 돌아가지 않는 유의 행동을 다짜고짜 상담자인 나에게 따지고들 것이다.

이제 곧 센터에 도착해 유를 만나고, 오전 중으로 팀원들이 모여 사례회의를 한 후 상담방향을 잡고, 오후엔 자녀들의 우울 개입을 위한 학부모세미나에 참여해 집단과 우울을 주제로 강의할 예정이다. 현실의 하루 스케줄을 더듬는 마음의 길, 그 어느 언저리에서 자동인형처럼 다시 무거워져오는 머리. 애써 감아둔 태엽이 다 풀리는 시간이면 다시 반복되는 두통.

다시 FM 볼륨을 한껏 높이자 마침 흘러나오는 버스커버스커의 노래, 벚꽃엔딩. 귀보다 심장이 먼저 듣고 불안하게 뛰기 시작한다.

「아! 안 돼. 안 돼. 이 노래는 제발……」

이 노래는……, 벚꽃엔딩은……, 달콤하고 행복한 노래입니다. 연인들이 바람에 흩날리는 벚꽃 아래를 거닐며 흥겨운 봄날에 취해 고조된 사랑의 감정을 노래합니다.

♬ 봄바람 휘날리며/ 떨어지는 벚꽃 잎이/ 출렁이는 이 거리를/ 둘이 걸어요~~~ ♬

그런데 내겐 이 노래가 왜 힘들고 아픈지 알 수 없습니다. 매년 벚꽃이 피기 시작할 무렵, 이 고통은 시작됩니다. 벚꽃은 어느 날 갑자기 피고, 순식간에 절정에 이르러, 한 번의 비에 흩날

려 떠나버릴 뿐인데, 그 짧은 며칠의 하루하루가 내겐 큰 형벌
과도 같습니다. 이 아름다운 노래는 노래일 뿐, 결코 그 시詩가
아닌데 왜 이리도 심장이 아플까요. 아픕니다. 정말 아픕니다.
벚꽃 한 잎 한 잎 떨어지는 일이 내겐 심장을 파는 통증으로 다
가옵니다. 그때, 그 시詩 속 '섬세한 손길을 흔들며 하롱하롱'의
시구詩句는 마치 떨어져 날리는 벚꽃을 보는 듯 했습니다. 내게
그것은 슬픈 죽음이 아니라 그저 아름다운 풍경으로 다가왔습
니다. 여름날 녹음綠陰을 이루고 가을날 열매를 맺을 수만 있다
면 봄날의 낙화落花는 위장된 축복이라 여겼습니다. 그래요, 떨
어지는 꽃잎은 현재의 고난이 아니라 성숙을 위한 아름다운 연
단이라 믿었습니다. 그 누가 떨어지는 벚꽃 아래서 슬퍼할 수
있을까요. 봄날의 분홍빛 꽃비를 맞으며 연인끼리 가족끼리 환
하게 웃지 않는 사람이 있을까요. 고독의 옷을 입고 홀로 천천
히 꽃비 아래를 걷는다 해도 그건 슬픔이 아니라 낭만일 테지
요. 그런데…… 이제 그 시詩도 아니, 그 시를 낭송하면 저절로
떠오르곤 하던 노래 벚꽃엔딩 마저도 가슴을 저미는 아픔이 되
었습니다. 아니겠지만, 정말 아니겠지만, 만약 만분의 일이라도
그들의 말이 옳다면…… 그렇다면…… 나는 아주 나쁜 사람입
니다. 오직 '희'를 살리려 했을 뿐, 다른 뜻은 전혀 없었습니다.
그 아이를 소생한 영혼으로 서게 하고 싶었을 뿐입니다. 지금은
힘들어도 언젠가 열매 맺을 수 있을 거란 소망을 전해주고 싶었

을 뿐입니다. 가슴이 답답합니다. 숨이 막혀옵니다. 제발 괜찮다고 말씀해 주십시오. 내가 그런 것이 아니라고, 결코 내가 그런 것이 아니라고…… 말씀해 주십시오.

「말해줄 수 있니? 학교에 절대 가지 않겠다고 했다는데 SNS 상에서 도대체 무슨 일이 있었던 거니?」

라포가 생략된 첫 상담의 어색한 탐색. 선뜻 대답하길 지체하며 상담자를 물끄러미 응시하는 유의 얼굴이 말갛다. 이 아이의 어디에 등교를 거부할 만큼 사무친 아픔이 숨어있는 걸까. 커다란 눈과 가녀린 몸피로는 넘치는 아픔을 채 담을 수 없을 듯하다. 외양만으로도 충분히 아픔이 감지되는 유를 따뜻하게 바라보는 일이 현재로선 최선의 라포다.

「가지 않는 게 아니라 갈 수가 없어요. 난 이미…… 모든 아이들에게 걸레가 되어 있거든요. 걸레라고 굳게 믿고 있는 아이들을 내 힘으로 바꿀 순 없잖아요.」

순식간에 눈 속에 그렁그렁 맺혀버린 눈물이 뚝! 말간 뺨 위로 떨어져 내린다. 내밀하게 숨겨뒀던 마음을 입으로 내보이자마자 서러움이 솟아오르는 모양이다. 뭔가 목에 걸리는지 자꾸 마른 침을 삼킨다.

「바꿀 수 없다고 미리 결정하지 말고 이제 우리 함께 고민해보자. 그러려고 유가 여기까지 온 거니까.」

물론 바꿀 수 없다는 걸 나는 잘 안다. 누가 섣부른 아이들의 뇌리에 각인된 지독한 편견과 선입견을 쉬이 바꿀 수 있겠는가.

유의 눈물 한 방울로 부쩍 가까워져버린 심리적 거리가 부담스럽다.

「좀 더 자세히 말해줄래?」

「내 남자친구 진우는 참 불쌍한 아이예요. 엄마는 어릴 때 가출했고 아빠가 알코올 중독이라 거의 매일 술에 절어 산대요. 일주일 전에도 아빠가 술 먹고 때려서 집을 나왔다고 밤에 톡을 보내왔어요. 학원 마치고 나오는 길이었는데 남자친구가 너무 가엾어서 그냥 집에 못가고 만나서 위로해줬어요. 엄마한테는 친구 집에서 잔다고 하고요. 밤새 같이 있으면서, 저녁밥을 놓친 것 같아 삼각 김밥이랑 떡볶이도 사서 먹이고 한참 속상한 얘기도 들어주고 그랬어요. 그러다가 둘 다 새벽에 너무 잠이 와서 근처 병원 로비 의자에서 잠깐 같이 쪼그려 잤을 뿐이에요.」

담담하게 그날을 술회하는 유. 아이의 표정에 전혀 거짓이 없다. 이선 오랜 경험으로 예민해진 상담자의 더듬이가 포착한 정확한 직관이다.

「다음 날도 진우가 톡을 보내왔어요. 너랑 같이 지낸 밤이 너무 따뜻하고 행복했다고요. 그런데 친구가 집에 놀러왔다가 내가 화장실 간 사이 폰에 있는 톡을 보고는 나랑 진우가 섹스를 했을지도 모른다고 몇몇 애들에게 소문을 낸 거예요. 그 말을 들은 한 아이가 '유가 남자친구 진우랑 섹스했다. 그 둘은 매일 섹스하고 다닌다'라고 SNS에 글을 올렸어요. 그 글이 이틀 동안 올라 있었지만 난 아무것도 몰랐어요. 나도 모르는 사이에 더러운 걸레라고 비난하는 댓글이 수천 개가 달렸어요. 그런데도 난 바보처럼 웃고 다녔던 거예요. 진우가 말해줘서 열어봤을 때 이미 나는 학교 애들 모두에게 함부로 몸 굴리고 다니는 더러운 걸레가 되어 있었어요.」

한심하다. 화가 난다. 유가 바보 같다. 세상에 둘도 없는 멍청이 같다. 왜 학교와 아이들을 피해 도망 오듯 이곳에 와서 나약한 눈물을 흘리는 걸까. 나는 걸레가 아니라고 악을 쓰며 끝까지 자신의 결백을 밝혔어야 했다. 결코 아니라고, 죽어도 아니라고.

나는 결코 아니라고 밝힐 수 없었습니다. 아니란 말이 사람들에게 흘러간 순간, 그 말은 비겁한 변명이 되어 퍼져갈 것이 분명했습니다. 죽인 사람으로 모자라 당돌하게도 자기방어 하는 사람마저 될 수는 없었습니다. 그 아이, '희'는 전날까지도 여느 때와 다름없이 친구들과 함께 집단상담에 참여했습니다. 다른 아이들과 달리, 희는 몇 년 전부터 우울증을 앓아왔고 이미 몇 번의 자살 시도 경험도 있어 신경정신과 치료를 받고 있다 했습니다. 마음 한켠 부담스러웠지만, 함께 의뢰된 위기가정의 아이들처럼 희도 당신이 내게 보낸 아이라 믿었습니다. 하여, 부담을 누른 채 다른 아이들과 함께 희도 상담의 일원으로 만났습니다. 시간이 흘러도 변하지 않는 폭력적인 아버지와는 단단히 벽을 쌓고, 학대받아 무기력한 엄마에겐 슬픈 연민을 쏟아내고, 불화한 부모 사이에서 불안으로 밤을 새며, 친구들의 따돌림에 고뇌하던 희였습니다. 아버지는 무서워서, 엄마는 가여워서, 친구들은 믿을 수 없어서, 분노를 온전히 자신에게 쏟아온 듯했습니다. 깊은 무의식에 꽉 들어차서는 더 이상 팽창할 수 없어 터져버릴 것 같은 희의 분노를 만져주고 싶었습니다. 괜찮아, 괜찮아, 정말 괜찮아…… 그렇게 토닥이고 싶었습니다. 사례회의에선 위기가정의 아이들에게 시詩 상담으로 용기를 주자는 팀원의 의견이 공감을 얻었습니다. 서정과 함축의 시가 가정적 문제로 상처 입은 아이들에게 용기를 주리라 믿으면서도 마음 한켠, 우울한 희가 마음에 걸렸습니다. 하지만 모아진 팀원들의 뜻이었고, 시詩 상담을 해보자는 사례회의 결과를 누구보다 희가 반가워했습니다. 희는 환경으로 인해 힘들 때마다 시를 읽는다고 했습니다. 차라리 희가 시를 싫어했다면 얼마나 좋았을까요. 결코 시詩가 사람의 우울을 온전히 구원할 수 있다고 생각한 적은 한 번도 없습니다. 온전한 구원은 당신에게만 있기 때문입니다. 다만 시로 인해 잠깐이나마 짙은 우울이 희석되길 소망했습니다. 상담 회기마다 계절과 어울리는 시를 낭송하고, 감상하고, 느낌을 나누면서 상처 입은 내면을 순화하기로 한 건 돌이킬 수 없는 치명적 실수였을까요. 정말 그랬을까요.

첫 회기, 우리는 정호승 시인의 맑은 시를 읽었습니다. 나는 그늘이 없는 사람을 사랑하지 않는다…… 그 시를 읽으며 지금 아이들을 덮고 있는 그늘도 언젠가 다른 사람의 눈물을 닦아줄 수 있는 원천이 될 것을 나눴습니다. 우리는 다음 회기, 안도현 시인의 따뜻한 시도 감상했습니다. 우리가 눈발이라면…… 오늘의 고통을 통해 아이들도 후일엔 상처로 잠 못 드는 이에게 따스한 편지가 되는 삶을 살리란 소망을 가졌습니다. 하원택 시인의 시도 낭송했습니다. 봄날이 그리운 것은…… 곧 다가올 봄을 기대하면서 지금 아이들이 겪고 있는 내면적 추위도 언젠가 따뜻하게 녹을 것을 믿었습니다. 나와 희, 그리고 아이들, 우리는 참 좋았습니다. 아이들은 함께 감상한 시를 음미하듯 다시 톡에 올리기도 하면서 어린아이처럼 즐거워했습니다. 특별히 희의 즐거운 톡과 표정의 변화는 센터의 팀원들에게도 기쁨이 되었습니다. 팀원들도 집단상담에서 나눈 시를 SNS에 올리며 잃어버린 시심을 떠올리곤 했지요.

그런데…… 그런데…… 마음을 너무 놓아버렸을까요. 희의 내면에 말하지 않은 무엇이 있었을까요. 그날 밤, 그 아이를 옥죈 또 다른 일이 있었을까요. 모두 아니라면 정말 시詩 때문일까요. 그날 우리는 이형기 시인의 아름다운 시 낙화를 감상하고 나눴습니다.

가야할 때가 언제인가를/ 분명히 알고 떠나는 이의 뒷모습은/ 얼마나 아름다운가/ 봄 한철 격정을 인내한/ 나의 사랑은 지고 있다/ 분분한 낙화……

마침 세상은 하롱하롱 떨어지는 벚꽃의 꽃비로 가득한 계절이었습니다. 노래 벚꽃엔딩이 FM을 온통 물들이고 있었습니다. 그래서 그랬습니다. 아이들과 함께 봄비처럼 떨어지는 꽃의 아름다움과 그 의미를 나누고 싶었습니다. 여름날의 녹음과 가을날의 열매를 맺기 위한 낙화라면 아이들이 지금 극복하려는 상처도 분명 성장과 성숙을 위한 연단이자 밑거름임을 말해주고 싶었습니다. 시를 읽고 난 후, 한 알의 밀알이 떨어져 백배의 결실을 맺듯 아이들의 상처도 많은 사람을 품는 사랑으로 승화할 것을 나눴습니다. 그저 그뿐이었습니다. 그러나 그 봄날의 나눔으로 인해 나는…… 모든 사람들로부터 도망쳐야 했습니다.

아이들로부터 도망쳐온 유 앞에서 끝까지 상담자의 자세를 잃으면 안 된다. 나약하게 얄팍한 심리적 연상 따위에 걸려들지 말자. 유는 내가 아니라 유 자신일 뿐이다.

「이미 걸레가 되어 있다는 걸 알았을 때 너의 심정은 어땠어?」

「어땠을 것 같아요?」

유의 얼굴에 순간 차가운 조소가 스쳐지나간다. 나를 향한 것인지 아니면 가해한 아이들을 향한 것인지 언뜻 구분이 안 된다. 심리적 거리를 유지하려 짐짓 냉담한 체하는 나의 눈이 유 앞에서 흔들리고 만 것일까. 유는 오늘 처음 만난 나의 두려움을 기어코 눈치채고 만 것일까. 당신이 모른다면 누가 알아. 유의 눈이 나의 숨겨둔 무의식을 훔쳐보는 듯하다. 얼굴이 달아오른다. 머리가 다시 아파온다. 애써 감아놓은 태엽이 또 풀렸나보다.

「만약 나를 학교로 보낸다면 죽어버릴 거예요.」

조소 끝에 일침을 가하는 유. 그래, 넌 남이 싼 똥을 제 똥이라 여기며 온 몸에 묻히고서 부끄러움에 얼굴만 가리기 바쁜 바보천치구나. 유의 소극성과 연약함에 서서히 분노가 일어난다. 단단한 억압의 기제로 자신을 방어하고서 현실을 직면하길 부정하는 유. 바보다. 정말 바보다.

「죽으면 모든 게 해결될까? 날마다 섹스하다 걸려서 욕 실컷 먹고 죽은 아이가 되고 싶니? 얼굴 가리고 숨어있으면 세상이 알아줄까?」

「아니라고 아이들에게 말했지만 아무도 믿어주지 않았어요. 아이들은 내 말보다 자기들의 상상을 더 믿는다구요」

유의 얼굴에 쓰디쓴 분노가 훑고 지나간다. 참담한 상처 밑에 가만히 웅크린 분노가 절제하지 못한 상담자의 공격에 불쑥 모습을 드러낸다. 그래 그렇겠지. 널 미워했던 친구에겐 핸드폰 속의 글귀가 널 넘어뜨릴 좋은 구실이 되어준 거야. 그 구실은 일인─人의 희구적 상상으로 시작해서, 다수의 추측으로 변모되고, 곧 집단의 확신으로 진화했겠지. 넌 너무도 쉽게 그 애가 쳐 놓은 그물에 걸려들고 만 분노의 희생양인 거야. 심장이 뛰기 시작한다. 이러면 안 된다. 정말 이러면 안 된다. 나의 분노는 어디에서 오는가.

「그 애들이 더러운 나와 학교생활 같이 할 수 없으니 어디로 든 사라져버리라고 했어요. 그래도 한 마디 변명 못했어요. 어 쨌든 내가 남자친구랑 함께 밤을 보낸 건 맞잖아요.」

성역을 이탈하여 다시는 돌아갈 길을 찾지 못한 탕자처럼 불 안해 보이는 유. 어차피 세상은 동기 따위엔 관심이 없다. 오직 결과만으로 판단하고 결과가 나쁘면 동기조차 오염되고 만다. 남학생과 함께 밤을 새운 일에 남자친구의 아픔이나 유가 주려 고 했던 위로 따윈 아무 의미가 없다. 그들에게 유는 그냥 남학 생과 밤을 보낸 더러운 여자애일 뿐이다.

「그 아이들이 SNS에 달아놓은 악성댓글이 자꾸 생각나서 미 칠 것 같아요. 이젠 진짜 걸레가 된 느낌이에요. 아빠가 무서워 서 등교하고 싶어도 학교는 더 끔찍하게 무서워요. 차라리 아빠 에게 맞아 죽는 게 나아요.」

습관처럼 손톱을 입에 물고 불안에 떨며 말하는 유. 이성을 제치고 절제를 벗어던진 상담자의 역전이감정이 불쑥 성급하게 입을 열고 만다.

「죽는다고? 그런 무책임한 말이 어디 있어? 그 비통함을 네가 아니?」

희가 죽은 다음 날, 아침에 걸려온 전화는 삶을 온통 비통한 눈물로 채웠습니다. 희는 전날, 저녁 내내 우울해했고 집에서 한밤중 목을 맸다고 했습니다. 두 달째 센터를 방문해 상담을 해오던 희가 죽었다는 사실은 영원히 깨지 못할 악몽과도 같았습니다. 꿈같은 현실에서 그렇게 희의 장례식이 끝나고…… 사례회의에 참여했던 한 팀원이 만나자 했습니다. 앞에 앉은 그는 몇 번의 망설임 끝에 조심스레 말을 꺼냈지요. 희가 죽은 건 시詩 상담이 연유이며 무엇보다 낙화를 선정한 탓이라는 소문이 이미 모든 상담센터에 다 퍼져 있다고 했습니다. 그 시작은 우리 센터의 다른 팀 일원에게서 나왔다는 말도 빠뜨리지 않았습니다. 낙화의 시어들이 희의 죽음을 부추겼을 것이라는 일원의 성토는 소문을 타고 사실이 되어 빠르게 퍼져나갔다고 했습니다. 모든 상담센터와 모든 상담자에게로 치명적인 바이러스처럼 순식간에 확산되었다고도 했습니다. 그럴 리가 없다고 말하지 못했습니다. 이 땅의 모든 청소년들이 배우는 국어교과서에 실린 건강한 그 시가, 죽음을 부를 리 없다고 반문하지 못했습니다. 정말 죽음을 부르는 시라면 우울한 아이들이 섞여있는 학교에서 가르치고 배울 수 있겠느냐고 항변하지 못했습니다. 그 순간 나를 지배한 건 오직 충격과 끝 모를 두려움이었습니다. 정신을 놓은 채 집으로 돌아온 나는, 밤새 고통으로 절절한 가슴을 안고 통곡하며 울었습니다. 비명을 삼킬 뿐 아무 말도 할 수 없었습니다. 실어증 환자가 되어 가슴에 가득한 말이 입에서 조음되지 못하고 낱낱이 부서졌습니다. 입을 닫은 채 터져 버릴 듯한 가슴을 억압하면서 죽은 듯 숨죽여 엎드렸습니다. 사람, 그 누구에게든 아무 말도 할 수 없었습니다. 오직 당신 앞에서만 울었습니다. 그 모든 끔찍한 일들과 비밀스런 말들을 오직 당신 앞에서만 눈물로 말했습니다. 당신 앞에 앉으면 혀가 언어를 만들어내기 전 눈물부터 흘렸습니다. 그 일에 관해 분명하게 묻는 이도 없었습니다. 차라리 내게 어떻게 된 일이냐고, 희와 나 사이에 무슨 일이 있었냐고, 낙화는 어떤 의미로 선정했고 어떻게 나누었냐고 진솔하게 물었더라면 아파도 답했을 것입니다. 나는 희를 돕고 싶었고, 사례회의와 그 아이의 뜻에 따라 시詩 상담을 해왔고, 다른 시들처럼 낙화도 그 아이에게 용기를 줄 것이라 믿었다고. 상담방향과 시 선정이 부족했을지언정 결코 그 아이에게 낙담을 주려한 건 아니라고 눈물을 삼키며 답했을 것입니다. 그러나 상담 관련자 모임에서 사람들은 흘끔흘끔 눈치를 살피거나, 뒤로 수군대거나, 눈을 맞추지 않고 외면하면서 우회적으로 비난했지요. 나는 공공연히 상담 계에 오명을 씌운 자, 한 아이를 죽여 놓고도 줄곧 상담 계를 떠나지 않는 자가 되었습니다. 확신으로 굳어진 수많은 말들이 공중을 떠다녔지만 그 중 어느 한 마디 말도 붙잡아 직시할 수 없었습니다. 시간 속에서 점점 단단해지는 말을 집어 녹여보면 결국, 살인이라는 섬뜩한 단어만 남을 것 같았습니다. 그 단어를 대면하는 순간, 그 자리에 박제될 것 같았습니다.

그래도 여전히 몸은 떠나지 못하고 그들 속에 있습니다. 마음은 그들에게서 도망쳤지만 몸마저 떠나버릴 수는 없었습니다. 영혼의 피를 흘리면서도 몸이 떠나지 못한 건, 당신이 나를 오래도록 기다려왔던 걸 기억했기 때문입니다. 오랫동안 기다려온 당신을 어느 날 섬광처럼 알아보았듯 그들도 언젠가 나의 진실함을 알게 되리란 소망을 품었기 때문입니다. 상처를 안은 채 떠나버리면 영혼의 몰락자로 영원히 각인되어 치유되지 못할 예감이 들었습니다. 나는 아무 일 없었던 사람처럼 여전히 처음 만난 아이들을 향해 웃고, 여전히 센터 식당에서 점심을 먹고, 여전히 사례회의를 하며 지냈습니다. 피를 뚝뚝 흘리며 일상을 꾸역꾸역 채워갔습니다. 어떤 이는, 웃으며 상담 일정을 소화하는 내게서 덧씌워진 가면을 보았을지도 모릅니다. 하지만 대부분의 사람들은 내 얼굴 뒤에 숨어있는 슬픔의 내면은 보지 못하는 듯 했습니다. 때론 불꽃같은 눈으로, 때론 냉소적인 입술로 내게 무언의 질책을 보냈습니다. 어떤 이는 나의 얼굴 앞에서 악의적으로 희의 이름을 부르거나 자살을 화제로 올렸습니다. 나를 바라보는 눈빛과 온몸으로 쏟아내는 기운이 당신은 살인자라고 말해주고 있었습니다. 그럴 때면 말로 완성되지 못한 소리들이 산화되면서 내 속에서 비명을 질렀습니다. 내면의 소리들은 말이 되고 싶어 순간순간 몸부림쳤지만 이내 산산조각 흩어져버렸습니다. 심장을 후비듯 아팠지만 벙어리가 되어야 했습니다.

어느 여름, 북유럽을 여행하던 중 오슬로에서 뭉크의 그림들을 본 적이 있습니다. 밤이 되어도 백야로 인해 정오처럼 환한 북구의 땅, 그곳에서 바라본 뭉크의 작품은 너무나 어둡고 스산했습니다. 사랑하는 어머니와 누나를 연이어 병으로 잃고 피해의식과 굶주린 모성에 떨었던 그의 유년을 말해주듯 불안과 공포, 죽음에 대한 절규가 작품에 흐르고 있었습니다. 그림 속 그의 자아일 것이 분명한 인물들과, 인물들을 둘러싼 배경조차 어지럽게 흔들리고 있었습니다. 그 땅의 백야는 짙은 이둠을 잠긴 숨겨둔 신기루였을까요. 캔버스 위에서는 파리한 봄빛이 곧 스러질 듯 위태로운 평안을 보여주고 있었습니다. 그의 그림은 그 땅의 백야만큼이나 불안해 보였습니다. 지구 북단의 백야는 밤 아홉 시를 훌쩍 넘겨 열한 시가 다 되어도 대낮처럼 밝았지만,

이제 곧 찾아올 흑야에 대한 두려움이 감지되었습니다. 겨울이면 빛 없이 온통 밤이 계속되는 흑야로 덮인다는 그 땅. 희가 죽고 낙화가 나를 엄습할 때 뭉크의 그림과 그가 살았던 북단의 백야가 자꾸 떠올랐습니다. 백야의 신기루가 사라지고 곧 오고야 말 흑야가 나를 기다리는 듯 두려웠습니다. 잊고 지내던 뭉크의 그림이 그때 마음으로 들어왔습니다. 그제야 그의 그림을 가슴으로 온전히 이해할 수 있었습니다. 이젠 슬프게도…… 한꺼번에 피고 떨어지는 벚꽃은 내게 집단의 광기와도 같은 이미지로 다가옵니다.

「그건 집단의 폭력이야. 그 애들이 SNS에 올린 저격 글과 댓글은 모두 캡처해 놓았지? 학교에서 폭력대책위원회를 열어서 사이버폭력에 대처하자. 무서워하지 마. 그렇지 않으면 넌 결백을 밝히지도 못하고 아이들의 말을 인정하는 꼴이 되고 마는 거야.」

깜짝 놀란 유가 눈을 동그랗게 떠서 나를 바라본다. 이런 상담자가 있을까 하는 의구심과 감정적으로 치닫는 전개에 황당함으로 표정이 멍해진다. 상담자가 넘지 말아야 할 마지막 선을 넘고 있다. 첫 만남에선 유의 마음에 공감하면서 아이가 걷는 길을 옆에서 함께 걸어주면 되는데, 지금 난 유의 멱살을 잡고 앞서서 억지로 끌고 가고 있다. 이건 상담이 아니라 감정적 채

근이다. 그래도, 그래도, 어쩔 수 없다. 이 아이를 그냥 둘 수는 없지 않은가. 집단의 공격 앞에서 유는 꼼짝없이 자신을 포기하려 한다.

「나보고 도대체 어쩌라구요. 난 혼잔데.」

「아빠도 있고 네 남자친구도 있잖아. 진우가 네 결백을 증언해줄 거야.」

섣부르고 진지하지 못한 말이 유의 상처를 찌른 것일까. 다시금 상처에서 해일처럼 솟아올라 줄줄 흘러내리는 유의 눈물.

「아빠 한 번도 믿은 적 없어요. 내 상처 따윈 관심 없고 학교 출석만 고집해요. 남자친구도 내가 걸레로 몰리고 나니 얼마 후에 연락을 끊었어요. 지금은 걸레라고 비난한 아이들과 어울려 다닌다고 들었어요. 자기는 유가 시킨 대로 했을 뿐이라고 하면서……. 선생님이 내 맘 알기나 해요? 난 세상에 혼자라구요.」

눈물을 펑펑 쏟으며 내게, 아니 자신에게 대드는 유. 꿰맬 수 없는 자상으로 헐떡이는 영혼이 모두로부터 버림받고 피 흘리고 있다. 이중의 상처로 고통받았을 아이의 영혼이, 모두에게서 외면당한 아이의 영혼이 내 가슴을 친다.

「유, 왜 내가 모른다고 생각해?」

유가 고개를 든다.

「넌 혼자고 그 아이들은 집단이라는 사실, 모든 두려움은 그것에서 출발하는 거란다.」

그랬습니다. 나는 혼자였고 그들은 집단이었습니다. 혼자 힘으로 그들의 분노를 꺼버릴 수는 없었습니다. 나는 일인으로 지목되었고 홀로 가해자로 남았습니다. 시간이 흘러도 변하지 않는 아버지의 폭력과, 무기력한 엄마를 향한 절망과, 불화한 부모 사이에서 느꼈던 불안과, 친구들 사이에서 얻은 희의 고뇌는 모두 잊혔고, 시詩만 홀로 가해자로 남았습니다. 희로 하여금 우울증에 함몰시킨 부모도 친구도 그 순간 모두 면죄부를 받았습니다. 여러 회기 시詩 상담을 하는 동안 한 번도 조언하지 않은 채 함께 좋아했던 팀원들도 희의 죽음과는 관련 없는 배심원이 되었습니다. 희가 죽기 전날 아침, 밝은 얼굴로 센터에 갔다는 아버지의 말은 원고석의 증언이 되었습니다. 피고에게는 소명의 기회가 주어지지 않았습니다. 아무도 나의 말을 들어보려 하지 않았습니다. 희의 죽음은 온전히 나의 것이 되었습니다. 그렇지만 끝까지 한 마디도 말하지 못했습니다. 모든 정황과 관계없이 희가, 사랑하는 희가 죽었기 때문입니다. 그 아이의 목숨 앞에서 나의 내면은 솜털처럼 가벼운 존재로 느껴졌습니다. 꽃다운 그 아이가 죽었는데 나의 내면이 무너져 내린다 해도 무슨 말을 할 수 있었을까요. 한 마디의 변명조차 못한다 해도 어떻게 억울하다 할 수 있었을까요. 만약……, 만약 한 점이라도 시詩가 희에게 부정적인 영향을 주었다면 어떻게 제가 숨 쉴 수 있었을까요. 시간을 돌릴 수만 있다면, 평생에 딱 한번 과거로 회귀할 수만 있다면, 희를 만나기 전으로 돌아가 그 아이를 맡지 않았을 것입니다. 사례회의에서 시詩 상담은 감정적이라고 강하게 거부했을 것입니다. 아니, 그마저 허락되지 않는다면 나는 차라리…… 시를 전혀 모르는 바보라도 될 것입니다. 따뜻하게 대해준 분들도 기억합니다. 정죄하지 않고 이해해주려는 눈빛 또한 잊지 않고 있습니다. 한 줄기 희망이 되어준 그분들에게 나도 아프다고 말하고 싶었지만 옹알이 하듯 가갸거겨 혀 위에서 조음되지 못한 소리들이 버둥거릴 뿐 분명한 발음은 선사의 기억처럼 희미하기만 했습니다.

뭉크는 그래서 평생 그림을 그렸을까요. 어린 시절 사랑하는 어머니의 죽음과 누나의 죽음을 나란히 겪었다 해도 강박적으로 어두운 그림만을 남긴 뭉크가 쉬이 이해되지 않았습니다. 평생 집요하게 자신의 내면만을 그렸던 그 남자의 심리를 다 수용할 수는 없었지요. 애써 밝은 그림을 그리면서 그의 무의식에 왜 빛을 주려 하지 않았을까 의구심을 가졌습니다. 보는 이도 질려버릴 듯한데 그는 자신의 어두운 내면이 싫지 않았을까 하구요. 그런데 어느 날 문득 이런 생각이 들었습니다. 뭉크는 그림을 통해 끊임없이 자신의 내면을 바라본 것이라고. 그림이 거울이 되어 자신을 비춰준 것이라고. 평생 그를 따라다녔던 상처가 결국 치유된 것은 그림을 통해 어두운 내면을 끊임없이 탐색하면서 객관화한 때문이라고. 이것이 내 모습이구나, 끔찍하게 보고 싶지 않은 진짜 내 모습이구나 하구요. 그림이라는 거울 앞에서 쉼 없이 자신을 비춰보던 뭉크를 마음으로 그려보았습니다.

왜 당신이 이런 고통을 허락하시는지 생각하고 또 생각했습니다. 답이 있을까 하여 당신이 선물한 책을 묵상하고 또 묵상했습니다. 아직 분명한 답을 찾지 못했지만 당신은 꼭 답을 주시리라 기다립니다. 열다섯 살, 강원도 오지로 떠났던 여름수련회에서 당신을 만난 이후 지금껏 당신은 나와 함께였습니다. 사위가 고요한 밤, 자정이 넘어도 잠이 오지 않아 텐트 밖으로 나와 고개를 들었을 때, 거기, 헤아릴 수 없는 별들로 가득한 밤하늘엔 은하수가 남북으로 금빛 강물이 되어 흐르고 있었습니다. 빛나는 별빛들은 몇 백 년 혹은 몇 천 년 전 별에서 출발하여 그 순간 나의 눈 위에서 반짝이고 있었습니다. 나를 비추기 위해 몇 천 광년 오래도록 달려온 별빛들……. 아름답고 완전한 우주였습니다. 영혼의 탄성을 자아내던 나는 그 순간 당신의 존재를 섬광처럼 깨달았습니다. 어떻게…… 어떻게…… 이토록 아름답고 완전한 우주가 우연히 탄생할 수 있었겠는가 하구요. 혼돈하고 공허한 그곳에 질서를 심고 흑암이 깊음 위에 덮인 공간에 처음 빛을 비춘 당신을 그제야 알아보았습니다. 내 마음의 거울이 당신을 비춘 그 순간, 태초부터 당신은 줄곧 완전한 거울로 나를 비추고 있었다는 것을 깨달았습니다. 그러니까 당신은, 내가 당신을 알아본 순간까지 태초부터 그 자리에 기다리고 계셨습니다. 당신의 오랜 기다림은 내가 당신을 사랑할 수밖에 없는 이유가 되었습니다. 고독을 무릅쓰고 당신이 그토록 오래 기다려준 내게 어떻게 우연한 고통이 있겠습니까. 고통에도 이유가 있으리라 생각하고 또 생각합니다. 내게 어떤 교만이, 어떤 음란이, 어떤 거짓이 있었던 걸까요. 그 어떤 죄에 내려진 당신의 형벌일까요. 나는 당신 앞에서 나의 내면을 들여다봅니다. 당신이 주신 책이 거울인 듯 책에 써진 당신의 말 한 구절 한 구절을 깊이 음미합니다. 왜 이렇게 힘들고 아픈지 당신에게 묻고 또 묻습니다. 사람들에게 피고인 나는 오직 당신 앞에서만 원고가 됩니다. 그래서 오늘도 당신 앞에 웁니다. 당신에게 고백하고, 당신의 말을 듣고, 당신이 선물한 책을 읽으며 숨을 쉽니다. 당신께 드리는 내 눈물조차 이기심의 결정체임을 당신은 이미 알고 계시지만, 그럼에도 불구하고 언제나 당신은 평안으로 내게 말을 걸어옵니다. 태초부터 나를 비춰온 당신의 거울 속 나는, 밤하늘 몇 전 광년 달려온 별빛처럼 반짝입니다. 오래도록 달려와도 여전히 영롱하게 빛나는 별빛처럼 말입니다. 그래서 당신이 좋습니다. 오직 당신의 거울 속에서만 나는 본래의 나입니다. 그 힘으로 나의 아픔과 사람들의 분노를 오늘도 다시 가만가만 들여다봅니다. 들여다보는 일이 내겐 무척이나 아픈 일이지만 언젠가 나도 당신 앞에서 모든 걸 객관화 할 수 있을까요. 지금도 이것 하나만은 분명히 압니다. 당신은 내 마음의 처음과 끝을 이해하신다는 것을.

「이것 하나만은 내가 분명히 알아. 처음부터 끝까지 넌 남자친구를 위로해주려 했을 뿐 그 아이와 섹스하지 않았다는 것을. 넌 남자친구에게 마음의 최선을 다했고 난 그런 네가 참 예쁘다. 네가 깨끗하다는 사실과 그 사실을 알고 있는 내가 있다는 거, 네가 절망하지 않을 이유로 그거면 충분해.」

「선생님이 알면 뭐가 해결되나요?」

「누군가 널 온전히 믿어준다는 건 특별한 의미가 있어. 다수의 생각이 반드시 사실이 아닌 것처럼 한 사람의 생각도 얼마든지 사실일 수 있단다.」

유의 표정에 변화가 없다. 아무런 위로가 되지 않는 모양이다. 지금 나의 말이 유에겐 무의미한 낱낱의 자음과 모음의 조합일 뿐.

센터 입구 벽에 걸린 둥근 거울을 가져와 유 앞에 세우자 여전히 동그란 눈을 뜨고 나와 거울을 번갈아 보는 유. 나는 오늘 유에게 상담자인가, 강사인가.

「자, 보렴. 거울 속의 너를.」

자신의 상반신을 담아낸 거울을 뚫어져라 바라보는 유.

「이 거울에 비친 너의 모습이 완벽한 네 모습 그대로일까?」

대답 대신 거울에만 시선을 둔 채 고개를 가로젓는 유.

「실제 너의 모습과는 좌우가 바뀌었지? 또 굴절에 따라 너를 다르게 보여주기도 한단다. 지금 학교 아이들은 자기들이 함께 만든 마음의 거울로 유를 바라보고 있어. 그 거울 속에 비친 유가 진정한 유는 아니야. 거울이 굴절되어 있으면 나도 남도 제대로 볼 수 없단다. 그 아이들도 지금은 자기들의 거울이 얼마나 굴절되어 있는지 쉽게 알 수가 없을 거야. 자신을 알기란 남을 알기보다 훨씬 어려운 거니까. 한 사람이 한 사람을 제대로 안다는 건 기적에 가까워. 내가 유, 너를 안다는 건 그래서 굉장히 의미 있는 일이야. 그 아이들의 거울이 있는 그대로의 너를 비출 때가 분명히 있을 거야.」

「그럼 선생님은 오늘 나를 처음 만났는데 어떻게 나를 제대로 비출 수 있다는 거예요?」

「사람들의 거울이 나를 비추고 있지만 그게 진짜 내 모습인시 모르겠구나. 내 모습을 제대로 알고 싶어서 내 마음의 거울을 열심히 닦고 있었는데 내 모습은 아식 잘 보이지 않고 대신 유의 모습이 잘 보이네.」

「그럼 선생님 모습은 누가 비춰줘요?」

「오래 전부터 기다리고 있단다. 내 모습을 훤히 비춰줄 사람들을.」

「그동안 답답해서 어떻게 살아요? 나는 지금도 미쳐버릴 것 같은데……」

「그 사람을 만나기까지 시간이 아주 많이 걸릴 수도 있겠지. 그래도 난 포기하지 않고 기다릴 거야. 유야, 무섭고 아프겠지만 천천히 한 걸음씩 학교로 향해 가자. 상처를 회복하려면 숨지도 말고 아이들과의 관계를 끊어버리지도 말아야 해. 힘들어도 몸은 친구들을 떠나지 말고 친구들과의 관계 속에서 네가 순결하다는 걸 인정받았으면 좋겠다.」

처음 만났을 때처럼 말간 얼굴로 유가 묻는다.

「한 걸음씩 어떻게 가야 되죠?」

「……한 걸음씩 나아갈 수 있는 힘은 집단 안에 숨어있습니다. 모든 청소년들은 집단 속에 살고 있지요. 그 속에서 상처를 입기도 하고 회복과 치유의 경험도 합니다. 집단 속에서 상처 입은 아이들을 무조건 격려하는 일은 그대로 두는 것보다 더 위험한 일일 수도 있습니다. 상처가 굳어진 채 집단으로부터 격리되면 마음에 흑암 같은 우울이 시작되죠.」

탐색하듯 몰입된 눈빛들이 일제히 나를 향해 있다. 눈빛에 빨려들 것 같다. 우울증에 빠진 자녀가 치유될 수 있는 빛을 찾아 이곳 교육청 세미나까지 찾아온 부모들의 간절한 눈빛들. 흑암 같은 마음을 비춰줄 태초의 빛을 갈구하지만 결코 내가 줄 수 없다는 건 부모들도 나도 잘 알고 있다. 미로를 헤매는 부모들에게 우울에서 아이들을 구해낼 방안을 단답형으로 제시할 수 있다면 얼마나 좋을까. 부모들의 왼편으로, 강의실 창밖엔 벚나무들이 줄지어 서서 꽃잎을 떠나보내고 있다. 통증을 느끼지 않으려 심장에 힘을 준다.

「강의하러 오면서 그런 생각을 했어요. 제가 청소년상담센터 이선영 팀장이 아닌 부모님들의 친구 선영이라면 무슨 말을 해줄 것인가 하구요. 아마 함께 차를 타고 이곳 교육청이 아닌 상수동 당인리로 갔겠죠. 햇빛 잘 드는 예쁜 찻집에 나란히 앉아 커피 한 잔 마시며 무수한 벚꽃이 지는 풍경을 오래도록 바라봤을 거예요. 이따금 부모님들의 손도 잡아주면서 말이죠. 오늘같이 화창한 봄날이 며칠이나 될까요. 흩날리는 벚꽃의 꽃비를 바라볼 때 부모님들은 어떤 마음인가요? 벚꽃엔딩이라는 거울이 비춰주는 부모님들의 마음은 어떤 모습인가요? 기쁨이나 설렘인가요? 아니면 슬픔이나 아픔인가요?」

말을 하는데…… 가슴이 먹먹해온다. 아픈 자식 때문에 자신이 더 아픈 부모들도 눈시울이 붉어진다. 나도 부모들도 공감으로 서로를 비춘다.

「부모님들이나 저나 기쁨과 설렘으로 흩날리는 벚꽃을 바라볼 수 있다면, 그제야 아이들을 건강하게 비춰주는 맑은 거울이 될 수 있겠죠. 혹 심리 용어 중에 이마고imago라고 들어보셨나요? 쉽게 말하면 타인의 거울에 비친 내 모습입니다. 그 모습이 아름다우면 아무리 어려운 환경에서도 누구든 힘을 얻습니다. 하지만 내 모습이 굴절되어 있다면 나의 실제 모습과 상관없이 많이 아파해야 합니다. 아이를 둘러싼 집단의 거울이 그 아이를 아름답게 비추기 시작하면 아이들은 한 걸음씩 소망을 향해 걸어갈 수 있습니다. 부모님들의 자녀는 지금 어떤 거울 속에 살고 있나요? 오랫동안 그 자리에 서서 한결같은 사랑으로 내 아이의 모습을 있는 그대로 비춰주는 부모님들의 거울이 있는 한, 자녀는 절망하지 않습니다.」

오랫동안 그 자리에 서서 맑은 거울로 자신을 비추는 부모의 사랑을 섬광처럼 깨닫게 될 자녀의 시간은 언제일까. 농밀한 어둠에서 자신을 반추하던 아이들이 부모의 거울에 투영된 있는 그대로의 자신을 보게 될 시간은 언제일까. 문득 아득해진다.

「밤하늘에 반짝이는 북극성을 보신 적이 있나요? 우리가 어느 방향에 서 있는지 좌표가 되어주는 고마운 별이죠. 북극성에서 출발한 빛이 우리 눈에 닿기까지 광속으로 달려도 팔백 년이 걸린다고 합니다. 그 아득한 거리를 달려와야만 별빛은 우리 눈앞에서 반짝일 수 있습니다. 북극성은 아주아주 오래 전에 빛을 보냈지만 팔백 년이 지나고서야 우리는 그 별을 알아볼 수 있는 거죠. 그 자리에 서서 오래 기다려온 북극성의 마음을 어떻게 다 헤아릴 수 있을까요? 한 인간과 한 인간이 진실한 얼굴로 서로를 알기까지는 아득한 시간이 걸릴 수도 있습니다. 한 집단이 한 인간을 알기까지는 더 오랜 시간이 걸리겠죠. 그래도 북극성을 출발한 빛이 아득한 시간과 공간을 넘어 마침내 나의 눈동자를 비추고 말 듯, 부모와 자녀가, 친구와 친구가, 사람과 사람이 서로를 있는 그대로 비춰줄 시간은 꼭 오겠지요. 벚꽃엔딩이라는 거울이 기쁜 우리의 모습을 비춰줄 때가 꼭 오고야 말 거예요. 혼돈과 공허를 넘어 흑암을 비추는 태초의 빛처럼 말이죠…….」

강의 중에도 자꾸 나의 시선이 머무는 곳은 창밖으로 줄지어 선 봄날의 벚나무들. 순결한 사월의 빛 아래로 하롱하롱 섬세한 손길을 흔들며 무수한 꽃잎들이 꽃비 되어 흩날리고 있다. 저리도록 아프게…… 그럼에도 불구하고 너무나 아름답게……

백조의 유영遊泳

"원장님, 이번 방학엔 어디로 떠나세요?"

"캐나다 동부, 퀘벡으로 갈 거야. 드라마 도깨비에서 남자 주인공이 묵었던 호텔 있잖아? 동화의 배경이 되는 중세의 성城같은……. 그 호텔 꼭 한 번 방문하고 싶었는데 거기서 일정 내내 묵는 상품이 있더라고. 당장 예약했어. 방학식 다음 날 바로 떠나서 14일 여정이야."

노크 소리도 듣지 못한 채 여행사의 전화에 몰두한 미주 원장님은 원장실로 들어서는 나를 무심히 일별한다. 얼굴에 긴장감이 전혀 없다. 이전 근무지 이화유치원에서의 시간까지 포함하면 미주 원장님과 함께 일해 온 지도 십 년이 됐으니 서로의 민낯을 고스란히 아는 사이라 해도 틀린 말은 아닐 테다. 일상 말투에 섞인 미세한 뉘앙스의 의미까지 읽어낸다. 다른 교사들에게라면 업무 시간에 사적인 여행 상담으로 전화기를 붙들고 있는 모습을 가감 없이 보이진 않았을 테다. 미주 원장님은 드라마가 삼십 퍼센트의 시청률을 자랑하며 인기리에 방영되고 있을 때부터 캐나다 동부를 여행하고픈 속내를 드러내곤 했다. 이번 여행지 결정은 당연한 수순이다.

그리고 보니 정확히 삼 주 뒤면 방학이다. 뜨거운 여름날을 네 살 딸과 두 살 아들, 두 아이와 전쟁을 치르며 보낼 걸 생각하니 벌써 가슴이 답답해온다. 내 아이들을 친정엄마에게 맡기고 유치원에서 남의 아이들을 돌보는 삶이 모순 같지만 아이러니 하게도, 만만치 않은 유치원의 중노동 일과가 오히려 내겐 자유 시간에 가깝다. 주말에 아이 둘과 함께 시간을 보내다보면 몸은 금방 지쳐버리고 오히려 직장인들이 가장 피곤해하는 월요일이 주말처럼 느껴질 때도 있다. 아무리 치워도 이내 지저분해지는 거실과 매일 수북이 쌓이는 빨랫감과 먹거리 조리에 매달리다 보면 정작 아이들과의 평안한 시간은 육아 이론서에만 존재하는 것 같다. 가정 경제 안정과 자녀의 미래를 위해 직장에 나가 열심히 일하고 있는 엄마……. 현실적인 이유로서 굉장히 설득력 있는 문구다. 아이들로부터 합법적으로 가장 멀리 떨어질 수 있는 곳이 유치원이라면 결국 직장이 가장 자유로운 곳인 셈이다.

미주 원장님은 자유롭게 세상을 떠다닌다. 세계 어디든 안 가 본 곳이 없다. 이번에 떠나려는 캐나다도 내가 본 것만 벌써 세 번째 방문이다. 가까운 일본으로부터 멀리는 지구의 대척점, 한국의 땅을 일직선으로 뚫고 나가면 닿는다는 남미의 아르헨티나까지 미주 원장님은 일 년에 대여섯 번 시간 날 때마다 맘껏 누리고 다닌다. 내가 집과 유치원만을 종종거리고 오가면서 하루 종일 먹이나 구하는 참새라면, 미주 원장님은 단연 우아한 백조다. 자유롭고 한가로운 삶의 유영遊泳이 부럽기만 하다. 미주 원장님이 작년 여름 북유럽의 스웨덴을 다녀오면서 내게 선물했던 청색 목각 말, 달라헤스트는 그녀를 향한 내 선망의 상징체로 남아있다.

"스웨덴 전나무 숲의 상징이 되는 목각품인데, 하나하나 직접 나무를 깎아 만들고 직접 손으로 무늬를 그려 넣었대. 벌목공들이 한 번 나무를 베러 들어가면 몇 달이고 숲 속에 머물면서 지내야 했나봐. 얼마나 외롭고 춥고 사람이 그리웠겠어? 밤이 되면 벌목공들이 모닥불을 피워놓고 둘러앉아 자식들에게 줄 목각 말을 깎기 시작한 게 달라헤스트의 유래라고 하너라구. 형상을 흉내 낼 수 있는 대상은 자신들이 타고 온 말밖에 없었으니 말을 조각할 수밖에 없었다나봐. 유래가 재밌지? 다양한 색상의 목각 말이 있던데, 내가 느낀 스웨덴의 전나무 숲은 온통 신비한 블루였거든? 뭐랄까, 그래, 민트블루에 가까웠어. 청색이 전나무 숲과 비슷한 색감으로 다가와서 청색 말을 골랐어. 자, 해미 선생님 선물이야."

청색 바탕에 빨갛고 노란 물결무늬가 조악하게 그려진, 디테일한 형태가 생략된 무뚝뚝한 모습의 목각 말을 그저 화장대 한쪽에 올려두고 무심히 지냈다. 어느 저녁 뜨거운 불 앞에서 음식을 만들어 아이 둘을 먹이고, 씻긴 후 겨우 재우고 안방으로 돌아왔을 때, 도대체 조악한 청색 목각 말이 뭐라고, 그걸 보는 순간 난데없이 왈칵 눈물이 쏟아졌다. 아이들과 전쟁을 치르고 있는 화덕 같은 여름을 벗어나 푸른 기운이 감도는 전나무가 우거진 숲, 시원한 민트블루의 땅으로 떠나고 싶었다. 자유롭게, 그리고 우아하게. 민트블루의 땅은 공상의 세계가 아닌, 내가 발 딛고 살아가는 세계의 일부란 생각에 더 아팠다. 달라헤스트는 닿을 수 없는 세계의 상징처럼 가슴을 찔렀다.

미주 원장님이 스웨덴의 푸른 전나무 숲을 여행하고 있을 때 난 테마 파크 블루원에서 물놀이를 하는 아이 둘을 돌보고 있었다. 일상을 벗어난다는 이유로 살짝 들떴던 기분도 잠시, 함부로 들어갔던 물에 놀란 아들아이가 계속 울어대는 통에 어르고 달래느라 지쳐버렸고, 물놀이를 마친 딸아이가 눈병에 걸려 며칠 안과에 데리고 다니는 동안 방학은 훌쩍 지나가버리고 말았다. 네 인생에 가장 귀한 보물이 무엇이냐고 누군가 묻는다면 언제라도 두 아이라고 즉답할 테지만 정작 내 인생에 나는 빠져

있는 것 같아 가끔 허전하고 목이 마르다. 출근 준비를 위해 기초화장을 생략한 채 건조한 피부 위에 에어쿠션 인텐스커버만을 급하게 덮어 바르면서 흘깃 바라본 스웨덴의 목마는, 당신도 더 늦기 전에, 푸른 젊음이 시들기 전에, 어서 민트블루의 숲으로 떠나라고 호소하는 것만 같았다. 기혼의 몸으로 전혀 얽매임 없이 자유롭게 떠다니는 미주 원장님이 나는, 정말이지 부럽다.

"예은이에게 물려받은 정아 옷?"

"행사 때 한 번 입고는 보관만 해 둔 거라고 예은이 어머니가 또 챙겨주시네요. 드레스 너무 예쁘죠? 우리 정아에게 꼭 맞을 것 같아요. 내일 유치원 갈 때 입혀 보내야겠어요."

퇴근시간이 지난 줄도 모르고 학부모가 물려준 하얀 유아용 드레스를 펼쳐보며 해미 선생이 연신 감탄한다. 학부모들 중 아이를 가장 센스 있게 입혀 등원시키는 예은이 엄마로부터 물려받은 것이라면, 어떤 옷이든 예쁘지 않을 수 없을 테다. 심플한 디자인에 하이웨이스트의 하얀 드레스는 공주의 것처럼 화사하다. 뽀얀 피부에 갸름한 얼굴을 가진 정아에게 잘 어울릴 것 같다. 해미 선생의 인스타그램 게시물은 딸 정아의 사진이 구십 퍼센트를 차지한다. 네 살 정아의 예쁜 모습을 담은 새로운 사진이 거의 날마다 올라온다. 갓 목욕을 하고 나와 머리를 덜 말린 사랑스러운 얼굴, 빨간 색 코트와 부츠를 신고 눈사람 앞에선 앙증맞은 모습, 큰 눈에 머리를 바싹 틀어 올려 똥 머리로 묶은 귀여운 표정, 수백 장의 사진 중 그 어느 컷 하나 예쁘지 않은 것이 없다.

나는 매일 해미 선생의 인스타그램을 방문한다. 하지만 훔쳐만 볼 뿐, 댓글을 달거나 감정을 표현하거나 방문 흔적을 남기지는 않는다. 내가 매일 자신의 인스타그램을 다녀간다는 사실을 정작 해미 선생은 전혀 모르고 있다. 인스타그램을 들여다보고 있을 때, 갑자기 원장실에 들어서는 해미 선생의 얼굴을 대할 때는 물건을 훔치다 들킨 사람처럼 놀라고 만다. 물론 해미 선생은 모니터를 볼 수 없는 방향에 서 있지만 자격지심에 눈치를 살피게 된다. 인형 같은 딸을 가진 해미 선생이 부럽다. 단순히 정아가 예뻐서가 아니다. 정아는 언젠가 해미 선생의 가장 가까운 친구가 될 것이다. 내 경우, 어릴 때부터 마흔이 넘은 지금껏 엄마의 말은 곧 진리이고 인생에 대한 명쾌한 답이다. 한번도 부정해 본 적이 없다. 누군가 들으면, 마흔이 넘도록 엄마에게서 벗어나지 못한 미성숙한 내면아이라고 신경증 진단을 내리겠지만, 경험으로 단언컨대 엄마는 딸에게 우주이다. 그것이 객관성을 확보하지 못한 주관적 판단, 혹은 특화된 노이로제인 줄 잘 알지만 딸에게 전적으로 수용되는 엄마는 모든 것이 옳고 모든 것이 감동이다. 그런 순수한 사랑을 전해줄 줄 딸이 세상에 없다고 느낄 때는 가슴에서 바람이 분다. 내 안에 아무것도 없이 허망한 바람소리만 존재를 가득 채운다. 정신의 합일체인 딸을 가진 해미 선생……. 포만감으로 배부른 그녀의 정신세계는 세상에 부러울 게 없을 것만 같다.

이전 근무지 이화유치원에 있을 때 해미 선생은 결혼했고 이듬해 정아를 낳았다. 그녀의 연애과정과 결혼과 출산, 양육과정을 지켜본 동료이자 상사로서 특별할 것 하나 없는 그녀의 평범한 삶이 왜 부러운지 모르겠다. 해미 선생이 독특한 사고방식을 가진 미래지향적인 남자와 연애하면서 헤어질까를 고민할 때도, 그 남자와 헤어지고 지금의 정아 아빠와 선을 봐 무덤덤하게 사귈 때도, 어린 나이에 앳된 신부가 될 때도 부럽다는 생각은 손톱만큼도 해보지 않았다. 관리해야할 아랫사람, 그 이상도 이하도 아니었다. 그런데 결혼 삼 개월 만에 첫 아기를 임신했을 때는 하늘의 특별한 선택과 은총을 받아 누리는 성녀聖女라도 된 듯 부러웠다. 잠자던 중에 가브리엘 천사로부터 수태고지受胎告知를 받은 마리아처럼 숭고해보였다. 해미 선생은 적어도 살아있는 자궁을 품은 여자였다. 이 세상 결혼한 기의 모든 여자가 엄마가 되는 현실에서 유독 해미 선생이 부러웠던 건, 아마도 오랜 시간 바로 옆에서 함께 해왔기 때문일 테다. 세상에는 나보다 뛰어난 경쟁자가 무한대로 존재하지만, 바로 옆에 있는, 나보다 조금 더 나은, 소박한 사람에게 질투를 느끼는 것, 그 이율배반적인 속내가 얼마나 치졸한 줄 알면서도 눈앞에 가장 오래, 가장 많이 보이는 사람이기에 어쩔 수 없었다.

　늦은 결혼을 하고서도 이 년 간은 아이를 가질 수 있으려니 막연한 희망에 속을 끓이지는 않았다. 마흔이 다 되도록 충분히 넘칠 만큼 자유롭게 살았으므로 내 옆에 누군가가 든든한 붙박이로 존재하는 것도 나쁘진 않겠다 싶었다. 단지 그 이유로 결혼했다. 그런데 임신만은 자의 영역 밖에 있었다. 아이를 갖지 못한다고 생각하니 갖지 않고는 견딜 수 없을 것처럼 목이 말랐다. 흘러가는 시간 앞에서 초조해진 마음은, 임신을 위해 남편과 성관계 날짜를 산부인과에서 받아오고 음식 관리와 호르몬 관리에 몸을 맡기는 데까지 이르렀다. 생리 날짜가 다가오면 바싹바싹 타들어가는 심장이 어느 순간 말라버리고 말 것 같았다. 가브리엘 천사의 수태고지를 받은 마리아의 기쁨이 신의 아들을 품을 것이란 기대에서 오는 것이 아니라, 임신이 가능하다는 사실 자체에서 오는 것이리란 착각마저 들었다. 제발, 제발, 제발, 임신테스트기의 결과를 기다리는 긴장의 궁극을 여러 번 겪으면서 심신이 피폐해졌다. 어느 순간부터 남편은 산부인과 의사가 처방해준 날짜의 기계적인 성관계에 아무런 감흥을 느끼지 못하는 듯했다. 불안은 거기에서 출발했는지도 모르겠다. 아무런 감흥을 일으키지 못하는 물화 대상, 수단과 의무만 남은 영혼 없는 성행위, 아기를 만들기 위해 공급자의 눈치를 살피는 피공급자, 우리 부부의 어둠 속 한밤의 행위를 다 들여다보고 있을 것 같은 산부인과 의사의 음습한 눈……. 마치 후사를 이어야하는 운명을 인생 최대의 과제로 알고 환관과 궁녀들의 눈 귀 앞에서 기계적으로 성행위를 했던 왕족들처럼 나는 어디에도 숨을 곳이 없다고 느꼈다.

마침내 시험관 아기 시술을 위해 호르몬 주사를 맞으며 난포 배양에 매달렸다. 남편의 정소에서 정자를 추출해 보관하는 한편, 난소에서 인공 호르몬으로 길러낸 난자를 추출하려는 데 매번 실패했다. 난자가 한 번에 대여섯 개는 추출되어야 수정 가능성이 높은데 항상 한두 개의 난자만 추출됐다. 시험관에서 수정시켜 자궁에 착상시키는 시술 때는 지옥을 경험했다. 거듭되는 다섯 번의 시술은 너의 몸은 사람의 몸이 아니라 아기를 생산해야 하는 기계라고 저주를 퍼붓는 것 같았다. 시술의 횟수에 비례해 자꾸 소진되는 에너지를 회복하기가 어려웠다. 그러고도 매번 착상되지 못하고 흘러내리는 수정란, 어렵게 만들어진 생명의 소망을 끝내 붙들지 못하는 내 자궁은 정신박약인 듯 여겨졌다. 바보, 바보, 바보. 내가 지독한 노력과 시술을 감내하고 있다고 엄마와 언니 외에는 아무에게도 털어놓지 못했다. 그 누구에게도 아이에 연연해하는 모습을 보여줄 수 없었다. 스마트하고 쿨한 딩크족처럼 사람들 앞에서 습관처럼 너스레를 떨었다.

"아이는 있어도 되고 없어도 되는 거라고 생각해. 아이를 가진 만큼 기쁨도 크지만 수고도 큰 법이잖아? 기쁨을 누리고 싶으면 수고를 마다 않고 낳아야 할 테고, 수고가 힘들 것 같으면 기쁨을 조금 줄이면 되지 뭐, 안 그래? 늦은 나이에 결혼해서 그런지 수고하기가 영 부담스럽네! 생기는 아이를 굳이 막을 생각도 없지만 굳이 애써서 갖고 싶지도 않아!"

엄마나 언니는 자식 소용없다며, 품 안에 있을 때 잠깐 사랑스럽지 자라면 남인데 평생 뼈 빠지게 고생할 필요 없다고 위로하곤 했다. 그럼에도 불구하고 다 자란 아들을 더없이 흐뭇하게 바라보는 언니의 얼굴을 바라볼 때, 자식이란 수고의 한계를 훨씬 넘어서는 계산 불가의 존재란 걸 느꼈다. 그런 순간이면 자기연민은 해일처럼 나를 엄습하곤 했다. 영혼을 한 번 덮치면 도저히 헤어 나올 수 없을 것 같은 그 무서운 해일을 피해 나는 세상 어디로든 떠나야 했다. 떠돌지 않으면 원래의 내 자리로 돌아올 수 없을 것 같아서였다. 세상을 떠돌며 매번 눈을 낯설게 하기, 새로운 풍경에 마음을 몰입시키기, 새로운 자극에 슬픔을 마비시키기, 그것마저 하지 않으면 자궁에 착상되지 못하고 흘러내린 생명들의 비명에 질려버리고 말 것 같았다.

"어머, 샤넬 가방 또 구매하신 거예요?"

"응, 여러 개 가지고 있지만 보스턴 스타일은 없었거든. 다음 주가 생일이라 남편이 미리 선물로 사줬어. 어때, 예뻐?"

항상 소녀처럼 예쁜 형태의 백을 선호하던 미주 원장님이 이번에는 중후한 보스턴 백 신상을 구매했다. 나이보다 훨씬 어린 스타일을 고수하던 미주 원장님의 취향도 조금씩 바뀌는 것 같다. 그 변화 또한 고급스럽고 멋지다. 매번 명품관에서 상당한 가격의 옷을 구매하는데 특히 영국 디자이너의 이름을 그대로 사용한 해외 브랜드 옷을 즐겨 입는다. 밝은 그래픽 패턴을 가미한 여성스런 디자인의 옷은 미주 원장님에게 맞춤인 듯 잘 어울린다. 여성미를 강조한 패션이 대세인 요즘, 미주 원장님과 같은 옷을 입고 등장하는 연예인을 자주 TV에서 보곤 한다. 미주 원장님은 옷의 종류와 색상, 스타일에 따라 가방 또한 다르게 코디해 들고 다닌다. 신혼 집들이로 미주 원장님의 집을 방문했을 때 방 하나를 가득 채운 옷과 가방들에 놀랐다. 방에 꼭 맞게 짜 넣은 옷장과 보관함에는 아우터, 스커트, 슬랙스, 니트, 모자, 가방, 액세서리가 종류대로 가지런히 정리돼 있었는데 흡사 연예인의 드레스 룸을 보는 것 같았다. 한쪽엔 타원형의 앤티크 선신서울이 세워져 있어서 언제라도 코디의 결과를 자가 평가할 수 있도록 해놓았다. 가지런히 짜놓은 여러 난의 선반 위에 가방들이 칸칸이 얌전하게 놓여 있었는데, 샤넬 가방만 예닐곱 개가 눈에 띄었다. 숄더백을 비롯해 동그란 반달 모양의 호보백, 꽃무늬 양식이 바느질 된 앙증맞은 크로스백, 한 손에 잡을 수 있는 클러치백, 내가 가장 선호하는 토트백은 물론 심지어 쇼퍼백까지 가방 유형별로 다 갖추어 놓았다. 한가운데 소중하게 보호싸개로 가려진 아이템은 큰맘 먹고 산 에르메스백이라고 했다. 한 번 보고 싶다고 했더니 귀한 문화재 다루듯 조심스레 싸개를 열어 보여주었다. 그 순간 귀족의 룸에서 그의 애장품을 흠모의 시선으로 바라보게 된 평민처럼 속물스럽게도 자존심이 상했다. 수작업으로 만든다고 하지만 알고 보면 한낱 비닐 천 조각일 뿐인데 뭐 하러 기백만 원씩을 주고 사느냐며 항상 비판해왔는데, 정말 그게 뭐라고 눈물 나도록 부러웠던 건지 스스로도 이해 불가였다.

사실 백화점에 갈 때마다 습관처럼 명품 매장 안을 곁눈질 했다. 작심하고 감상하진 않았어도 지나치면서 눈길이 저절로 끌렸다. 진품이라도 결국 가품과 같은 천조각일뿐이라고, 웬만한 사람은 다 들고 다녀서 3초 백이라 일컫는다고 자위했지만 그 초라한 위로 끝에는 결국 내가 웬만한 사람 축에도 끼지 못하는 여자라는 결론만 남으면서 더 씁쓸해졌다. 샤넬 여사는 평생 기존의 틀에서 벗어난 자유로운 스타일을 추구해 패션의 혁명을 일으켰는데, 정작 샤넬 가방은 웬만한 수준의 인생 상징으로 특화 돼버렸다. 여자들을 틀에 가두고 레벨로 나눠버린다. 언젠가 유아복 창고 대 개방 80% 세일 광고를 보고 물건이 다 빠졌을 세라 남편과 함께 급히 백화점 지하매장으로 향하다가 샤넬 매장을 지나게 됐다. 남편에게 푸념하듯 부러움을 표현했다.

"여보, 저 가방 너무 예쁘지 않아요? 하나 사서 들면 좋겠는데……."

"당신에게도 허영 병이 있었어? 당신만은 다를 줄 알았는데 여자들이란 모두……. 가지면 그 순간 뿐 며칠 지나지 않아 감격이 사라진다는 걸 왜 모를까? 그런 걸 전문용어로 소멸성 기쁨이라고 하는 거야. 사람이라면 자고로 영원한 기쁨을 추구하고 살아야지."

남편은 고개까지 절레절레 흔들며 샤넬 매장에는 눈길 한번 주지 않고 매몰차게 대답했다. 아내도 가끔은 허영 병에 흔들리는 보통 여자란 걸 이해해줄 수 없는지, 남편의 행태가 서러웠다. 백 년이 못돼 소멸할 인생을 향해 영원한 기쁨을 추구하라는 남편은 현실박리증 환자처럼 보였다. 저급한 물욕에 흔들리는 나도 비굴해보였다.

미주 원장님은 매주 수요일마다 고급 아우터를 걸친 채 파란색 미니 쿠페를 타고 C시에 있는 대학으로 출강한다. 결혼 전까지 시간적 여유가 많았기에 박사과정까지 공부할 수 있었다는 얘길 들었을 때 상대적 박탈감을 느꼈다. 자기다운 인생을 충실히 살고 있는 것 같아 부러웠다. 화려한 재벌이나 연예인을 한번도 부러워한 적이 없었는데 왜 바로 곁에 있는 미주 원장님이 부러운지 알 수 없다. 부러움은 곧 저급한 정신수준의 다른 이름임을 알기에 고개를 가로젓곤 했다. 하지만 아이에 집착하지 않고 자유롭게, 남편과는 서로 깊이 간섭하지 않고 친구처럼 대등하게, 경제적으로는 부족함 없이 여유롭게 살아가는 모습이 백조의 유영처럼 아름답다. 매일 아침 아이 둘을 낡은 모닝 중고차에 태워 어린이집으로 데려다주고, 퇴근하자마자 곧장 마트로 가 장을 봐서 허겁지겁 집으로 돌아가고, 옷도 갈아입지 못한 채 저녁식사를 준비하는 일과와는 백 퍼센트 차별화된 인생이다.

남편은 매월 가정의 지출상황을 챙기면서 내가 일을 그만둘까봐 걱정하는 눈치다. 외벌이로는 도저히 아파트 분양중도금을 맞출 수 없기 때문일 테다. 피나게 저축하느라 옷도 신발도 인터넷 쇼핑몰 저가 상품만 골라 구매하는 꼴을 누구에게도 보여주고 싶지 않다. 가끔 옷이나 구두를 어디서 구매했는지 미주 원장님이 물을 때면 선물 받았다고 둘러대곤 한다. 오늘 아침도 아이 둘을 친정에 데려다주고 무릎 나온 청바지를 입고 출근하는데 미주 원장님의 눈길이 곱지 않았다. 최대한 예쁘고 깔끔한 모습으로 원생들 앞에 서라는 그녀의 지론에 맞지 않아서일 테다. 하긴 영혼의 숨소리조차 알아차리는 미주 원장님과의 사이에 뭘 더 숨기랴 싶다. 결혼기념일조차 옷을 예쁘게 갖춰 입어본 적이 없다. 아이 둘을 데리고 나가 함께 외식할 수 있는 곳을 찾다보면 패밀리 레스토랑밖엔 없다. 솔직히 기념일을 핑계로 아이들에게 맛있는 음식을 먹인다는 게 더 정확한 표현일 테다.

아이들을 챙겨 먹이다보면 여기저기 묻을 게 염려돼 가장 허름한 옷을 입고 나가게 된다. 아이들을 키우는 이십 년은 개인 삶을 포기하라고 지인들은 충고하지만 생애 가장 빛나는 시간을 갉아먹는, 아름다움의 부재와 기쁨의 상실은 도대체 어디에서 보상받을 것인가.

인생 목표가 집 마련이라고 생각하면 인생 자체가 비루하게 느껴질 때도 있다. 내 집을 장만하고 나면 인생의 가장 큰 걱정은 사라진다고 주변에서 위로하지만, 집을 마련하고 나면 아이들 교육비를 마련해야 하고, 교육비가 준비되고 나면 노후를 준비해야 한다. 준비, 준비, 준비…… . 평생 준비만 하다가 정작 내 인생에 남는 건 아무것도 없을 듯해 허무해진다. 꼭 돈만의 문제는 아니다. 그건 가치의 문제이기도 하다. 아름다운 시절을 계속 유예하다보면 어느새 젊음의 광휘는 사라지고 검버섯과 주름 가득한 얼굴만 남게 될 것이다. 분명 목표보다 과정이 더 중요할 테다. 인생 과정, 속절없이 흐르기만 하고 결코 되돌릴 수 없는 아름다운 과정을 찾아내고 싶다. 자식이 노후의 힘이고 인생의 울타리가 되는 시대는 종말을 고한지 오래다. 오히려 부모에게서 뜯어낼 게 없나 혈안이 된 시대 속에 살고 있다. 시댁 재산이라곤 어머니가 사는 아파트 한 채뿐인데 맏이라고 벌써부터 눈독을 들이는 윗동서며 딸도 똑같이 삼분의 일로 나눠줘야 한다고 강조하는 시누이며 한심한 꼴을 지켜보자니 부모수단화의 시대에서 내 딸 정아만은 순수한 사랑으로 남으리라 보장할 수 없다. 평생 모아 겨우 집 한 채 가진 노인으로 남은 미래를 생각하면 쓸쓸해진다. 너무 오래 살면서 자기 명의의 집을 욕심껏 붙들고 있는 노인네로 두 아이가 인식하게 될 걸 생각하면 더 쓸쓸해진다. 뼈 빠지게 키워서 자식을 세상에 남기고 간다는 의미는 물거품과도 같을지 모른다. 미주 원장님은 지금의 남편분과 오래도록 친구처럼 연애만 하더니 사 년 전에야 마흔이 다 되어 결혼했는데, 신혼을 오십 평 아파트에서 시작하는 걸 보고는 여자의 인생에 엄연한 레벨이 존재한다는 걸 실감했다. 자유롭게 순간순간을 미주 원장님처럼 누리고 산다면 적어도 인생에서 자신이 빠져있는 비극은 없을 테다. 실컷 젊음을 누리다가 처음부터 오십 평 아파트를 마련해 결혼한 원장님이야말로 모든 걸 가진 인생의 주인공일 테다. 정말이지 요즘 부쩍 나는 미주 원장님이 부럽다.

"잠깐 외출하겠다고? 은행은 왜?"

"아파트 분양중도금 납부하려고요. 다행히 남편이 부은 적금이 그제 만기돼서 금액 겨우 맞췄어요. 이십오 평 아파트 장만하기 정말 어렵네요."

점심시간 잠시 은행에 다녀오겠다는 해미 선생의 얼굴에 편안한 미소가 담겨있다. 잉여지출을 막고자 허리띠를 졸라맨다고 푸념하거나 이건 도저히 품격 있는 사람살이가 아니라고 하소연할 때도 있지만, 알뜰살뜰 모아 대출 하나 없이 매회기 중도금을 마련해 납부하고 있는 부부가 일견 대견하고 일견 부럽다. 남편의 낭비벽을 생각하면 짠돌이라 불리는 헤미 선생의 남편은 오히려 건실해 보인다.

집으로 배달되는 택배는 일주일에 서너 건이다. 모두 남편이 주문한 옷과 신발들이다. 신발장을 열면 골프화를 포함해 슈즈만 종류별로 서른 켤레는 족히 되고도 남는다. 잦은 구매를 언급하려들면, 낭비벽 수준을 넘어 낭비 병에 걸린 당신만 하겠냐며 오히려 내게 지청구를 준다. 인생 길지 않고 재산 물려줄 자식 없는데 제대로 쓰고 살아야 할 것 아니냐며 훈계한다. 사실, 소소한 구매는 문제가 되지 않는다. 전국에서 값비싸기로 유명한 골프장을 순회하며 거의 매주 치는 골프비용이 어마어마하다. 리조트에서 주말 숙박까지 하다보면 한 번에 백만 원을 훌쩍 넘어서기 일쑤다. 물론 자신의 수입으로 자신이 쓰는 거라 딱히 할 말은 없다. 골프 투어가 너무 잦은 거 아니냐며 넌지시 묻자 일박이일 골프비용이 당신의 아우터 한 벌 값밖에 되지 않는 걸 왜 모르냐고 반문했다. 어차피 부부가 독립채산제로 각자 수입을 운영하고 있지만 남편이 한 가정의 가장으로서 적어도 미래를 진지하게 준비했으면 하는 바람이 있다. 아내가 맘껏 여행하고 맘껏 구매한다고 해서 남편마저 같은 방향으로 가버리면 늙어 수입이 끊어질 땐 어떻게 할지 두렵기까지 하다.

가장 염려되는 건 집 문제다. 퇴직 후 수입이 없을 땐 아파트를 담보로 은행에서 노후 생활비를 조금씩 타서 쓰는 모기지론을 활용할 거라며 남편은 소신을 피력한다. 모기지론을 통해 노후대책을 하겠다는 사람의 명의로 된 아파트는 현재 삼분의 이만 온전히 지불된 상태다. 삼분의 일은 은행 융자인데, 삼십 년 거치 계약으로 매달 조금씩 원금과 이자를 갚고 있다. 결혼한 지 이제 사 년, 이십육 년 간 융자를 갚아야 하지만 사십 대 중반에 접어든 남편은 그 전에 퇴직하게 될 테다. 그런데도 미래 개념은 가차 없이 삭제하고, 가진 돈을 맘껏 쓰면서 현재를 즐기자는 남편의 인생 모토, 카르페 디엠carpe diem이 얼마나 무책임한 건지 소름이 돋을 때도 있다.

어쩌면 남편도 아이가 없어 허전하기 때문일 거란 생각에 닿을 때가 있다. 나처럼 속이 허해서 겉을 치장하고 전국의 유명 골프장을 떠돌아다니는 것은 아닌가 하는 의구심이 들면 불안해진다. 주변사람들에게 베푸는 모습으로 짐작컨대 남편은 자신의 아이가 있다면 모든 걸 쏟아 부을 사람임에 틀림없다. 제한 몸도 건사하기 힘든 세상에 아이 낳아 일부러 고생시킬 일 있냐며 손을 내젓지만, 마음 깊숙이 자식을 향한 근원적인 열망을 숨겨놓은 건 아닐까 싶어 두렵다. 마흔이라는 늦은 나이에 결혼했지만 아이를 곧 낳았다면 예순에라도 성인이 된 자식을 바라보며 흐뭇해할 수도 있었을 테다. 아이가 나이 많은 부모를 부끄러워 할 수도 있겠지만, 그랬다면 그 자식을 위해서라도 남편이 현실적인 사람으로 살지 않았을까 가늠해보곤 한다. 불임의 원인을 늦게 결혼한 탓으로 돌리고 있지만 내심 수정란을 착상시키지 못하는 자궁에 열등감을 느껴왔다. 산부인과 명의로부터 수태고지를 받을 수 없는 몸이 세상을 떠도는 건 당연하지만, 그런 아내를 옆에서 지켜보는 남편이라면 함께 떠돌 것이 아니라 아내의 구심점이 돼줬으면 좋겠다. 아이도 낳지 않겠다는 여자가 미래를 대비하자고 하면 명분의 허술함이 우습지 않은가. 마음껏 즐길 때에야 삶의 명분이 설 수 있는 것이다. 적어도 남편은 명분이 필요한 사람은 아니기에 현실성을 가지고 집을 지켜주길 바라게 된다.

지방대학에 출강하면서 유아교육과 학생들을 가르치는 일도 하나의 훌륭한 명분이 된다. 실속이 전혀 없어도 출강은 정체성을 새롭게 쓰게 해준다. 원장 일에, 교수 일에, 세계여행에, 아이를 가질 틈이 없을 만큼 자아실현에 충실한 아이콘이 되기에 그보다 더 좋은 명분은 없다. 지성미에 대한 인정까지 덤으로 주어지니 더할 나위 없이 훌륭한 명분이다. 사실 출강비는 미니쿠페 원거리 기름값도 안 되고, 출산율 저하로 해마다 유치원생은 줄어가는데 페이 원장으로 근무하는 지금의 일자리를 지속적으로 보장받을 수도 없다. 모든 것이 불완전하다. 삼십 년 간 아파트 융자금을 갚아나가다가 칠십대가 되어있는 어느 날, 아파트 한 채만 가진 노인으로 전락해 다시 모기지론으로 야금야금 아파트를 갉아먹으며 삼십 년의 길을 되돌아가는 인생이라니 생각만으로도 끔찍하다. 남들보다 늦게 결혼하면서 마련된 오십 평 아파트는 당연한 귀결이라 여겼다. 연봉 높은 금융권에서 일하는 남자가 십 년 이상 직장생활을 해왔다면 그 정도의 경제스펙은 갖춰야 함이 옳다. 넉넉한 가정에서 부족함 없이 성장해 카르페 디엠을 실천하며 살다가 사십을 코앞에 둔 늦가을, 남편은 위기의식을 느꼈는지 더 늦기 전에 결혼하기로 마음먹고는 간 크게도 삼분의 일의 융자를 받아 아파트를 계약한 것이다. 아파트 견본주택을 보러 가서는 나도 그 자리에서 반해 대출이니 융자니 부담스런 단어들은 머릿속에서 지워버렸다. 일찌감치 결혼해 이미 학부모가 된 친구들에게 늦은 결혼소식을 알리면서 이십 평대 아파트에서 신접살림을 시작한다고 말하기는 싫었다. 시댁에 물려받을 재산이 꽤 있긴 하지만 백 세 시대인 요즘, 유산을 받게 된다 해도 내 나이 칠십이 훌쩍 넘어서 일 테다. 재산이 곧 효자란 생각에 어른들도 선뜻 목돈을 주시지는 않는다. 아파트는 홀로 책임지겠다는 남편의 말을 믿고 싶었고 물욕에 젖은 나도 스스로를 안심시켰다. 빛 좋은 개살구, 딱 맞는 말이다. 그에 비하면 빚 한 푼 없이 한 단계 한 단계 실리적인 디딤돌을 쌓아가는 해미 선생 부부의 삶은 얼마나 탄탄하고

아름다운가. 생명을 탄생시킨 건강한 자궁처럼 그녀의 집도 건
강하게 세워져가고 있다. 정말이지 나는 안팎으로 건강한 해미
선생이 부럽다.

"오늘도 저녁약속 있으세요?"

"응, 남편이랑 오랜만에 원조 이탈리안 파스타 먹고 들어가
려고. 오늘따라 마르게리타 피자도 급 당기네."

미주 원장님은 퇴근길에 갑자기 떠오르는 특별 메뉴에 이끌
리고 몸의 진솔한 요구를 따라 순순하고도 충실하게 반응한다.
욕구 불만이 전혀 없을 것 같다. 마음이 요구하는 대로, 몸이 이
끄는 대로 자신에게 백 퍼센트 충실하게 살고 있으니까 날이다.
스트레스가 없는 몸은 그 속에 깃든 영혼조차 순하게 품고 있을
것만 같다. 그에 비해 욕구를 충족 못한 내 심신은 매사 갈급하
고 피폐하다. 나를 즐겁게 만족시켰던 때가 언제였는지 아득하
다. 나도 매번 낭만적인 음식에 끌린다. 커다란 포크에 파스타
면발을 돌돌 말아 조심스럽게 입에 넣어본 적이 언제였는지 까
마득하다. 이탈리안 레스토랑의 깨끗한 통창을 통해 아름다운
풍경을 눈에 넣으며, 하얀 쟁반 위에 예술품처럼 올려놓은 파스
타를 천천히 음미해보고 싶다. 퇴근 후 집에서 해야 할 구질구
질한 일 따위 걱정은 내려놓고, 달콤한 포도주를 한 잔 곁들여
파스타를 음미할 수 있다면 더없이 좋을 테다.

대학시절엔 이탈리안 레스토랑에 자주 들르곤 했다. 성악을 전공한 후 이탈리아 나폴리로 유학 간 남자 동기를 따라 맛집을 돌아다녔다. 그가 유학을 마치고 삼 년 만에 귀국했을 때 전에 없던 설렘이 느껴졌었다.

"나폴리에 파스타와 피자를 정말 맛있게 만드는 집이 있어. 개업한지 백 년은 넘었을 거야. 귀국하면서 그 집에 가지 못한다는 게 너무너무 아쉽더라. 피자를 화덕에 직접 구워서 만들어주는데, 그 맛 때문에라도 당장 나폴리로 달려가고픈 심정이야. 밀가루와 물, 소금과 천연효모로만 반죽을 빚어내거든? 종 모양의 장작 오븐에서 480도로 구워내는데 정말 맛이 일품이야. 해미에게도 꼭 한 번 맛보여주고 싶다."

남자 동기와 달콤한 썸을 타면서 먹곤 하던 마르게리타 피자 맛이 그리워진다. 여왕의 이름을 따서 붙였다는 마르게리타 피자의 토마토 치즈 바젤 토핑은 언제 맛봐도 예술이었다. 식사 후에 해운대 달맞이 길을 손 맞잡고 거닐던 그 밤, 그가 불러준 「아름다운 그대 모습」의 청아한 테너 음은 정말 아름다웠다. 돌아보면 내 인생에 정말 존재했던 시간인지 가끔 의심스러울 때가 있다. 누군가 진심으로 내 이름을 불러줬던 처녀의 시절……잊힌 내 이름은 도대체 어디에 버려져 뒹굴고 있는지, 다시 찾아내고만 싶다. 지금도 여전히 아름다운 처녀의 시절을 사는 미주 원장님이 부럽다. 그녀는 오늘, 퇴근길에 남편과 만나 우아한 레스토랑에서 파스타를 먹으며 저녁 풍경을 바라볼 것이다.

남자 동기는 썸이 익어갈 무렵, 내게 정식으로 사귀자는 말을 건넸다. 자유로운 영혼의 그는 장차 결혼해도 아이 없이 하고 싶은 일 하며 아내와 연애하듯 평생을 살고 싶다고 했다. 한 직장에 얽매이지 않고, 전공에 목매지 않고, 그때그때 하고 싶은 일에 도전하며, 짧은 인생 자신다운 삶을 살고 싶다고도 했다. 부모님을 일찍 여의고 나이 차 많은 형의 손에 자란 그는 무엇에든 고정되는 걸 싫어했다. 그와 마주 앉으면 매번 설렜지만 나와는 전혀 다른 사고방식을 수용하기 어려웠다. 직장의 안정성도 없고 결혼의 열매인 아이도 없는 삶이 불안하게 느껴졌다. 일반성이 배제된 독특한 인생관은 낯설어보였다. 전형적인 틀 안에서 성장한 내게 그의 가치관은 사회성이 거세된 것 같아 두려웠다. 한국의 평범한 정서에 어울리지 않는 그를 결혼이라는 제도 안으로 불러들이는 일이 바람을 붙잡는 것처럼 느껴졌다. 눈에 서린 자유로운 영혼의 기운도 조심스러웠다. 갈등하는 중에 가까운 친척분의 소개로 지금의 남편과 맞선을 봤다. 지극히 현실적인 안목으로 7급 세무공무원이라는 직업적 안정성에 신뢰를 느꼈다. 남편은 내게 유아교육을 전공한 여자라면 아이를 잘 키울 것이라는 기대로 후한 점수를 부여했다. 석 달 만에 청혼을 받고 곧장 결혼이 진행되었다.

남자 동기가 얼마 전 해운대 달맞이 언덕에 정통 이탈리안 파스타 집 나폴리를 오픈했다는 소식을 들었다. 날마다 고객들로 문전성시를 이룬다는 말도 흘러왔다. 그의 가게는 정통나폴리 피자협회 인증 요건을 충족해 회원증을 받은 가게라고 했다. 정통 화덕 피자로 입소문을 타고 유명해진 그의 레스토랑은 이탈리아 현지의 인테리어를 그대로 옮겨온 것 같은데, 밤이 무르익고 손님들이 포도주 한 잔씩 나누는 시간이 되면 그가 청아한 테너 음으로 이탈리아 가곡까지 불러준다는 후문도 들려왔다. 정말 그다운 도전이라 싶었다. 그의 선언대로 굳이 전공에 매이지 않고 하고 싶은 일 하면서 살고 있다. 그곳에 한 번 들르고 싶었지만 용기가 나지 않았다. 가면 후회하게 될 것 같았다. 가지 않은 길에 대한 후회……. 임박한 아파트 분양중도금 날짜가 눈앞에 있는데 가지 않은 길에 대한 때늦은 후회는 어울리지 않았다. 오픈 소식을 들었을 때 그와 결혼했다면 어땠을까를 먼저 떠올려봤다. 그의 계획이 무에 그리 불안했던 걸까. 한 번 사는 짧은 인생, 자식 없이 하고 싶은 것 하며 사는 게 무에 그리 이상했던 걸까. 지금 내게 딸 정아가 없는 걸 상상할 수 없지만, 그래, 처음부터 없었다면 그런대로 또 잘 살지 않았을까 싶다. 하고 싶은 일 기꺼이 하면서 사는 동기는 아마 아내가 된 내게도 하고 싶은 일 하며 살라고 응원했을 것이다. 아파트 분양중도금을 위해 무조건 유치원에 붙박이로 남아 있어야 한다고 무언의 압력을 넣지는 않았을 것이다.

하지만 남편도 자신의 이익만을 위해 아내의 직장을 강요하는 건 아니다. 토끼 같은 두 자식을 데리고 살 보금자리를 위해 그 자신도 독하게 절제하며 살고 있다. 남편은 처음부터 파스타나 피자와 거리가 먼 사람이라 여겼다. 된장찌개나 김치찌개를 매일의 메뉴로 삼아 매번 맛있게 먹고 시어머니의 손맛에 대해서도 자주 얘기한다. 촌스러운 향수만으로도 지겨운데 때론 일찍 칼 퇴근해 스스로 된장찌개를 만들어놓고 나를 기다릴 때도 있다. 맛있는 저녁 해놨으니 빨리 와. 따뜻한 문자에 감동받아 집에 가보면 온통 군내 나는 찌개들이다. 세상에 이런 남편 없지? 자신을 추켜세우는 말에는 어이없는 웃음만 나온다. 시어머니는 막내아들이 주방에라도 들어갈까, 손주들이 제대로 먹지 못할까 노심초사 하며 손수 이것저것 만들어 놓고 집으로 불러 먹이신다. 고맙긴 하지만 결국 대가족의 식탁을 정리하고 치우는 일은 매번 내 몫이 된다. 지나친 관심과 배려가 오히려 부담스럽다.

얼마 전 여자 동기에게서 오랜만에 연락이 왔다. 동기 모임을 나폴리에서 갖기로 했으니 얼굴도 볼 겸 꼭 같이 참석하자고 했다. 썸을 타다 만 남자 동기와의 관계는 그들에게 알려지지 않은 싱거운 로맨스라 상관없지만, 그의 얼굴을 보는 일에 전혀 감정이 실리지 않을 수는 없을 테다. 솔직히 남자 동기를 만나보고 싶었다. 여전히 아련한 이방의 향기를 풍기고 있을지, 여전히 파란색 카디건이 잘 어울리는 모습일지 확인하고도 싶었다. 만나게 된다면 거의 오 년만이다. 그런데 당장 그의 앞에 입고 갈 변변한 외출복이 없다. 예쁜 원피스 한 벌 없다는 데 다시금 화가 난다. 우아한 원피스를 입고 출근한 미주 원장님은 화장을 고친 후 이제 이탈리안 레스토랑으로 출발한다. 미니 쿠페를 향해 산뜻한 발걸음을 옮기는 그녀가 정말이지 부럽다.

"해미 선생님, 오늘도 시댁 가는 거야?"

"어머니가 갓김치 담아놨다고 가져 가라시네요. 장아찌랑 밑반찬도 해놨고 순두부찌개도 끓여놨으니 저녁밥도 먹고 가라고요. 뭐, 순전히 당신 아들과 손주들 먹이고 싶어서 그러시겠죠."

따뜻한 밥이 생각나는 저녁이다. 상상만으로 순두부의 부드러운 촉감이 혀끝에 감돈다. 흰 쌀밥에 따끈한 순두부 국물이 어우러진 맛을 뇌가 먼저 느끼자 허기가 몰려온다. 친정엄마에게 전화해서 순두부를 끓여 달라 부탁하고 싶지만, 어제와 그제 몸 컨디션이 좋지 않다는 핑계로 친정으로 퇴근해 엄마가 해주는 밥을 먹고 지냈다. 다 늦은 저녁에 순두부를 사다가 끓여놓으라는 주문을 하려니 엄마에게 미안하고, 무엇보다 혼자 저녁을 챙겨먹으며 이틀을 지낸 남편에게 미안해 오늘은 내키지 않아도 집으로 가봐야 한다. 밖에서 외식을 하는 일에도 이젠 지친다. 퇴근해서 들어갈 때면 매번 누군가 집에서 따끈한 저녁을 차려놓고 기다리고 있다면 얼마나 좋을까를 생각한다. 하루 종일 유치원 일에 매달리다 보면 지치기 일쑤다.

지난달에 시교육청 3년 감사와 지역교육지원청 1년 감사가 연달아 있어 거의 일 년을 매달려 준비해왔다. 원장이라 수업은 없지만 산더미 같은 서류준비에 매일 크로키 상태가 됐다. 예결산과 집행 내역은 한 치의 오차도 허용되지 않기에 매 같은 감사위원들의 눈에 걸리지 않으려면 치밀하게 준비해야 했다. 노트북에 지나치게 눈을 고정시켜 일한 탓인지 어느 날 부턴가 눈앞에 날파리 같은 검은색의 가느다란 선들이 나타나기 시작했다. 원장 모임에서 만난 한 언니는 그 증상이 망막변성의 시작이고 방치했다가 증세가 심해지면 실명이 될 수도 있으니 서둘러 안과에 가보라 조언했다. 의사는 가을쯤 수술하는 게 좋겠다고 답했다. 자주 어깨와 목이 빠질 듯 아팠지만 처음에는 서류작업에 몰두한 탓이라 가볍게 여겼는데 증세가 심해져 정형외과에 가니 의사는 허리디스크의 증상들이라고 진단했다. 마흔 중반에 접어들면서 몸이 걷잡을 수 없이 무너지고 있다는 느낌이 든다. 시험관 아기 시술로 자궁을 헤집으면서 몸의 다른 기관들도 연쇄반응을 일으키며 툭, 툭, 무너지는 소리가 들린다.

집에 들어가면 아무것도 하기 싫다. 그저 누워서 쉬고만 싶다. 몸에 잉여 에너지가 전혀 남아있지 않다. 옷만 갈아입고 손도 씻지 않은 채 침대로 올라가 누울 때도 있다. 미주야, 어서 나와서 밥 먹어. 누가 그렇게 불러준다면 좋겠다는 유치한 소망을 매번 갖게 된다. 결혼 직후부터 남편과 외식을 자주 해왔다. 힘들고 피곤해서, 어떤 특별한 메뉴가 먹고 싶어서, 분위기 있는 식사를 하고 싶어서 등등 그때그때 이유는 달라도 결국 알고 보면 내 손으로 밥하기가 너무 귀찮은 탓이었다. 남편은 언뜻 이해하는 것 같지만 진심으로 이해하지 못한다. 외식을 즐기고 자유를 누리며 사는 모습은 외형일 뿐, 그도 역시 아내가 보글보글 끓여놓은 된장찌개를 로망으로 갖고 있다. 심지어 퇴근하면 늘 밥 타령이다. 몸이 아파 친정에 들러 누워있을 때면 내 밥은 어떻게 하냐고 묻기 일쑤다. 때론 오직 먹는 것에만 집중하고 사는 남자 중학생 같아 보이기도 한다. 가끔은 야속해서 먹는 게 저리 중하랴 싶을 때도 있다. 경제관념만은 서구적인 남편이 입맛은 토속적이라는 이율배반적인 속내가 가끔 치 떨리게 싫다.

그나마 아들 잘 먹이고 있는지 시댁에서 간섭하지 않는 것만은 다행이다. 며느리의 생일은 물론 아들의 생일조차 챙기지 않는 시부모이고 보면, 일체 모른 체하는 태도가 일견 이해되지 않지만 간섭하지 않는 자유로움이 좋을 때도 있다. 아들의 가정과는 연관성이 모두 배제된 것처럼 일체 며느리에겐 간섭이 없다. 왜 안부전화 한 통 없는지 절대 묻지 않는다. 긍정적으로 표현하자면 자유를 주는 셈이다. 처음부터 그들에게 며느리나 올

케는 없었던 것처럼 행동한다. 시댁 식구들 앞에서 투명인간이 된 것 같다. 시댁의 무관심 중에 가장 고마운 건 아이에 대한 무관심이다. 시댁 식구들이 모였을 때 뒷담화를 하는지는 알 수 없으나 적어도 내 앞에서 아이에 대한 얘기는 절대 꺼내지 않는다. 사실, 그것만으로도 고맙긴 하다. 자식으로부터 전적인 경제적 지원을 얻고 있으면서도 아이 잘 낳고, 문안전화도 거르지 않는 며느리를 원하는 시부모 또한 흔한 세상이지 않은가.

시댁 형제들끼리 자주 모여 술 마시는 걸 알고 있다. 시누이들은 술 한 잔 생각날 때마다 남편을 불러내고 남편은 아무리 피곤해도 기꺼이 나간다. 시누이들도 남동생이 이미 결혼을 했고 우선순위가 바뀌어야 한다는 걸 자주 잊는 것 같다. 남편이 잠들었을 때 톡을 열어본 적이 있다. 잠금 패턴을 유추해 열어보니 가감 없는 시 형제들 간의 대화내용이 모두 담겨 있었다. 특가 골프해외여행 상품이 나왔는데 어떻게 서로 시간을 맞출지 즐겁게 의논하는 대화가 엿보였다. 그 대화 속에 나란 존재는 언급조차 없었다. 의식조차 하지 않는 듯했다. 한 달 전, 독감으로 머리가 깨질 것처럼 아파 남편에게 전화해 응급실에 데려다 달라했더니, 술 먹은 뒤라 만취한 누나를 집까지 데려다줘야 하니 갈 수 없다는 답을 보내왔다. 콜택시를 타라는 문자에 얼마나 서운했는지 뼛속까지 아파왔다. 순간 아이가 없으니까 남편도 완전한 내 남자가 될 수 없다는 서러움이 파도처럼 밀려왔다. 아이가 있었다면 그는 원 가족에서 벌써 탈피해 새 가족 속으로 들어왔겠지만 몸만 내 곁에 와있을 뿐 그는 여전히 원 가족에 그대로 머물러 있는 것만 같다. 남편을 자기의 남자로, 아이들의 아빠로 굳건히 데려다놓은 해미 선생이, 시댁의 진정한 가족이 된 해미 선생이 나는 참 부럽다.

유치원 소풍날이다. 도심 속 어린이대공원으로 아이들을 데리고 나온 미주 원장과 해미 선생은 오전 내내 바빴다. 안전문제에 있어 한 아이의 동선도 안심할 수 없는 건 당연한 일이다. 늦은 봄날의 정오는 한끝의 흐림도 용납하지 않는 화창함을 선물하고 있다. 대지에 쏟아지는 봄빛이 충만하게 넘실댄다. 미주 원장과 해미 선생은 봄의 호수를 중심으로 돗자리를 깔고 아이들을 둘러앉혔다. 아이들은 봄날의 제비처럼 재잘거리며 제 엄마가 싸준 작은 김밥조각을 먹고 있다. 그지없이 평화로운 봄날이다. 잔잔한 호수 위에는 백조 두 마리가 아름다운 자태로 떠 있다. 미동도 하지 않은 채 부드러운 수면 위에 사뿐히 몸을 올려놓고 우아한 긴 목을 S자로 세우고 있다. 눈은 어디를 향하는지 알 수 없다. 몸통 위에는 하얀 깃털로 덮인 날개가 차분하게 접어져 있다. 깃털 한 자락 한 자락에 내려앉는 따사로운 햇빛을 즐기며 스르르 잠든 것처럼도 보인다. 그런가 하면 깃털이 따사로운 햇살에 부풀어 곧 하늘로 날아오를 듯도 하다. 해미 선생은 문득 백조를 바라보며 미주 원장을 닮았다고 생각한다. 미주 원장의 화사한 봄 점퍼와 어제 새로 했다는 연갈색 머리염색이 아주 잘 어울린다. 세련되고 멋있다. 해미 선생은 언제쯤 저런 여유와 우아함을 누릴 수 있을까 생각하다가 입을 연다.

"저 백조가 꼭 미주 원장님 같아요. 아름답고 우아하잖아요."

"해미 선생님 눈엔 내가 백조로 보여?"

미주 원장은 피식 웃는다. 자조하는 웃음이다. 그때 호수 한쪽에서 새끼 백조 두 마리가 나타나 어미 백조에게로 다가간다. 앙증맞은 얼굴과 솜털이 미주 원장의 마음을 흔든다. 미주 원장은, 가정적인 남편과 귀여운 아이들에게 둘러싸인 해미 선생이야말로 백조와 닮았다는 생각을 한다.

"다시 저길 봐. 어때, 아름답지 않아? 진정한 백조는 저런 거야. 해미 선생님이야말로 진정한 백조야."

"제가 백조라고요? 무슨 말씀을 하세요? 설마, 그럴 리가요!"

미주 원장과 해미 선생은 마주보며 까르르 웃는다. 두 사람의 웃음이 잔잔하게 퍼지는 지극히 평화로운 호수, 수면 위에 우아하게 앉은 백조는 수면 아래로, 열심히, 아주 열심히, 오직 우아하게 떠 있기 위해, 죽을힘을 다해 못 생긴 두 발을 버둥거렸다.

작가의 말

아름다워 보여도 실상 인간이란 얼마나 보잘 것 없고 초라한 존재인지를,

초라해 보여도 실상 인간이란 얼마나 아름답고 소중한 존재인지를,

게슈탈트 그림처럼 양면성을 그대로 끌어안은 인생을 그려보고 싶었습니다.

아무것도 아니면서 모든 것이기도 한 인생…….

존재의 초라함을 고백할 수 있는 겸손과
존재의 소중함을 감사할 수 있는 소망이 있다면
어떤 인생인들 아름답지 않을까요?

소설 속 마이너리티들과 이야기 나누다가
아주 잠깐이라도 마음이 가난해질 수 있다면,

언뜻 스치는 소망의 그림자를 볼 수 있다면,
부족한 필력으로 인생을 그려내기 어려워
주저하고 머뭇거리던 밤이 아깝지 않을 것 같습니다.

책이 나오기까지 도와주신 고마운 분들을 기억합니다.
심장으로 드리는 진실한 기도, 그것으로 보답할 수 있다면 좋
겠습니다.

－2018년 가을, 심은신

마태수난곡

초판 1쇄인쇄 2018년 9월 10일
초판 1쇄발행 2018년 9월 12일

저   자 심은신
발행인 박지연
발행처 도서출판 도화
등   록 2013년 11월 19일 제2013-000124호
주   소 서울시 송파구 중대로34길 9-3
전   화 02) 3012-1030
팩   스 02) 3012-1031
전자우편 dohwa1030@daum.net
인   쇄 (주)상현디앤피

ISBN│979-11-86644-63-8 *03810
정가 13,000원

도화道化, fool는

고정적인 질서에 대한 익살맞은 비판자,
고정화된 사고의 틀을 해체한다는 뜻입니다.

울산문화재단 *이 책은 울산문화재단 2018 예술창작발표지원 사업의
울산광역시   일환으로 발간되었습니다.